# 新时代 新批评

## 山西省作协签约文学评论家代表作品集

山西省作家协会创作研究部 编

山西出版传媒集团 北岳文艺出版社

·太原·

图书在版编目（CIP）数据

新时代　新批评：山西省作协签约文学评论家代表作品集/山西省作家协会创作研究部编. — 太原：北岳文艺出版社，2023.1
ISBN 978-7-5378-6618-7

Ⅰ.①新… Ⅱ.①山… Ⅲ.①中国文学－当代文学－文学评论－文集 Ⅳ.① I206.7-53

中国版本图书馆CIP数据核字(2022)第161807号

# 新时代　新批评：山西省作协签约文学评论家代表作品集

山西省作家协会创作研究部◎编

//

| | |
|---|---|
| **出品人**<br>郭文礼 | 出版发行：山西出版传媒集团·北岳文艺出版社<br>地址：山西省太原市并州南路57号　邮编：030012<br>电话：0351-5628696（发行部）　0351-5628688（总编室）<br>传真：0351-5628680<br>网址：http://www.bywy.com　E-mail：bywycbs@163.com<br>印刷装订：山西新华印业有限公司 |
| **选题策划**<br>高海霞 | |
| **责任编辑**<br>高海霞 | 开本：787mm×1092mm　1/16<br>字数：249千字<br>印张：15.25 |
| **书籍设计**<br>张永文 | 版次：2023年1月第1版<br>印次：2023年1月山西第1次印刷<br>书号：ISBN 978-7-5378-6618-7<br>定价：65.00元 |
| **印刷监制**<br>郭　勇 | 本书版权为本社独家所有，未经本社同意不得转载、摘编或复制 |

# 目 录

## ○ 首届签约文学评论家作品

《抗战日报》文艺副刊与解放区文学的形成 /王晓瑜
——以《文艺之页》的叙事性作品为中心 …………… 003

人类记忆与残式图码 /王朝军
——关于残雪短篇小说《绿城》 …………… 014

《新月派诗选》与《新月诗选》的"历史对话" /白 杰 …… 028

阅读《汉家文章》的札记 /关海山 …………… 040

星际神思者 /吴 言
——刘慈欣科幻文学简史 …………… 043

反抒情、风物记与言志传统 /何亦聪
——贾平凹散文论札 …………… 055

历史叠影、心灵图景与哲思发现 /金春平
——张楚小说论 ················································· 069

灰色人生的自我救赎 /赵春秀
——李燕蓉小说创作综论 ······································ 081

回眸百年风华，寄望儿童少年 /崔昕平
——百年党史中的中国儿童文学 ······························ 092

生命式书写与时代的文学密码 /阎秋霞
——张平小说简论 ··············································· 103

图像小说：被"误读"的漫画 /梁　静 ······················· 109

"存在"与"家园"的双重探寻 /廖高会
——论格非小说中的乡愁乌托邦 ······························ 112

## ○第二届签约文学评论家作品

眺望的青春 /马桂君
——蒋韵小说《你好，安娜》创作论 ························ 129

# 目 录

后人类视角下的科幻文学 /毛郭平 ………… 141

1946年丁玲创办《长城》杂志释考 /杜 鹃 ………… 154

网络文学作家新生态研究 /杜海燕 ………… 168

底层叙事主旋律化的探索 /杨 鼎
——论电视剧《装台》的创作取向 ………… 177

简论科马克·麦卡锡小说《路》的史诗性主题 /杨晓丽 ……… 185

重访"商州" /张慧敏
——贾平凹商州系列作品中的地方性问题之考察 ………… 198

愿文学之花繁盛长春 /周俊芳
——评"茅盾新人奖"获得者闫文盛、张二棍 ………… 209

浪漫主义者的向死而生与以退为进 /高 璟
——李衔夏中短篇小说印象 ………… 214

现实主义影视创作的可能走向和必然趋势 /薛晋文 ………… 223

（文章顺序按姓氏笔画排列）

首届签约文学评论家作品

# 《抗战日报》文艺副刊与解放区文学的形成
## ——以《文艺之页》的叙事性作品为中心

/王晓瑜

本文试图从微观的角度入手,以晋绥革命根据地的《抗战日报》的副刊《文艺之页》为个案,通过对其中文学文本的分析,从一个小的角度具体而微地对延安文艺座谈会之前的解放区文学空间维度上的复杂性,以及此期华北解放区文学为1942年之后的解放区文学的建构提供了怎样的文学资源做一点基础性的探讨。

## 《文艺之页》之于解放区文学研究的价值

《文艺之页》是华北抗日根据地出版的主要地方党报——中共晋绥分局的机关报《抗战日报》的文艺副刊之一种,也是《抗战日报》第一个有刊头的专门的文艺副刊。《抗战日报》在1940年9月18日的创刊号第四版就刊出一则征稿启事,其中说:"本版除转载或专载外,欢迎各种短论、通讯、报告、故事、杂文诗歌、木刻等投稿。"[1]报纸从创刊起"就以第四版作为副刊"[2]。1941年3月15日,又在第四版刊出"本版征稿简约",其中对本版刊载内容做了细化,把其分为四类:"甲、关于政治经济军事文化等各种理论之研究以及关于建设抗日根据地各种问题之讨论;乙、关于

---

[1]《本版征稿启事》,《抗战日报》1940年9月18日。
[2] 杨效农:《晋绥日报简史》,重庆出版社,1992,第106页。

党政军事民运等机关团体各部门工作之动员总结及经验检讨等；丙、关于文艺的短论、短篇小说、故事、诗歌、戏剧、杂文、报告文学、速写、文艺通讯、木刻等作品；丁、各种理论著述及文艺创作之翻译。"①其中丙丁两类都属于文艺范畴。据此看来在报纸编创者的设计里，文艺性的作品始终应是《抗战日报》第四版的主要内容。但是就实际刊载内容来看，"在创刊后的头一年里，第四版上刊登的很多是长篇大论文章，实际上成为容纳长文章的机动版面，并不完全具备副刊的性质"。②文艺性的短文也有不少，但往往是与其他类型的文章混杂在一起，零星的不定期地刊载。"刊登长篇大论文章"之外的为数不多的略具副刊性质的版面，也只能算是综合副刊。至1941年下半年，副刊中的各类内容才逐渐分门别类区分开来：1941年7月25日《村选》创刊，12月21日创办了《敌情》，1942年1月8日创办了《教师之友》。《文艺之页》创刊于1942年1月17日，是《抗战日报》创办的第四个专门的副刊。

  报纸文艺副刊所呈现出的是一种未被秩序化、等级化的原生态的文学状貌。多年以前，孙玉石先生就指出，"它们的资源发掘，对于了解和研究现代文学的生成，作家的产生与传媒的关系，作家、作品从产生到发表的原初过程，某些文类（如小品、杂文、散文、书评等）的产生与传播，文学思潮流派与作家风格的产生，文学创作的原生态面貌，文学作家、批评家、编辑与读者互动共生的文化形态等等，提供丰富的文献资源"③。对于解放区报纸文艺副刊资源的发掘与研究，同样应是解放区文学研究"深入"与"突围"的"重要契机和动力源泉"。④笔者之所以选择《抗战日报》文艺副刊《文艺之页》作为分析样本，原因在于以下几点：

  其一，晋绥边区是抗战期间唯一与根据地之"首脑"——陕甘宁边区连成一片的根据地，地处陕甘宁边区与其他根据地联系的要冲，是陕甘宁边区与其他各根据地交流的中介，有其独具的价值。晋绥边区文学之于解

---

① 《本版征稿简约》，《抗战日报》1941年3月15日。
② 杨效农：《晋绥日报简史》，重庆出版社，1992，第106页。
③ 孙玉石：《报纸文艺副刊与现代文学研究关系之随想》，《河南大学学报》2005年第1期。
④ 同③。

## 《抗战日报》文艺副刊与解放区文学的形成

放区文学的起源以及源起于解放区文学的新中国文学的影响,也有极其重要的意义。受限于物资奇缺,根据地的文学刊物少之又少,报纸的文艺副刊便成为根据地文学主要载体,晋绥边区报纸文艺副刊与晋绥边区文学之间的紧密关系不言而喻。

其二,1942年4月,整风运动在晋绥边区全面展开,《抗战日报》社也展开了整风学习。其间决定学习延安《解放日报》的改版经验,报纸从5月19日起改版。这样,《文艺之页》在5月7日出完最后一期后停刊终刊。而延安的《解放日报》的《文艺》副刊创刊于1941年9月6日,终刊于1942年的3月30日。《文艺之页》与《文艺》基本属于同期的刊物。对《文艺之页》的微观分析,可以对早期根据地文学尤其是延安之外的根据地文学与在《讲话》指导下建立起来的解放区文学之间的复杂关系做一定的窥测,对更全面更客观地看取这一问题有一定的作用。

《文艺之页》从创刊至终刊,历时近半年,共出十四期。各类作品共四十五篇。其中诗歌八篇,寓言一篇,散文二篇,文艺理论及批评性作品十四篇,余下二十篇为叙事性作品(因其中许多篇不好区分是小说还是新闻纪实性的报告文学、速写、文艺通讯,所以在此笼统称为"叙事类作品",关于文体问题在下文中将详加论述)。不论是篇目数还是所占版面,后两类明显是《文艺之页》的主要内容。所以本文下面的分析主要集中在这二十篇叙事性作品。

### 文体与风格

严格来讲,《文艺之页》的叙事性作品应当是二十一篇,田家的寓言《神农尝百草》也当属此类。但是《神农尝百草》是这二十一篇中唯一一篇明确标示出文体的作品,其文体属性不需讨论。余下的二十篇,整体而言,小型化、轻型化与报告文学化的特点体现得依然明显——这些特点在一般的文学史叙述中被看作是早期抗战文学的特点,而《文艺之页》存续时间,就全国的抗战而言,已是抗战的相持阶段的中段。除了《风波》与《老猴》两期连载外,其他作品都是一期载完,所占版面也在一版的四分之一至三分之一左右者居多,而且此时的《抗战日报》是八开的小版面。

如果再做文体上的进一步细化，则《风波》《老猴》《张奇才》《柳医生的末路》《二黑子的故事》《重上前线》《有我在还能丢了枪》等几篇有较为明显的小说文体特征，《惊骇一日》《屯兰川之夜》《书店老板》与《孩子们》通讯报告文体特点要强一些。《偏关"警备队"的反正》《像男子的女人（劳动英雄素描之一）》《我叫李荣华》《一个伤兵》《安乐村长》等篇幅更为短小的几篇则更像是速写素描。但是即使《风波》等篇，仍有明显的报告文学通讯等新闻类文体的色彩，篇幅都比较短小，故事情节也较为简单，文学性都不是很强。但是这种叙事的新闻色彩主要是形式及写法方面的，就作品书写的艺术世界与现实生活的关系而言，也即从小说的虚构性特征与新闻类文学的纪实性特征来看，这些作品又不是严守文体的分野，其间有不少模糊与不好界定之处。比如，斯尔的《惊骇一日》显然是在模仿20世纪30年代上海左翼文学中的《中国一日》《上海一日》等报告文学作品。作品写八路军与日军在村子旁打仗，村子里枪弹乱飞，村民们四散逃命。村里的一个小姑娘带着小弟弟逃到村外的树林里躲藏。晚上，日本人被打跑后，八路军战士把姐弟俩接回家中。从作品的结局看，作品的主题似乎在写八路军对根据地人民的保护以及军民间的情谊。但其中不少内容描写了战争中普通群众险恶的生存环境：村外枪炮声大作，头顶子弹乱飞，街上逃命的村民乱作一团，四散逃跑，"枪声，炮声，小孩的啼哭声，女人的哀号声，牲畜的吼叫声，大车手推车轧拉声"[①]混杂在一起，对当时晋西北地区敌我交错地带的人民战乱下的生存状态有着较为真切的呈现。故事情节很简单，叙写也很为平实，从叙写的笔法上看，基本符合通讯报告的特征。但是，本篇作品是以第一人称"我"的视角来叙述的，叙述者"我"是带着弟弟逃走的农村小姑娘，显然与作者女作家斯尔的身份不符，文中所写也不是作者亲历，从这点来看，这篇作品又具有一定的虚构性，因而似乎又应归入小说。由是推之，在《屯兰川之夜》《书店老板》与《孩子们》这些通讯报告文体特征明显的作品中，尽管找不出叙述者"我"与作者并非一人明显证据，但是作品中的虚构性也很难排除，这些作品也许就是"报告文学体的小说"或曰"小说化的报告文学"。介于

---

[①] 斯尔：《惊骇一日》，《抗战日报》1942年2月24日。

## 《抗战日报》文艺副刊与解放区文学的形成

上述划入小说的作品中也有明显的通讯报告等新闻性文体的笔法,此期的作者可能对小说的虚构性与通讯报告的纪实性没有做有意识的区隔,在叙事类作品的写作中并没有受文体规约的自觉意识。其中原因,首先在于报纸文艺副刊毕竟是附着于以新闻为主色调的报纸的,与专门的文艺期刊有所不同,体现出较多的新闻色彩也是自然。其二,无论讲述内容是纪实还是虚构,这样的文体模糊化处理,对于作者而言都是把它当作真实的故事讲给接受者听,期待读者把它当作真实的故事来接受。周维东在谈到延安的报告文学创作时认为"报告文学有'类新闻'的效果,一旦真人真事经过艺术加工被广大读者知晓,其产生的效果往往比'虚构'的文学更有力量"。[①] 晋绥边区的这样一种"报告文学体的小说"或者说"小说化的报告文学",因其具有这样的接受层面真实性,同样具有"'真实'形成的震撼性"[②],更有助于根据地普通民众的战争动员。

这可能也是"故事"这样一种在"五四"新文学中所没有的文体在解放区文学中被提倡并且在创作上很为繁荣的原因。与小说这种来自西方现代文学的文体不同,故事却是源起于中国传统的民间文学。即使与被"五四"文化先驱者们归之于小说的明清拟话本小说相比,"故事"的重故事情节的曲折完整,轻环境描写与人物性格塑造的特点更为突出。纪实与虚构对于"故事"这种文体从来不是问题,一方面它对作者并没有真人真事的约束,有不小的虚构空间;另一方面,从长期形成的阅读习惯上,"故事"的民间受众始终是把它作为现实中曾经发生的事件而被接受的。这样一种有一定虚构成分在内的经过典型化等艺术手段加工而成的"故事",当它的纪实与虚构问题被作者悬置,同农村的受众在长期的民间文学阅读场域中形成的阅读习惯的共同作用下,就会被根据地的民间受众当作"真人真事"被接受,这种"真实性"同样也会产生"类新闻"的效果,"比'虚构'的文学更有力量",更容易激发根据地普通民众对敌人的仇恨与对根据地抗日政权的认同,有着更强的宣传鼓动性。而恰恰是这样一种模糊了纪实与虚构边界的文体在解放区文学中始终被倡导,而且取得了不俗

---

[①] 周维东:《被"真人真事"改写的历史——论解放区文艺运动中的"真人真事"创作》,《中山大学学报》2014年第2期。

[②] 同[①]。

的创作成就。解放区文学的经典之作马烽、西戎的《吕梁英雄传》与赵树理的《小二黑结婚》等在发表之初都被称为"故事"。

前面提到的《抗战日报》副刊版的两次征稿启事都把"故事"作为单独的文体列了出来,可见对这样一种类真实文体的重视。但是从《文艺之页》刊载的作品来看,符合故事文体特征的几乎没有。最接近"故事"的可能要数舒克的《四年前后》,讲述了童养媳华,受尽婆婆与丈夫虐待,后来出来参加革命,成长为革命干部的故事,表达了"抗战是一座熔炉,许多人经过锻炼都成为有用的人"①的主题。作品线索清晰,基本是语言简洁的概略性叙述,故事情节完整,场景性描述较少,作品的主体内容文体上近于"故事",但是其中仍然有着明显的西方现代文学的色彩。作品的开头一段从参加革命后的童养媳华的视角写起,写"我"在池边提水的时候遇见了四年前的邻居"他"。从第二段开始,毫无转换痕迹地变叙述者为"他",以"他"的视角来叙述"她"四年前做童养媳时挨打受骂的苦难生活。尽管作品整篇都是应用第一人称限知叙事,但是第一段中的叙述者"我"是华,第二段之后的"我"却是华"四年前的街邻",作品的叙述者的转化极具西方现代叙事文学色彩,甚至可以说有一定的先锋色彩。另外第一人称限知叙事在中国传统民间文学的主要样式——"故事"中也很少使用。《文艺之页》上的叙事性作品,主要还是延续的"五四"新文学向西方现代文学学习的路向,至少在创作上,对传统民间文学的吸收借鉴相当有限。

顾彬认为解放区文学"其特征是形式的民族化与语言的军事化"②,程光炜等则称之为"民间化与政治化趋向"③。就解放区文学整体而言,"民族化""民间化"无疑是解放区文学的显著特征。但作为生成阶段的早期的解放区文学,《文艺之页》的"民族化""民间化"色彩并不明显,在创作方法上,主要还是借鉴应用西方现代叙事文学的写法,其中有大量的对话、场景、环境、心理描写等中国民间文学较少使用的写作方法。比如《张奇

---

① 舒克:《四年之后》,《抗战日报》1942年3月5日。
② 顾彬:《二十世纪中国文学史》,华东师范大学出版社,2008,第187页。
③ 程光炜、刘勇、吴晓东、孔庆东、郜元宝:《中国现代文学史》(第三版),北京大学出版社,2011,第270页。

才》，写张奇才受胁迫参加了八路军做日军的暗探，但是在八路军里受新型的官兵关系与战士之间的相互关怀感化，最终向指导员坦白。其中用大量的文字描写张奇才准备坦白时的内心冲突。在坦白之后走出指导员的住处后，有这样一段描写："风有些凉了，峻峭的山尖黑压压的像一个凶恶的怪兽，突出在蔚蓝无底的天空，一只守夜的狗向张奇才扑过来，他拾起块圆滑坚硬的石子掷过去，狗汪汪地叫着跑开了，这时他像是把系在心头很久的一块石头抛落了。"①其中的山、狗、石子都极具象征色彩。再比如鸣的《我叫李荣华》写八路军攻下偏关县城后，一个叫作"法恩"十六七岁的小和尚，在听了群众大会的宣传后，在他自己的强烈要求下，参加了八路军，并且恢复了本名"李荣华"。在这篇约七八百字的短文中，除了开头七八十字的极短叙述，交代事件的缘起，其余都由对话构成，类似于特写镜头的场景描写。雷鸣的内容题材上极具新闻纪实性的《偏关"警备队"的反正》，也是以场景与对话描写为主。这些显然都是更近于西方现代叙事文学的写法，与传统中国文学尤其是民间文学注重故事情节的叙述的写法大相径庭。

受限于西北地区文化生态的闭塞与受众的文化水准低的历史原因，要发挥抗日救亡功效，解放区文学"首要的任务就是与'农民'对话"，②于是借鉴吸收民间文学、改造利用民间文学形式就成为解放区文学必然的选择。但是，在这方面，《文艺之页》做得并不太好，其借鉴吸收的更多是西方现代文学，这必然导致这些作品在"与'农民'对话"方面也不是很为顺畅。根据地文学的民族化的任务还要留待《讲话》之后崛起的以"晋绥五作家"为代表的本土作家来完成。

## 题材与主题

就题材而言，《文艺之页》叙事性作品对根据地多方面的生活与斗争

---

① 法鉴：《张奇才》，《抗战日报》1942年3月12日。
② 程光炜、刘勇、吴晓东、孔庆东、郜元宝：《中国现代文学史》（第三版），北京大学出版社，2011，第270页。

都有呈现。以对根据地农村生活与军队生活的反映为主,但对根据地毗邻的敌占区以及敌我双方争夺的地区的生活与斗争也有所涉及(比如沙雁的《安乐村长》和《美龄》、伍陵的《书店老板》、白嘉的《屯兰川之夜》),另外如沙子的《笔》对边区党政机关的生活也有所呈现。军队题材的作品既有写激烈战斗,也有写非战斗的日常生活;既有两军对垒式的敌我激烈战争,如《一个伤兵》《老猴》,也有如罗寒的《柳医生的末路》那样反映敌我双方渗透反渗透式的暗战的作品(这种暗战在《张奇才》中也有反映,张奇才即是受敌伪胁迫渗透到八路军中的暗探)。至20世纪70年末新时期文学开启,革命历史题材与农村题材始终是中国当代文学中小说创作占绝对优势的两大题材。如果扩大视野往前延伸,作为其起源的《讲话》之后的解放区文学,基本格局也是如此(只不过当代文学叙述中的"革命历史"此时尚是现在进行时态的"革命武装军事斗争"叙述)。以此作为参照,审视《文艺之页》中的叙事作品,总体而言,其题材也大致集中在这两类,这种格局初具雏形。

但是也应看到,其与解放区叙事性文学也有不尽一致的地方,称之为"反映党领导下农民翻身的新生活与革命武装军事斗争"[①],尚不完全贴合其创作实际。

首先,军队题材的作品多于农村生活题材,不少作品即使对其中八路军占领晋西北农村后党领导下的农村的新变化有较多篇幅的呈现,但往往是作为军队生活的延伸。比如《风波》,八路军战士赵补留因年龄大被参加抗日工作的妻子看不上,"风波"由此而起。另外,在不少作品中,根据地农村的新变更多表现在妇女解放以及农民——战士思想观念的变化等(前者如《风波》《年前后》,后者如《重上前线》),而对"农民翻身"至为关键的农村基层政权建设与农村经济关系的变化较少触及,更多写的是作为个体的农民思想观念的改变而不是作为群体政治经济上的翻身,这似乎仍是在"五四"文学的启蒙主义与个人解放的视角下观照的根据地农村。当然因这样的"五四"启蒙主义、个性解放观念与时代救亡主题相冲突而

---

① 朱栋霖、朱晓进、吴义勤:《中国现代文学史》(第三版),高等教育出版社,2014,第291页。

## 《抗战日报》文艺副刊与解放区文学的形成

使一些作品内蕴变得相当复杂。比如上文提到的莫耶在《文艺之页》第一期上发表的《风波》。农民出身的八路军战士赵补留与其妻子显然不是自由结合，是缺乏感情基础的旧式婚姻。妻子一开始就嫌其年纪大。在根据地建立以后，赵补留参加了八路军。之后其妻子也学习了文化，进了学校，"想自由自在的跟人家当干部"①，并在被赵补留打了以后，提出离婚，这是一种"五四"式的妇女解放反抗封建家庭的话语，也是根据地农村的新变的反映。抗日军队进入闭塞的晋西北地区，带来了现代的思想观念，引发了这一地区人们现代思想观念的启蒙。但是赵补留妻子的这种个人觉醒，这种对"自由"的追求却导致了革命战士赵补留的家庭危机——"如今为着抗日出来，家里婆姨也跟着人跑了，叫咱抗完战回去找谁啦？！"②而这样的危机如果任其扩大，成为潮流，必将影响革命军队的军心，影响到抗战大计。小说中隐含着"五四"个人解放主题与1940年代民族解放主题的冲突与调适的问题。

其次，在对根据地革命武装军事题材的反映上，也并不以激烈紧张的战斗书写为主，更多的作品反映了新式军队战斗之余的日常生活，比如学习文化、娱乐以及新型的官兵关系（这些在莫耶的《风波》、法鉴的《张奇才》、郭烽的《重上前线》等中多有呈现），战斗英雄形象的塑造并不多，"新英雄传奇"尚未成为《文艺之页》叙事性作品写作的主要范式。为数不多的直接写军事战斗的作品中，比如捷的《一个伤兵》，写一个战斗中受重伤的八路军战士，坚持要等指导员给其"打了党员的介绍信"后才让担架队把他抬下火线。在这里突出的是八路军战士的纪律性，而不是战斗中的英勇。雷的《三只枪和一皮包文件》，写被日军所俘的两个八路军小战士机智逃脱出来，并且偷回了日军的三只枪和一皮包文件。故事情节有一定的传奇色彩，但对人物形象的个性化塑造却着墨很少。最为接近"新英雄传奇"的可能要算椰子（即莫耶）的《老猴》。这是一篇围绕人物形象而非故事情节结构的作品。作品塑造了作战勇敢机智、性格滑稽风趣的

---
① 莫耶：《风波》，《抗战日报》1942年1月17日。
② 同①。

八路军战士老猴的形象。写了老猴由一个"吃喝浪荡,又抽大烟"①的农村富家子到革命战士的成长历程,形象较为丰满。尽管如后来的批评中所言,老猴在夜袭敌人时仍大声叫嚷着开玩笑,"双手拿着手榴弹而把枪背在背上"②,在战斗尚未结束的时候就跳进敌人的汽车长时间躲在里边"一点声音也没有",叫嚷着"我在里边睡觉""嚼着饼干""双手捧着许多子弹"跳下车来③等等行为可能既违反作战纪律,也不符合战场的实际,但这样的描写可以增加人身上传奇色彩,增加作品的趣味性与可读性。其实中国古代叙事文学中的英雄侠客叙事以及20世纪50年代《铁道游击队》等革命英雄传奇小说,甚至于近年来的《亮剑》等,情节的传奇性设计,英雄人物的塑造方式与此相类似。但这部小说在晋绥边区的整风开始后,受到不熟悉战斗生活,因而"描写战斗场面""有很多毛病和欠妥当的地方"的批评④,批判的焦点恰是其中的这些传奇性因素。

在《文艺之页》的军队题材的叙事性作品中,参军、参加党领导的抗日队伍是这些作品写得较多的主题。在全部二十篇作品中,有六篇直接写到参军的问题,写了各类人等不同的参军故事。《风波》与《二黑子的故事》写根据地农民参军,《张奇才》与《重上前线》写敌占区的农民参加革命军队,《我叫李荣华》写小和尚参军,《老猴》写一个出生富户的旧军人参加革命队伍后的转变与成长。之所以如此,这可能与根据地初建时面临的形势有关——与农村变革与农村政权建设相比,扩大革命武装的力量应是此期最为紧迫的任务。作为一种早期的解放区文学,这些作品的内蕴也很复杂含混。比如从参军的动机来看,当然也有不堪压迫而参加革命军队的,如《我叫李荣华》中小和尚李荣华要参加八路军的原因是在寺院里"扫院、挑水、给老和尚倒夜壶……拿着我当牲口用"⑤;《重上前线》中王全发两次参加革命队伍都是因为不堪地主的剥削压迫,在这里阶级反抗与民族反抗达到了统一。但是《二黑子的故事》中青年农民二黑子参加抗日

---

① 椰子:《老猴》,《抗战日报》1942年3月28日。
② 何嘉芸:《谈"老猴"》,《抗战日报》1942年7月21日。
③ 同①。
④ 同②。
⑤ 鸣:《我叫李荣华》,《抗战日报》1942年2月14日。

## 《抗战日报》文艺副刊与解放区文学的形成

游击队却是因为逃避妇救会因其打了老婆而要对其开会"斗争"[①];《老猴》中的老猴则出身老财,因品行不端过着吃喝浪荡的生活而与父兄吵翻后生活无着,才出来参加军队,老猴当兵的动机可以说是为了吃饭。这些都与国家民族大义没有太大关系,其所呈现的生活与主题远不像后来的解放区小说中为了反抗压迫报仇雪恨与保卫胜利果实参加革命军队的书写那样"纯净",有不少需要被规约的"杂质"。

《文艺之页》与《解放日报》的《文艺》副刊基本属于同期的刊物,这一时期的《文艺》副刊发表了不少批评性作品,比如严文井的《一个钉子》、鸿迅《厂长追猪去了》、马加《间隔》等。与此相比《文艺之页》上的作品总体而言更多地体现出对抗战时代主题与此阶段根据地的中心工作的积极配合,即如《风波》这样的内部存在几种不和谐声音的作品,从其结局的处理来看,也体现出这样的积极配合,只有沙子的《笔》一篇有着较为明显的现实批判色彩。总体而言,与《文艺》相比,《文艺之页》表现出来的现实批判色彩要弱得多,这可能是后来解放区文学建构的"正向"资源。但是,主观意愿上的"积极配合"与客观效果上的"配合得如何"往往存在不小距离,是这些作品存在的一个普遍性问题。绝大部分都是"短平快"的急就章,缺乏深沉的思考。从内容上看许多作品,要么故事情节过于简单明了,要么矛盾冲突解决简单生硬经不起推敲(比如《风波》)。这必然影响到其艺术水准,也因之影响到其艺术感染力,使其宣传鼓动的效能也打了折扣。

作为早期的解放区文学,《文艺之页》上的作品确乎已初具解放区文学的雏形,其间有着构成解放区文学的"根性"的因子。但无论是立足于服务于抗战还是立足于文学自身的价值,显然都需要有很大的提升。当然这两方面的提升并不一定能很好地协调在一个方向上。

---

① 若萍:《二黑子的故事》,《抗战日报》1942年2月3日。

# 人类记忆与残式图码
## ——关于残雪短篇小说《绿城》

/王朝军

就在我们人生旅程的中途，
我在一座昏暗的森林之中醒悟过来，
因为我在里面迷失了正确的道路。
唉！要说出那是一片如何荒凉、如何崎岖、
如何原始的森林地是多难的一件事呀，
我一想起它心中又会惊惧！
那是多么辛酸，死也不过如此：
可是为了要探讨我在那里发现的善，
我就得叙一叙我看见的其他事情。

——《神曲·序曲》
（[意]但丁：《神曲·地狱篇》，上海译文出版社，1984）

进入残雪的小说，有两种路径：一是考据，二是想象。如果还有第三种，那就是考据加想象。哪种路径可行，取决于你的知识、耐心和想象力。所幸我还有那么一点点知识，于是我不自量力地搬出了鼎鼎大名的但丁和他的"序曲"。

这是危险的，因为和自称"属于文学中层次最高的那一类"[1]作品对

---

[1] 残雪、张杰：《最好的文学一定要有哲学的境界——残雪访谈录》，《青年作家》2018年第7期。

## 人类记忆与残式图码

话,你就得时刻提防"露怯"。但你必会露怯,比如这篇名为《绿城》的小说,它的每个字里都隐藏着刁钻的笑意。它设下重重"路障",试图阻挡你向意义的抵近;它又在你绝望抓狂时,蓄意露出微弱的"缝隙"。于是,"你要死盯一个地方,敏捷而又执着"。这话出自"绿城"中的神秘女人——姑母,可能也出自1300年一个叫但丁·阿利吉耶里的年轻人想象中的圣使。

好了,我不喜欢故弄玄虚,我是想说:《绿城》的前身是《神曲》。承认这一点没什么不好意思。今天的任何作家都不可能拒绝经典的"影响",越是原创力旺盛的作家,越是要领受"影响的焦虑"。当然,关键不在你是否承认,而是你在多大程度上实现了自我净化和再造。恰好,《绿城》就是一个值得测试的样本。从《神曲》这个影响基点出发,让我们来看看残雪的"灵魂行为艺术"[①]一路走到《绿城》,都获得了哪些收益。

### 一

小说第一句是:

"在年过半百时,谢五终于回到了他的家乡绿城。现在这个城市同他小的时候完全不一样了。"

年过半百,约等于五十岁。绿城,是一座视觉的城市,它的突出特征是"绿",以至于人们在命名它时,本能地拒绝了其他替代词的介入。

这样一来,时间、人物、地点都齐备了。

但困惑紧随而至:"绿城"这个名字,从谢五儿时一直叫到他年过半百,叙述者又何以要强调此城"同他小的时候完全不一样"?既然是"完全",戴在这座城上的那顶标志性"绿"帽岂不摇摇欲坠?换句话说,退隐在小说背景中那片覆盖一切的"绿",它存在和持守的价值依据是什么?我认为,这是理解这篇小说的第一道关口。

不过很快,关口便释放出信号:谢五"家的公馆拆迁","公馆的原址

---

[①] 残雪、张杰:《最好的文学一定要有哲学的境界——残雪访谈录》,《青年作家》2018年第7期。

上盖起了九层的公寓楼。"这是告诉我们，城市的视觉形象在改变，现代物质文明的庞大躯体迅速成形。但，请注意，这里强调了"原址"。原址就是原始地址，它有固定不变的坐标和初始状态。在小说中，这个初始状态指向——公馆。对于姑母和与她前后一起生活的六位老人，公馆就是绿城，就是他们"眼里的映像"的全部。只要这"映像"不变，"绿"，就不变。

在此，"绿城"呼应了但丁诗句中那座"昏暗的""原始的"绿色"森林"。但丁把"森林"当作他驰游三界的总体性空间，七百年来，俨然经典。2020年的某个夜晚，残雪也为谢五虚拟了同样的精神属地，只不过在这里，叙述者一再声称此地为"家"。——"家"很重要，连接着古老中国价值谱系的核心。通过"家"，残雪试图创立一部有别于她的西方前辈的"伪经"。

## 二

起初，谢五是不愿意回乡的，因姑母的催促，才勉强成行。这说明，谢五从小说的起点处就是以被动的"客体"存在的，所以他只能将肉体寄放在"公寓"，他是客，是暂时的寓居者。

姑母是怎样催促他回来的呢？写信。一个电话能解决的事情，为什么还要费此周折？因为作者想用这种最古老的通信手段提醒我们：作为"家族标志"的姑母，就像旧时公馆里的座钟，拥有与时间交谈的结实品质。

信中说："谢五，你该回来看看。我经常听到你爹爹在这栋楼里说话，可见他是常回来看看的。"谢五的父亲去世多年，姑母能听到他说话，除非幻听或者疯傻，否则必有隐情。往后读，姑母的身份一步步得到确认，她就是那个引导谢五漫游"绿城世界"的维吉尔①——《神曲》中带领但丁游历地狱和炼狱的长者。

接下来的问题是：姑母会将谢五引向何处？回答之前，首先要判明人物"谢五"的含义。这个名字内在的意思有三。

---

① 维吉尔：又译浮吉尔，古罗马诗人，史诗《埃涅阿斯纪》的作者。

## 人类记忆与残式图码

意思一：五居一到九的中位，对应"年过半百"，以及《神曲》开首所谓"人生旅程的中途"。

因此也就有了意思二：新盖起来的公寓楼共"九层"。我们知道，作为《绿城》的前文本，《神曲》里的地狱、炼狱和天堂都可以被解释为有九层。那么，"九层公寓"的对象物究竟是哪一界呢？别急，下文会有答案。我们现在只需要知道：分给谢五的两套单元房都在五层。

然后导出意思三：无论谢五身处哪一界，第五层已然是他被"绿城"给定的居所。

### 三

总之，谢五终于是回"家"了，并从姑母口中得知，他将在今天深夜和先辈们见面："那时整个城市万籁俱寂，他们就来了。我已经告诉他们你要来。"

为什么是深夜？因为深夜，这个城市万籁俱寂；更因为，深夜暧昧、诡异，是秘密行为的天然交际场。

现在，谢五拿着姑母给的"两套房的钥匙"从一楼上到五楼。"两套房"当然是指分给谢五的两套两居室的单元房。这没问题。问题在于，如果我们把"两套房的钥匙"简化为"两柄钥匙"，它的前影像就出现了。还记得《神曲》中看守"圣彼得之门"即炼狱之门的那位天使吗？他正是用"两柄钥匙"为但丁和维吉尔打开了通往炼狱的神圣大门。而《绿城》中拔地而起的"九层公寓"，也由此坐实了它的基础形象：炼狱。——炼狱是座山啊，这个庞然大物险峻、高耸，巍然壁立于生命的平原，它存在的唯一理由便是：滤除人心之恶。

从森林到绿城，从绿城到公馆，从公馆到公寓，从公寓到炼狱山，从公寓的第五层到炼狱山的第五层，如果我再告诉你炼狱第五层的功能是洗净人类的"怠惰"之罪，你准会大吃一惊。是的，残雪在仅仅两千字的篇幅内，实施了一项浩大周密的建筑工程，该工程雄心勃勃，目标明确：给人物，不，应该说是灵魂的行动搭建秘密舞台。为此，她不惜瞒天过海，声"西"击"东"，向遥远的地中海之滨借来经典的声音。

请听《神曲·炼狱篇·第九歌》：

> 他从衣服里掏出了两柄钥匙。
> 一柄是黄金的，另一柄是白银的；
> 他先用白的一柄，后用黄的一柄
> 把门开了，因此我得到了满足。
> "任何时候这两柄钥匙中的一柄
> 失去效用，在钥匙洞内不能转动，"
> 他对我们说道，"这条路就不通了。
> 一柄是较为宝贵，但那另一柄
> 要有极大技能和智慧才能开锁，
> 因为解开那结的就是这一柄。
> 我从彼得那里拿来；他吩咐我
> 与其把门锁错，毋宁把门开错，
> 只要人们拜倒在我脚前就是了。"
> 于是他推开了那神圣之门，说道：
> "进去吧，但是我要向你们说清楚，
> 谁要是回头看，就得回到外边。"

沉积在这段引文底部的信息量极大，谢五用钥匙打开第一套房门的瞬间，它便如"圣音"般彻底覆盖了后面的诸多段落，甚至是全部，直到"那结"被解开。

## 四

谢五一进门，就发现了爹爹的巨幅照片，其震撼力不亚于但丁跨过炼狱之门后见到的那面雕有奇妙神迹的墙。第二套房内空无一物，却给他留足了想象、疑惑的空间。后来的事实也证明，第二套房"要有极大技能和智慧"的"钥匙"才能打开。那是一把"黄金的"、有关灵魂交往的"钥匙"。

## 人类记忆与残式图码

　　令人不解之处正在于此。爹爹的巨幅照片为何会镶嵌在"镀金"镜框里，而且挂在墙的"右边"？这简直是对逝者的亵渎和对生者的羞辱。可安排这一切的始作俑者，偏偏是爹爹自己——"是他亲自嘱咐的"，这句话漏出口风，也为谢五布下了重重疑局。"接着谢五又听到自己在说：'这公馆怎么变成这样了？'"在此，叙述者特别强调：是谢五"听到自己在说"。也就是说，发问的主体并非谢五本人。那么，这声音来自何处？谢五的灵魂吗？这么想是合理的，也最符合逻辑。但从表象得来的逻辑，也可能最不可靠。有一点就无法澄清：住在公寓楼里的谢五，怎么会突然想起"公馆"？他难道不应该问的是"这公寓怎么变成这样了？"事已至此，只能有一种解释，即有人假借谢五灵魂的名义，行移花接木、偷天换日的"勾当"。这个偷换一字——公馆换公寓——而不动声色的高手便是叙述者自己。

　　是残雪在迷惑读者，而且她差一点就成功了。她不想让读者轻易地打开那道公馆的"暗门"。而暗门的旋钮一旦启动，读者就应该知道，此时此刻那个发出声音的"自己"也随之敞开，这个"自己"不再独属于谢五或残雪，而属于众多的"我们"、广大的人群。从单数的"自己"到复数的"我们自己"，伴随发声主体的无限扩张，小说的精神边界也得到了根本性的延伸。

　　"这公馆怎么变成这样了？"

　　不妨换种说法：我们的"家"怎么变成这样了？

　　这篇小说提出和论证的就是这个问题。

### 五

　　我认为，残雪到这里才算开启了由致敬经典向抵抗经典的"叛逃"之路。她自信满满地写下"残氏伪经"的"第一句"："有人不知通过什么办法进来了。"

　　进来的是一名叫"谢三"的男子。从他超自然的举止判断，很难说他是一个"人"，那就暂时称为"鬼魂"吧。鬼魂谢三一举解决了谢五的失眠问题。方法是把他带到隔壁的空房间，就是谢五之前进去的第二套单元房。在那里，谢五睡在了一张"看不见的床"上，而且还有枕头和被子。

被子来得不明不白，像是变戏法似的。枕头倒实打实是谢三提供的。但这里有个"漏洞"，之前谢三抱着的是两个大枕头，一个让谢五枕了，那另一个呢？这让人严重怀疑，当晚睡在床上的不止谢五一个，他的旁边必定还有一人。

是谢三吗？他已经"像一条带鱼游出去了"。那会是谁？我的眼睛一路狂奔，马上寻到了线索——

第二天谢五醒来，姑母说，昨晚来的是他爹爹，但谢五却坚持只看到谢三。两种说法错位得离谱，却也解开了谜团：谢五的爹爹的确来过，他应该就睡在谢五身旁，但因没有显露身形，所以谢五看不见。

"看得见"的谢三和"看不见"的爹爹，这听起来多少有些骇人。先别紧张，我想残雪还不至于弄个鬼故事来唬人。她的真实意图有待核实。但根据残雪的一贯做派，她很可能搞的是一场"假面游戏"。问题就在这儿，无论这"假面"以何种形象示人，都必有真身。真身之一是谢三，真身之二是爹爹。可姑母很快又修正了此前的说法，把谢五和读者推向了模糊地带："他们长得差不多，所以我有时就不对他们加以区别了。""我不是靠外貌的区分来同他们打交道的。"这和谢五刚回来时，姑母误把他当作他爹爹几乎同出一辙。也就是说，在姑母眼里，这个家的人形象高度重合，谢三可以是爹爹，谢五也可以，那些和她一起生活过的老人都可以，年龄、相貌、声音、性别，乃至人鬼的界限消失了。姑母始终在和"一个他们"交往。

那个"他们"或那个真身，就是记忆。

终于还是提前揭开了底牌。哎呀，我真是憋坏了，再憋一阵儿，说不定脑壳就会炸裂。我小心翼翼地替残雪保守秘密，但此时此刻，我受到了来自这个秘密的巨大压制。我确信，现在是向读者坦白的最佳时机，否则下文将会沦为落魄不堪的文字废墟。

## 六

记忆这事很吊诡，很超验，很形而上，可当你把谢五在小说中碰到的几乎所有人用"记忆"来统一，也就明晰了《绿城》的内在伦理：是记忆

## 人类记忆与残式图码

伸手钳住了大历史的现代人群,它要强行将人拉入体内,把角落和细节的伤口层层剥裂给他们看,他们"怠惰"的灵魂屡屡被提醒,被记取,被淬炼,被洗濯。此处的"他们",也包括我们。

作为一位自居于"先锋"顶端的中国小说家,残雪深知,要走完"绿城",就必须为这内心停滞的人群开辟一处看不见的地下区域,它深藏于人类意识的底部,关于家,关于生命,关于混沌的原初形态。于是我大胆猜想,这篇小说的另一位精神导师,应该是但丁的同乡卡尔维诺。卡师有一本书叫《看不见的城市》,其中一篇《轻盈的城市之一》写道:

> 伊萨乌拉,千井之城,据说建在一个很深的地下湖上。只要在城市范围之内,居民们随便在哪里挖一个垂直的地洞就能提出水来。城市的绿色周边正是看不见的地下湖的湖岸线,看不见的风景决定着可视的风景,阳光之下活动的一切,都是受地下封闭着的白垩纪岩石下的水波拍击推动的。
>
> 结果,伊萨乌拉就有两种宗教形式。一些人相信,城市的神灵栖息在给地下溪流供水的黑色湖泊深处。另一些居民则认为,神灵就住在系在绳索上升出井口的水桶里,在转动着的辘轳上……在所有的水柱、水管、提水器、蓄水池,乃至伊萨乌拉空中高架上的风向标上。这是个一切都向上运动着的城市。[1]

很明显,残雪近期的写作受"伊萨乌拉"影响很深。这座虚构的城市的边缘至少盘旋着《少年鼓手》[2]和《沼泽地边的雷火与荠叔》[3]。关于这两篇小说,这里就不多说了。我感兴趣的是"伊萨乌拉"何以成为"绿城"的又一底本。

据卡尔维诺讲,他最初打算写三个序列:"城市与记忆""城市与欲望""城市与符号"。"轻盈的城市"是后来加上去的一组,主要服务于那些很难归类的"有点抽象的空幻的城市"。这倒给了我妄加揣测的空间,

---

[1] [意]卡尔维诺:《看不见的城市》,张密译,译林出版社,2012,第19页。
[2] 载《芙蓉》2020年第1期。
[3] 载《上海文学》2020年第2期。

比如"伊萨乌拉"可不可能一开始就是"城市与记忆"系列的一部分？很有可能。从"地下封闭着的白垩纪岩石下的水波"中，我们似乎寻到了某些蛛丝马迹：那"看不见的风景"，作为时间久远的记忆，被封存在地底深处，它的"水波"固执地涌动着，向人间传送着永恒的消息。

这是一个巨大的隐喻，隐喻的另一头，"绿城"和"记忆"暗影憧憧，看见的与看不见的竞相争逐、隐现。前文提到的谢三和爹爹同时出现即是一例。

还有一例，爹爹的巨幅照片挂在墙右边的"镀金"镜框里。"爹爹"是记忆的具象呈现，"爹爹"执意于此，反映了记忆的意志；记忆的巨幅照片，像一面巨镜，映现并收纳了人的灵魂；镀金寓意"渡"人成金；那个渡人的大能者便是记忆，他施行上帝的审判，把"信"他的绵羊（灵魂的爹爹）安置在右边。

当死去的爹爹抽象为记忆，他就成为记忆这个庞大组织的一员，他服从于记忆的指令，也接受记忆的磨洗。所以，你在后面的情节中看到照片换来换去，一会儿是叔爷，一会儿是大胡子老汉，实在不必惊讶，记忆的面孔不同罢了。

## 七

"记忆"这层窗户纸一旦捅破，小说异常复杂模糊的图码影像，骤然间变得逻辑有序，清晰无比。

然而，残雪不肯放过我们，她继续偏执地编织着自己的图码。

我不服呀，还别说，颇有些死磕到底的劲头。我想象自己是麦家长篇小说《解密》中的容金珍，不破译所有图码绝不言弃。

首先，鉴于记忆"大发现"的丰厚回馈，以及"伊萨乌拉城"底本的启示，不难判断，真实的绿城是肉眼凡胎看不见的，它潜伏在"九层公寓"地下的"原址"和历史时间的远方，唯有那个叫"灵魂"的虚物方能畅行无阻。

记忆选中了谢五，他肉身的外衣被褪去，只能凭靠灵魂做出选择并付诸行动。"灵魂出窍"发生在他回家后的当天深夜，手表上的指针显示：一

# 人类记忆与残式图码

点四十分。

——在一点四十之前,谢五睡了二十分钟。

——二十分钟很短,但却足以改变这篇小说的时间和空间。与普遍化的宏大历史时空并行的另一个世界、另一个时空悄然来临。还是进房间来的谢三说得好:"起先他看到的是假象。"这是在暗示读者:"真象"到了,你小子好自为之。

顺便说一句,真象世界如千井之城伊萨乌拉,记忆的神灵既栖居在"心脏"深处,也住在遍布全境的"血管"和"毛孔"中,那以"公寓"之名显形的公馆,就像"伊萨乌拉空中高架上的风向标",人们在那里感知神灵的呼吸。

## 八

其次,对"残式图码"的破解清单如下:

1. 图码:谢五跟谢三走进第二套房,并睡在看不见的床上。真象:第一套房是伸向记忆的通道,第二套房才是记忆的中心地带;他当时处于"似睡非睡的中间状态",还无法看到记忆的形象。

2. 图码:谢五当晚睡得昏天黑地,而且没有做梦。真象:他的灵魂已进入梦中,无须再梦。

3. 图码:第二天早晨醒来后,发现自己真的躺在一张大床上。房间里还添了餐桌、椅子、沙发等家具。真象:他彻底走进记忆给定的时空,本来看不见的就都看见了。

4. 图码:姑母和谢五争辩前一晚来的究竟是谁后,突然沉默了,"接下来她仿佛怕同谢五说话了"。真象:这个谢三很可能是不请自来,先前姑母未加以区分,主要是经验惯性使然,现在一定是意识到了什么,又担心谢五继续追问。

5. 图码:谢五记不清自己年轻时的样子,"只记得一个光头,一种模糊的担忧的表情。他同爹爹,还有家中的老人们的关系也是很模糊的"。真象:光头和模糊的担忧的表情,象征人类普遍性的遗忘本能和拒绝反思机制;提到与爹爹和家中老人的关系,只是这种本能机制的情境化。

6. 图码：下午在公寓大门口看到两个脸熟的妇女，却遭漠视。真象：遗忘本能的双向对等互换。这个段落表明，谢五一旦走出"公寓"，也就越界了，人与人之间的隔膜重现。

7. 图码：姑母说绿城从来没有变化。真象：她指的是原址的、地下的、记忆的、"看不见的"绿城。

8. 图码：听姑母说绿城没变，谢五"将这话同她讲的关于临终的眼里的映像的话联系起来，不由得背脊骨发冷"，刚好姑母叫他帮着揉面，紧张情绪才得以缓解。真象：谢五以为到了阴曹，正和鬼魂对话；揉面是日常生活景观，意味着姑母也要吃东西，不是鬼魂。

9. 图码：姑母说"家里夜间的游戏太精彩，你不回来看一看，这家族的记忆不就断了吗？"随后目光如刀地瞥了谢五一眼。真象：姑母看似提醒，实则警告谢五，他有责任接续家族记忆。

10. 图码：姑母包饺子给谢五吃。真象：预示他将和家中先辈们团圆。

11. 图码：姑母叮嘱谢五记住某个"入口"，否则"他就既不能退出，也不能进去"。真象：入口，暗指进入"记忆核心"的入口。——谢五进入记忆世界的流程是：九层公寓（郊区）—第五层（城区）—第二套房（主城区），而进了这个入口，也就算到了记忆"主城区"的核心。当然，核心的核心是记忆本体，那得看谢五能否抵达小说的"终点"。

12. 图码：谢五觉得姑母的预言与事实有偏差，"她说昨夜'他们'要来，却只来了一个人，这个人是不是'他们'也不知道"。真象：暗示"谢三"是"他们"的统一体，如耶稣基督兼先知、祭司、君王的职分。

13. 图码：第二天深夜又遇到了那个自称"谢三"的人，却还是看不清他的脸。真象：谢三是家族里"他们"的脸的叠加，自然面目模糊。

14. 图码："谢三"对他说："光等是等不来的……"真象：一语双关，除断句为"光等，是等不来的"，还可以断为"光，等是等不来的"，后者接应下文刺眼的灯"光"，也预示记忆的灵光即现。

15. 图码：谢五出了公寓，发现灯光反常的亮。真象：这次出公寓是在深夜，我们可以想象，深夜等于"地下"，是记忆世界的景象，与下午出公寓散步有本质差异。

16. 图码：谢五跟叔爷骑"空气马"，叔爷说谢五之所以体会不到腾空，

## 人类记忆与残式图码

是因为还不适应这种生活,又说风吹在谢五脸上,就说明他入口了。真象:谢五不适应的是记忆和反思;"风吹在谢五脸上",暗指记忆之灵的力量已被谢五感知。

17. 图码:叔爷带谢五到小酒馆,让他陪几位爷爷说说话,并交代:"别看他们睡着了,其实脑子清醒得很!"真象:肉体已死,灵魂犹存。

18. 图码:谢五一连串发问后,有人鼓了三下掌,却不知是谁鼓掌。真象:应该是"谢三",即家族长辈的集合体。

19. 图码:谢五冲出酒馆,回到姑母家。姑母夸他"表现得还不错"。真象:这是谢五第一次进入记忆的核心,能够找到入口并鼓起勇气与记忆的信徒——家族里死去的老人对话,实属难得。

20. 图码:谢五上楼打开第二套房门,见屋里坐着一个人说:"我就是你隔壁那照片上的人。"真象:此人还是谢三,既然他是"他们"的统一体,那么他也可以是记忆的本体。

21. 图码:那人让谢五数"目"字,数到一百就会入睡。真象:中国传统说法,百年之后,人即瞑目。

22. 图码:谢五数到五十就入梦了。真象:五十是一百的中间数,与谢五"年过半百"的岁数暗合,也照应三个死人所谓的"夜半时分";他只数到了五十,所以是"入梦";此事发生在谢五回来的第二个夜晚,恰处于三个夜晚之间。

23. 图码:他梦见自己同三个死人打架,三人异口同声:"夜半时分,绿城的地底响起我们的喃喃低语。"真象:"异口同声",证明他们的声音就是记忆的声音;此刻,谢五对"融入"记忆世界仍存疑虑,所以"打架"。

24. 图码:"谢五被他们缠得难受,赌气地抓起桌上的酒瓶又喝了一口。"可他的房间内并无酒瓶。真象:他的灵魂已在梦中重回酒馆。

25. 图码:酒馆对面的白墙上嵌着爹爹的脸,后又换成叔爷的脸。真象:呼应上下文提及的巨幅照片换来换去一事;另一方面,也象征记忆被挤压在"夹缝"中的危险处境。

26. 图码:爹爹抱怨说:"你看看绿城现在变成什么样子了,就连走路都会随时踩着尸体。"真象:此处的变,指现代工具理性对历史和记忆的傲慢榨取，比如九层公寓"拆除"了公馆固有的"家"的属性。

27. 图码：叔爷哀号丢失了马。真象：实际上是记忆被遗弃了。

28. 图码：第三天早上谢五醒来，姑母说："如今你爹爹的性格已经改变了很多，他成了一位和蔼的老爹。"这让谢五百思不得其解。真象：姑母曾说爹爹是"硬汉"，现在又说"和蔼"，暗示爹爹形象的棱角正在被稀释，谢五再不采取实质性的行动，爹爹就会在他的记忆中彻底消失。

29. 图码：谢五听到姑母家门外有个人总在哭，"姑母说那个人不在门外，在很远的地方，多半是在城市的下水道里。谢五之所以听到那人在门外，是因为他的听觉变得十分敏锐了。他还会听到更多的声音，绿城有个地下世界，夜深人静时，那下面的人们可以吵翻天"。真象：真实的绿城在地下，在深夜，在"现实"的远方；谢五通过前两夜的习练，已经逐渐和"异域"达成一定的默契，所以听觉敏锐起来。

30. 图码：谢五在姑母家的电视机上看到叔爷的"异象"。真象：这就像上帝的默示，招引谢五径入记忆本体，而非"管辖"的区域。

31. 图码：姑母嘱咐谢五下次再见爹爹他们时，一定要"问他们要一样东西，然后将那东西死死地抓在手里"。真象：要死死抓住的是记忆。

32. 图码：姑母说谢五的房间已经乱得不成样子了，可谢五发现除了照片换成一个大胡子老汉，并无乱象。真象：大胡子老汉是记忆的终极形象；谢五看不见乱，是因为他的灵魂还没有进入记忆本体；照片互换可能是这"乱"的根源，记忆本体要将所有的"他们"合成一个形象，不容易啊。

不容易的还有我。清单列毕，谢五也该履行他最后的义务：向太初的绿城索要丢失的东西。

## 九

他能要到吗？这个疑问背后还回响着一个忧虑的声音：我们能寻回那个盛放着永恒安宁的家吗？能！读者的回答是那么肯定。至少在这篇小说中，我们怀有善意的期待。然而，一篇值得阅读的小说，最不该的就是让我们一眼看到尽头。它总是在"理所当然"的轨道上滑向"意外"。

在《绿城》中，这场意外仍然秉持着残雪惯常的写作性格：象征性的

# 人类记忆与残式图码

"奇迹"。

比如信纸上那个神秘地址：三角塘，八十三号，绿城西。在这十个字的阴影下可能埋设着"地狱"（但丁《神曲》中的地狱呈漏斗型）、"三面镜子"（《神曲·天堂篇·第二歌》中，俾德丽采为使但丁醒悟所用的比喻）、"地下湖"（卡尔维诺所描述的"伊萨乌拉城"建在一个很深的地下湖上）以及中国传统生死观中的某些元素（八十三在八十四之前，老话说："七十三、八十四，阎王不请自己去。"去哪儿呢？去西天呗）。它们共同指向一个含义不明的混沌世界。它是地狱，也是人间炼狱和极乐的西天。而能将谢五带到这里的，只能也必然是那不可知的最高神灵。在小说中，它被小女孩捡到的那本"族谱"确指为记忆之灵。

但我不是考证家或经学家，我无意把这篇文章写成《绿城》的注本。事实上，我已经在前面的"破解清单"中疏通了必要的脉络，现在我们只需直奔小说的终点。

终点处，记忆的"圣子"（小女孩）试图用"奔跑"之罚来惩戒并洗涤谢五的"怠惰"，但意外出现了：谢五断然拒绝。尽管他的一只脚已经跨入记忆的门槛。这是一种出于本能的拒绝，来得突兀，却也有一种自洽的庄重。毕竟，谢五此次"会晤"的根本职责不是被记忆俘虏，而是要重新界定我们的来源，给人类的生活找回历史的根基。

我认为，谢五是找到了，不是找回"家"，而是找回"家"的记忆，并把它铭刻在心灵至深之地。他终于明白，自己只是一个"闯入者"，一个人过五十岁的中途需要"知天命"的守望。残雪也希望我们找到。她在这篇小说中费尽心机地喊："我们——我们！"就是要我们领略"家乡之美"，我们看见它，认领它，接续它，然后守望它。

——但我必须申明：我对这部"伪经"中过度折叠的"残式图码"一点也不领情。我的理由是：小说不是圣经，也不是诗歌。即便未来某一天，小说真的获得了圣经的合法性，它也必会为自己的"比喻"找到畅通人类经验的路径。从这个意义上说，我仍然踯躅在《绿城》的边缘。这个事实也雄辩地证明：我就是被"马太效应"驱逐的那部分人。

难道残雪的真实意图在这里？"凡有的，还要加给他，叫他有余；凡没有的，连他所有的，也要夺去"？"听是要听见，却不明白；看是要看见，却不晓得"？（《马太福音13·12、14》）我不知道。

# 《新月派诗选》与《新月诗选》的"历史对话"

/白 杰

20世纪80年代，伴随思想解放潮流的涌动、文艺界拨乱反正的推进，一度湮没的新月诗派渐然浮出地表，为诗坛学界所关注，不仅逐步在"历史重叙"中获得了合法性，而且突显出独具一格的流派属性。这一转变离不开诗派选本的编纂。作为"中国现代文学史参考资料"之一，上海书店1981年11月影印刊行了陈梦家1931年编选的《新月诗选》。首印即过万册，此后多次重印，到1985年印数已超三万册。1989年9月人民文学出版社又推出蓝棣之编选的《新月派诗选》。该选本被纳入"中国现代文学流派创作选丛书"，起印亦有七千余册。

新月诗派的流派性质非常突出，既有诗学主张又有创作实践，既有社团组织又有诗歌刊物，艺术特色鲜明，是中国现代新诗史上不可或缺的重要团体。但新月派诗人本身不愿接受"诗派"命名。陈梦家当年为选本命名时，就有意避开"诗派"二字。20世纪30年代文坛论争，特别是左翼在展开文学批判时，习惯给对手贴上流派标签，以便"一网打尽""聚而歼之"。视新月为死敌的"中国诗歌会"就反复强调，"一般地说来，当时的诗坛，除开一部分敢于把眼睛注视着社会现实的诗人以外，是给新月派和现代派所蹯踞着的……新月派的诗，在本质上，可以说是没落的，丧失了革命性的市民层的意识之反映,它是唯美的,颓废的"。① 对于这种带有政治宣判意味的诗派指称,新月同仁自然不愿就范,"'新月派'这一顶帽子是自命为左派的人所制造的,后来也就被其他的人所使用"。当然,不少新月派成员也不愿因派别而掩盖自己的创作个性,梁实秋曾引用胡适的话,认为狮、虎向来都是独来独往,唯有狐狗才会成群结队,"办《新月》杂志的一伙人,不屑于变狐变狗"②。不过,不管是否使用"诗派"字眼,《新月诗选》和《新月派诗选》都为新月诗派的边界确认提供了重要依据。

## 诗派选本的续写及改写

陈梦家《新月诗选》(简称"陈本")与蓝棣之《新月派诗选》(简称"蓝本")在编选时间上相隔半个世纪,但又一同被推至新时期诗坛,构成强烈的比照互文关系。陈本取十八家八十一首诗,蓝本同样选取十八人,诗人名单完全相同,但作品总数则增至二百二十一首。各诗人入选两选本的诗作数量对照如下:徐志摩(8首/35首)、闻一多(6首/27首)、饶孟侃(6首/11首)、朱湘(4首/15首)、孙大雨(3首/8首)、邵洵美(5首/10首)、方令孺(2首/6首)、林徽因(4首/22首)、陈梦家(7首/17首)、方玮德(4首/14首)、梁镇(3首/5首)、卞之琳(4首/12首)、俞大纲(2首/3首)、沈祖牟(2首/6首)、沈从文(7首/6首)、杨子惠(3首/3首)、朱大枏(6首/12首)、刘梦苇(5首/9首)。两种选本有大量交集,陈本所选八十一首诗作中有六十三首再度入选蓝本。被替换下来的十八首有徐志摩《哈代》《季候》,闻一多《夜歌》《也许》,朱湘《美丽》《当铺》《雨景》《有忆》,陈梦家《摇船夜歌》《夜》《白马湖》《我是谁》,方玮德《幽子》《微弱》,卞之琳《望》《黄昏》《魔鬼的夜歌》,沈从文《对话》。另外,原选本目录中的作品标题,也有修订,邵洵美《邵洵美的梦》改为《洵美的梦》,林徽因《仍》《情》,分别改为《仍然》《情愿》。

---

① 王训昭:《一代诗风:中国诗歌会作品及评论选》,华东师范大学出版社,1996,第285页。

② 梁实秋:《梁实秋文集》,华夏出版社,2000,第146页。

蓝棣之辑选《新月派诗选》深受陈梦家影响，许多方面都延续了《新月诗选》的做法，"这本诗选，入选诗人十八家，这主要是考虑到与1931年陈梦家受徐志摩委托编选的《新月诗选》有个历史的衔接"①。两位选家在不同历史时空下所坚持的编选原则、艺术审美观念并没有太大冲突。20世纪80年代末，蓝棣之着手编辑选本时，"清除精神污染"运动已经结束，新时期的文学场域又开始积极强化艺术审美的自主性，选本编纂更多依从流派艺术特征、个人创作风格、文学史演进等维度，意识形态介入相对要少。从人民文学出版社责任编辑岳洪治对《新月派诗选》的"审读报告"来看，仅有邵洵美的《情诗》，因为"格调低下，色情渲染过于露骨"以及卞之琳《影子》不太符合新月风格而被删掉外，其他都得以保留。②但蓝本之于陈本，还是抱着"接着讲"的态度，而非简单的"照着讲"。认真比照两个选本，可以看出选家蓝棣之在新时期文学场域中所拥有的独特的诗学观念、编选动机、编选策略。

蓝本最明显的特点是作品数量大幅增加，从八十一首猛增至二百二十一首。当年陈梦家编辑选本，属于当事人的现场评判，主要目的是选优拔萃，将那些最能突显新月诗派理论主张、艺术成就以及各诗人创作风格的精粹诗作推至读者面前。《新月》《晨报副刊·诗镌》及创刊不久的《诗刊》都是时下文学资料，无须在选本中突显。但到了20世纪80年代，新月派的作品已难觅踪影，选本编选除了择取佳作外，还承担有存留史料的重任。某种意义上，"还原"比"删略"更为迫切。面对长期处于精神饥渴、竭力从新文学历史中"补课"，汲取思想艺术新质的广大读者，选本扩容可以更好地满足时代需求。仅取徐志摩诗选在80年代的出版发行情况，我们就不难理解这一点。《徐志摩诗集》（1981）首版印量八千九百册，《徐志摩选集》（1983）首版印量三万九千册，《徐志摩诗集》（全编）（1983）首版印量两万五千册，《徐志摩诗全编》（1987）两次印量六万六千册。在此背景下，《新月派选诗》虽不同于总集、全集、大系一类，仍以选优拔萃为主，但也可以适当放宽边界、增容扩量，给予读者更大的阅读面和选择权。

---

① 蓝棣之：《新月派诗选》，人民文学出版社，1989，第53页。
② 岳洪治：《〈新月派诗选〉审读报告》，《编辑之友》1988年第1期，第55—56页。

## 《新月派诗选》与《新月诗选》的"历史对话"

再有，编者蓝棣之是以学者身份编辑选本，有很自觉的文学史意识。他不单辑选那些体现重要诗人不同艺术侧面的代表作，还要非常注重流派在各个阶段的演变轨迹，把处在萌生期、转折期、衰退期的作品也都收录进来，以更好呈现流派演进的完整脉络。因此他的辑选范围要比陈梦家开阔得多。对比来看，陈梦家选录基本限定在三份刊物、六部诗集：刊物有1926年《晨报副刊·诗镌》（共十一期）、1927年《新月》（共三卷）、1931年的《诗刊》（共三期）；诗集有闻一多《死水》（1928），徐志摩《志摩的诗》（1925）、《翡冷翠的一夜》（1927）《猛虎集》（1931），陈梦家《梦家诗集》（1931），朱湘《草莽集》（1927）。到蓝棣之编纂选本时，除上述资料，还参考了徐志摩《云游》（1932），朱湘《夏天》（1925）、《石门集》（1934），邵洵美《天堂与五月》（1927）、《花一般的罪恶》（1928）、《诗二十五首》（1936），陈梦家《铁马集》（1931）、《梦家存诗》（1936），方玮德《玮德诗文集》（1936），朱大楠《灾梨集》（1928），卞之琳《雕虫纪历》（1984修订版）。此外还有《小说月报》《创造季刊》《北平晨报·副刊》《大公报·文艺副刊》等报刊。置身新的时代语境、立足更高的历史基点，使蓝棣之能够依托丰富的文学资源为选本扩容。此前未进入陈梦家视野或未得到充分重视的资料，经《新月派诗选》补充后更加完整细致地勾勒了新月诗派的轮廓和流脉，特别是1930年以后的艺术风貌。

### 从现场评判到文学史观照

辑录作品，是选家表达自身文学观念、诗学理想的重要方式，"凡是对于文术，自有主张的作家，他所赖以发表和流布自己主张的手段，倒并不在作文心、文则、诗品、诗话，而在出选本"。[①] 陈梦家在《新月诗选》中就表露了"散文化"诗学追求，力图打破"非格律不可"的传统观念，将新月诗派推入新的发展阶段。为此，他毫不避讳自己的编者身份，辑录自己和沈从文诗作各七首，数量仅次于徐志摩。工于小说的沈从文，将叙事性因素引入诗歌，展现了散文化的艺术形态，有助于打破格律枷锁，"我

---

① 鲁迅：《鲁迅全集》（编年版：第七卷），人民文学出版社，2014，第480—481页。

希望读者看过了格律谨严的诗以后,对此另具一风格近于散文句法的诗,细细赏玩它精巧的想像"。①

但时隔半个世纪,选家蓝棣之则从文学史的高度清晰看到,后期新月派进入 30 年代没多久就解体了,其对现代主义的追求、对散文化的探索,远不如现代诗派那样成就卓著。作为后期新月领军人物的陈梦家,地位和成就也终究不能与徐志摩、闻一多等新月奠基人相提并论。同样,沈从文携叙事因子变革格律诗歌的意义也大打折扣。其明显融会小说技法的诗作《对话》就被蓝棣之删掉了。对比陈本,蓝本收录的十八位诗人的作品,只有沈从文数量有减少,被删至六首。原先陈本中,沈从文与陈梦家并居第二,仅次于徐志摩,及至蓝本却远离诗派核心,排位十三,身后只有沈祖牟、方令儒、梁镇、杨子惠、俞大纲等几位创作稀少的诗人。到如今,人们谈及新月诗派,已很少再把沈从文当作代表,甚至完全忽略了沈从文的诗人一面。

其余十七位诗人,入选作品都有增加,但增量悬殊。一般都是五篇左右,超过十篇的有六位,徐志摩增二十七首,闻一多增二十一首,林徽因增十八首,朱湘增十一首,陈梦家、方玮德增十首。徐志摩和闻一多的领袖地位得到进一步巩固,陈梦家、方玮德也被推举为后期新月的代表,但诗派重心显然还是在前期。当中林徽因很是抢眼,陈本中她只有四首入选,位列第十,可蓝本却辑选二十二首,紧随徐志摩、闻一多,排第三。陈梦家编辑选本时,林徽因的诗歌创作刚刚起步,"对于林徽音初作的几首诗表示我们酷爱的欢心"。②但 30 年代以后则进入高产期,创作了不少高质量诗作。到了 20 世纪 80 年代,蓝棣之已能比较完整地接触到林徽因的诗歌创作,1985 年出版的《林徽因诗集》就提供了便利。大量增选林徽因诗作,重新定位其诗派地位,是蓝棣之"续写"新月诗派的重要成果之一。

除了林徽因,朱湘的作品也增加不少。朱湘与新月诗派的关系并不融洽,一度与徐志摩反目退出《晨报副刊·诗镌》。但从艺术创作上看,他还当属新月诗派骨干,就连徐志摩也不得不承认,"朱湘君,凭他的能耐

---

① 陈梦家:《新月诗选》,新月书店,1931,第 29—30 页。
② 同①,第 28 页。

## 《新月派诗选》与《新月诗选》的"历史对话"

与热心,应分是我们这个团体里的大将兼先行"。① 可陈梦家在《新月诗选》中并没有突出朱湘的重要性,仅取其四首诗,数量排第九,序言作点评也是一带而过,"朱湘诗,也是经过刻苦磨炼的"。② 这倒也不能全部归于人事嫌隙。陈梦家交代过,选本以抒情短诗为主,"我发现这册集子里多的是抒情诗,几乎占了大多数。我个人,最喜欢抒情诗"。③ 朱湘入选的四则诗作《美丽》《当铺》《雨景》《有忆》,均是抒情短诗,都出于诗集《草莽集》。但陈梦家显然忽略了朱湘《草莽集》对格律理论的多样化实验,忽略了其独具一格的"民谣风"作品以及叙事诗创作。这是一大缺憾,但也为蓝棣之的"续写""改写"提供了更大空间。

蓝棣之在《草莽集》之外,还参考了朱湘的首部诗集《夏天》及其身后出版的《石门集》,比较全面地掌握了朱湘各个阶段的诗艺创造。他从《夏天》选取了反映诗人早期特色的《小河》,从《草莽集》选取了融词、曲、民歌为一体,有浓重古典色彩的《摇篮曲》《采莲曲》,音调严谨而又新颖的《晓朝曲》,意境大胆新奇的《热情》。另外还补充了许多来自《石门集》的诗作。《石门集》一扫过往的澄澈明丽,情感色彩灰暗低沉,艺术形式上也加大了对叙事诗、跨文体创作的探索,如《猫诰》《招魂辞》、《阴差阳错》(诗剧)等,诗体变革亦从古典诗词转向了西方诗歌,如《十四行意体》等。朱湘多向度的艺术探索,特别是《石门集》中的诗学突破,在蓝本中得到较为充分的体现。朱湘能够在日后的诗史叙述中跃至新月诗派前列,经常与徐志摩、闻一多相提并论,决然离不开《新月派诗选》的推动。

陈梦家编选《新月诗选》时,新月诗派还处在"进行时"状态,无论诗派整体还是诗人个体都处在变动中,所以必然会割舍掉大量1931年以后才出现的优秀作品。这无疑对那些在20世纪30年代以后依然有强盛生命力的诗人构成某种限制、遮蔽。不单是朱湘,更主要是后期新月中的年青一代,如卞之琳、何其芳、臧克家等,包括陈梦家自己。但蓝棣之不同,

---

① 邵华强:《徐志摩研究资料》,陕西人民出版社,1988,第170页。
② 陈梦家:《新月诗选》,新月书店,1931,第25页。
③ 同②,第21页。

他所面对的是已经结束的历史段落，可完整地勾勒诗派、诗人的演进轨迹。对于陈梦家自己挑选的七首诗，蓝棣之去掉四首，仅保留了《一朵野花》《雁子》《再看见你》，另又补充十四首。这十四首中有九首都为1936年陈梦家自选诗集《梦家诗存》所辑录。《梦家诗存》从过往一百多首诗中选择了二十三首，突出体现了诗人后期诗学观念上的变化，即努力摆脱格律束缚，穿越表层的音色画面而追求诗体的自由、情感的真挚。此前入选《新月诗选》的《摇船夜歌》《夜歌》《我是谁》等几首，因格律印迹比较明显，都没有进入《梦家存诗》，蓝棣之的《新月派诗选》也删掉了它们。但蓝棣之也编选了一些被《梦家存诗》淘汰的诗作，如"美到无一点瑕疵"的小诗《寄万里洞的情人》，抒情长诗《悔与回——献给玮德》以及出自《铁马集》的《燕子》《九龙壁》《铁马的歌》等。它们或许在形式上存在刻意求工的印迹，但仅就技艺而言就已非常纯熟，还代表了陈梦家特定阶段的创作情况或某种艺术风格的探索，便于读者把握诗人艺术个性和创作轨迹。

卞之琳也是从"新月"升起的新星。他的首部诗集《三秋草》（1933）中有相当一部分就属于新月一路。但这部诗集是在《新月诗选》之后才出版。陈梦家辑选卞之琳诗作时，主要依据的还是诗人在《新月》杂志上发表的作品，另外也没有太看重卞之琳创作中趋向"现代派"的日常化写作。许多处在"新月"与"现代"交界，最能体现卞之琳那种"平淡里出奇"艺术风格的作品都被舍弃了。1933年5月，朱自清点评《三秋草》时就指出，"《新月诗选》里有卞君的诗四首。其中《望》《黄昏》《魔鬼夜歌》，幽玄美丽的境界固然不坏；但像古代的歌声，黄昏的山影，隐隐约约，可望而不可即。《寒夜》便不同，你和我都在里头，一块儿领略那种味道。那味道平常极了，你和我都熟悉，可是抓住了写来的是作者。前三首还免不了多少的铿锵，这一首便是说家常话，一点不装腔作势"①。蓝棣之应该是参考了朱自清的评论，他在编选时删去了《望》《黄昏》《魔鬼夜歌》而仅保留《寒夜》一首，另外又补充了十一首，全部出自《三秋草》。

不过就诗人而言，他不会完全遵照某一流派的"写作模板"去写作，

---

① 朱自清：《朱自清全集》（第四卷），江苏教育出版社，1990，第308页。

## 《新月派诗选》与《新月诗选》的"历史对话"

即便在理论主张上已有明确的转变,但在创作实践中还是会程度不同地熔铸过往的艺术经验,在技艺、风格等方面呈现出新旧调和的渐变色。卞之琳的诗作,很难以明确的时间界点来区分新月派创作与现代派创作。一是后期新月的艺术趋向与现代派本来就比较接近。二是卞之琳在进入现代派阵营外依然操练着新月派的格律技艺,"只就我而说,我在写诗'技巧'上,除了从古、外直接学来的一部分,从我国新诗人学来的一部分当中,不是最多的就是从《死水》吗?……以说话的调子,用口语来写干净利落、圆顺洗炼的有规律诗行,则我们至今谁也还没有能赶上闻、徐旧作,以至超出一步,这不也是事实吗?"① 那些堪称现代派经典的《对照》《断章》《尺八》《圆宝盒》等,风格上体现了现代派之"新切"与"含蓄",技艺上又是高超绝妙的格律舞蹈。

对于身份复杂的"两栖诗人",选本或文学史通常都会依其艺术重心而将其划归到某一流派,以使诗歌脉络清晰。只是陈梦家在编《新月诗选》时,没有预料到卞之琳的"重心转移",还是把他划到新月队列。到了蓝棣之《新月派诗选》,为了与《新月诗选》"有个历史的衔接",也保留了包括卞之琳在内的成员名单。

但蓝棣之还是有意区分卞之琳作品在新月派和现代派上的偏向,并将卞之琳的主要身份设定为现代派诗人。在他稍后编选另一选本《现代派诗选》中,卞之琳排序首位。当然,为了避免选目冲突,让两个选本显示卞之琳诗艺的不同侧面,《新月派诗选》偏重选取卞之琳浪漫主义色彩较浓的诗作,《现代派诗选》偏重智性含量较高的诗作。

### 历史规限下的缺憾

蓝棣之力图在陈梦家基础上实现新的突破和完善,但因于种种原因,《新月诗选》还是对《新月派诗选》构成许多规限,未获得前者确认的诗人,又再次被后者遗弃,譬如何其芳、李广田、臧克家的缺席。何其芳与李广田、卞之琳合称"汉园三诗人",通常被归入现代诗派。三人都参加

---

① 卞之琳:《卞之琳文集》(中卷),安徽教育出版社,2002,第155页。

过现代诗派的诗歌活动，或在有现代派诗风的刊物上发表过作品。诗歌合集《汉园集》1936年出版时，新月诗派早已解体，风头强劲的是戴望舒领导的现代诗派。对于执守"纯诗"立场、注重诗歌技艺、专注于自我吟唱的"汉园诗人"来说，似乎只有现代诗派一个归属了。但事实上，《汉园集》在1934年以前就已编定，其中不少诗作是在"新月"影响下写成的，像何其芳的《花环》《预言》就出色践行了"三美"理论。早在1930年冬，何其芳还就读清华大学外文系时，就创作了百余行叙事长诗《莺莺》，以"萩萩"的笔名发表在《新月》1932年第七期。稍后又以"秋若"笔名在自办刊物《红砂碛》发表《我要》《那一个黄昏》等诗歌十二首，它们"堪称道地的《新月》派诗"。①李广田1933年以"洗岑""望之"的笔名在刊物《牧野》上发表诗作，《沉思》《行云》《我们的邻人》等作品都有明显的"新月"印迹。这些初出茅庐，甚至不敢署真名发表作品的"无名小卒"②，基本都是在《新月诗选》出版之后才真正展开创作。仅凭当时的身份、资历，他们很难"忝列"新月，待到三四十年代在诗坛站稳脚跟时，又被打包纳入现代诗派。

臧克家与新月派的关系显得更加复杂。他师承闻一多的"苦吟"一路，非常讲究修辞韵律。1932年在《新月》发表《难民》《老马》等作品，1934年出版第一部诗集《烙印》，由闻一多作序。其创作在内容上逸出了新月派主流，密切关注社会现实和底层民众，但论技巧还是深得"三美"精髓，形式整饬、节奏匀称。尽管如此，臧克家与新月诗派在政治立场、诗歌观念等方面的分歧还是不断加大。1934年初他撰文《论新诗》尖锐批评了新月派、现代派，对徐志摩更是大加指责，"他只从英国贩过一种形式来，而且把里边装满了闲情——爱和风花雪月"③。当时左翼文艺对臧克家的"倒戈"大加赞赏，"至若臧克家，虽采用新月派的形式，却没有像陈梦家、朱湘等那么著重格律尤其是内容方面，他更出了新月派的轨"，但

---

① 卞之琳：《何其芳与诗派》，《人民日报》1988年1月7日。
② 何其芳《写诗的经过》一文中回忆，"我开始保存我的习作，并且有勇气署上真名发表它们，那已经是在我上大学以后了"。参见《何其芳全集》(第四集)，河北人民出版社，2010，第320页。
③ 臧克家：《臧克家全集》(第九卷)，时代文艺出版社，2002，第4页。

## 《新月派诗选》与《新月诗选》的"历史对话"

也希望他能够完全挣脱新月派的形式,将新月派送上断头台。①臧克家顺应这一期许,努力摆脱《烙印》所存留的"新月"烙印,在政治立场上趋近于中国诗歌会。不过从新月派习得的技艺修辞、深厚的生活体验,使他没有完全陷入标语口号的泥淖。

中华人民共和国成立以后,臧克家努力撇清与新月派的关系,与此同时也将自己的老师闻一多从新月派中摘出来,只突出他"爱国诗人"的政治一面。这从他编选的《中国新诗选》可以看出。此后直到20世纪80年代,臧克家还是仅仅承认艺术表现上受到新月派影响,坚持自己在文学观念、人生态度、政治立场等方面与新月派大相径庭。②臧克家与新月派的冲突,不同于朱湘与徐志摩等人的分歧,它已超出艺术范畴,牵到更多的人事纠葛、意识形态冲突。臧克家经历特殊的时代命运,对派别归属非常敏感,担心一旦归新月诗派,就与资产阶级文艺有了亲缘关系,所以有意回避这一问题。

但"流派"乃生长在文学场域内部的一个概念,其重要价值就是集合各方文学力量循艺术维度攀行,并建立某种较为合理的生态分布和竞争机制。理想的流派划定,不应为意识形态所左右,它在分立门派时首要考虑的还是艺术承传和风格趋向等要素。有论者仅凭《新月诗选》没有辑录臧家克,就认为臧克家绝缘于新月,还有部分诗歌选本、诗史著作将臧克家从新月中拉出而与中国诗歌会联系在一起,这都是有违事实、有失公允的。③无论"冲出新月"后是否陷入"政治进步,艺术退步"的怪圈,臧克家仅凭技艺精湛的《烙印》就当列入新月谱系。卞之琳、何其芳等都认为《新月诗选》仅是陈梦家个人的工作,不能完全作为界定新月诗派的依据,"首先在《新月》上发表诗而为世所知的臧克家没有诗被陈梦家选入。他编的《诗选》,是纯属偶然"。不过需要注意的是,陈梦家《新月诗选》之所以"遗漏"臧克家,主要原因并非选家个人偏好,而是当时臧克家还

---

① 方仁念:《新月派评论资料选》,华东师范大学出版社,1993,第34页。
② 臧克家:《我与"新月派"》,《人民文学》1984年第10期。
③ 唐弢主编的《中国现代文学史》(1979年)专列"中国诗歌会诸诗人和臧克家等的创作"一节。该史著在20世纪80年代被广泛用作高校"中国现代文学"课程教材。

没真正踏上诗坛。他最早在《新月》发表诗歌是在1932年,诗集《烙印》出版则到了1934年。陈梦家1931年编辑选本时自然无法顾及这位后起之秀。

陈本没有完整收录新月派的代表性诗人。蓝棣之注意到了这一点,"事实上,除卞之琳外,何其芳、李广田、臧克家等都是从《新月》走上诗坛的",但他还是全盘接受了陈梦家的"十八人名单"。何其芳、卞之琳、李广田等出身"新月"却又转轨现代派的诗人,他选择安排在另一选本《现代派诗歌选》。至于臧克家,则考虑到当事人的态度,没有辑录。卞之琳后来印证了这一细节,"我随便问他编《新月派诗选》选不选臧克家的一些早期诗。回答是否定的,说是不敢,正如他编《现代派诗选》的时候不敢选艾青的一些早期诗"。总而言之,蓝棣之在选本空间内不断廓清新月诗派的边界内涵、重新界定文学史坐标之时,又不得不割舍某些繁复历史。

在较近时空距离内编纂选本,经常会受到一些非艺术因素的干扰。诸如意识形态导向、当事人的主观意愿、人事纠葛、人情渗透等等。如果选家不能有效克服这些干扰,则很有可能带给选本某些人为损伤,无法给予文学批评、文学史研究权威参照,无法促成文学经典的有效认定、持续积淀。那些影响较大,具有开拓意义、填补空白价值的选本,尤是如此。人们会借助它来清理、认知那些复杂异常却又不断远去、渐渐模糊的新诗历史。而这些历史认知又将构成新一轮诗歌创造的精神根基、艺术泉源。选本在厘定过往的诗歌秩序之时,又积极参与着未来诗坛的规划,其优长缺失都因此而放大。新月诗派选本的编订或重版,还是一定程度上修复了既往文学史叙述中长期缺失的板块、残损的脉络,激活、续接了长期处在被遮蔽、压制状态的浪漫主义、现代主义诗脉。新时期诗坛蓬勃涌现的朦胧诗、第三代诗歌,都承续这一诗脉而不断突进。

新月诗派选本在新时期的历史重叙中发挥了极为重要的作用。这似乎延续了朱自清编选的《中国新文学大系·诗集》的传统——以诗派来统辖诗坛;但要注意,朱自清当时就表示,设立派别,或有"强立名目"之嫌。他的担心不是多余的,诗歌派别不是坐而待之就必然出现的产物,但也不是仅靠权威判定就能完成的。它需要在较长历史时段内,历经一系列的概括、提炼、界定、阐释才可能逐渐成型、被普遍接受。在此过程中，诗派选本是重要一环。陈梦家《新月诗选》及蓝棣之《新月派诗选》虽然仍有不少遗漏缺憾，但是突出了新月的诗派属性，廓清了其基本的成员组成和艺术状貌。当然，许多选本不仅以丰富且较合理的选文来厘定诗派边界、展现诗派内涵，还经常配以审美意识浓厚、文学史意识强烈的前言或序文，以对诗派的渊源、脉络、艺术特征等做出更为系统深刻的理论阐述、价值判断。

新月诗派选本在20世纪80年代的登台，有更深层次的意义，它悄然将艺术坐标轴从社会政治调整到了艺术审美，推动了思想文化的拨乱反正，强化了文学场域的自主独立，这正如学者孙玉石在编撰一部诗选时所谈到的，"我的初衷，是为了'拨乱反正'，追求和反映文学发展的实况，还原历史的真相，同时也可借此为突破口，打破那种以主流、支流、逆流观念划分纷繁复杂丰富多彩文学现象的僵硬理论思维与研究方法，重新书写文学历史"。不过也须承认，文学派别、诗歌流派往往是在创作发生之后，甚至业已结束一定时段后才给予的总结追认。这种群体性的认定，很容易遗漏掉一些以独立个体参与文学生产，习惯游离在社团、文学运动之外的"独异个人"，很容易忽略介于各流派交叉地带的过渡型作家、复合型作家。从文学史经验来看，置身流派板块之外的岛屿或处在流派板块之间的断裂带，常常以异质因子的大量积聚而孕生新的文学力量。在此意义上，诗歌选本也应有意识地关注流派之外的"流浪者"。

原载《中国现代文学研究丛刊》2019年第9期

# 阅读《汉家文章》的札记

/关海山

思考。词语。意象。站在川流不息的街道旁边指手画脚。

善于变化的女巫。喝茶。长出翅膀的大树。裸奔。令人沮丧的名人聚会。

不得不说实话，读汉家的文章，对我的智商是一次挑战，对我的阅读量是一次检验，对我的文学理论和文学经验是一次颠覆，对我的文学审美是一次——嘲讽。

读汉家的文章，读得我血脉偾张，读得我手足无措，读得我恍恍惚惚，读得我六神无主，读得我快速地把书从头翻到尾，又凌乱地从尾翻到头。

汉家的文章有思想、有深度，而这种思想与深度，却总是若即若离地隐藏在汹涌而来呼啸而去的语词盛宴中。比如读到《第一眼莲花》，贯穿通篇的"你只有一次"，无情地透露出汉家的内心是不安定的，面对纷乱的世界，他纠结着、挣扎着，他一方面目空一切极度自信，一方面又失落、痛苦、极度恐慌；他对未来的一切都充满着期待和向往，又对现实中的一切充满着惧怕和逃避，这种惶恐与逃避，体现在作者对每一个人、每一件事情的妥协上，因为"你"对每一个人、每一件事情的掌控都"只有一次机会"，而在这一闪而逝的仅有的一次机会中，"你"又该如何选择？

这种令人难以选择的尴尬，在《难以置信的事情》中，表现得更为淋漓。白云不懂得苍狗，野鹤往往要忽略虎啸，兰波新鲜的诗句化解不了普拉斯深埋的阴郁，精致的咖啡屋拒绝膨胀的棉花糖……"我无论做什么，

## 阅读《汉家文章》的札记

你都难以置信""我说我想明天去刘老二家喝酒,你表示难以理解。那好,明天我去美术馆找约翰先生喝咖啡,你表示难以理解。我走着,你表示难以理解。我跑着,你表示难以理解"。这种种的难以理解,终于导致了作者内心的极其复杂、无奈、愤怒、失望、怀疑,以及不屑,唯独没有期冀,反正"我无论做什么,你都难以置信","根本上,你难以置信的是我的存在",但最终,作者又回归于心灵的真实、回归于自然的救赎,"东山放马和东山放马是两回事,你的东山在东方,他的东山在你的东山的东方;你的马是一匹枣红色的蒙古马,他的马是一个形而上的梦""西山养鹤和西山养鹤是两回事,你的西山云雾缭绕,他的西山公路盘旋;你的鹤是司马大人酒后送给你的两只丹顶鹤,他的鹤是人工养殖场的一圈丹顶鹤"。难以置信还要信,进退两难仍得进,这就是生活——如果不去奢谈理想的话,一切珍宝都与我无关,"请你回吧,这是难以置信的事,却是我深信不疑的事"。

《乙先生》却是一篇少见的写人的散文。"乙先生不喜佛。我问何故?她说,好端端的一面墙,被佛占据中央,太妨碍我穿墙而过了……乙先生写诗。我读到入眼的诗歌,也递过去给她瞧,十有九次,她匆匆一眼,说这诗不行。她的这一眼,已是珍惜了。如遇到她喜欢的诗,她也不过说一句这写的是诗。"汉家写文章珍惜语词,读他的文章如同读古文,每一个字都浓缩着诸多的意义,每一句话里都还有话,每一句话里都嵌有大量的信息。

汉家文章的格调是阴郁的,但无论是展现他的思想、性格、习惯,还是表露他的感情、信仰或癖好,他都是坦诚的,这种坦诚里,时时、处处透着感伤与浪漫,正如郭沫若在《郁达夫》中所说:"他那大胆的自我暴露,对于深藏在千年万年的背甲里的士大夫的虚伪,完全是一种暴风雨式的闪电,把一些假道学、假才子们要惊得至于狂怒了。为什么?就因为这样露骨的真率,使他们感受着作假的困难。"

是的,汉家注定是一个孤独的人。他的世界是理想的,他的情感是浪漫的,他的思维是活跃的。他读书多,却不读死书、不死读书,他把所读的书、把所读的书里的内容都凝成了自己笔端的表达,如《晚宴》,从头至尾,几乎每一句话就涉及一个人、涉及一个人的某件事情,就像古文里的典故，短短几个字背后，竟牵引着一大段的故事或者逸事，如此的铺排，读之令人咋舌，同时，又令人呼吸紧促。

　　汉家的写作，有着多变的风格，有着诸多流派的写作态度的潜移默化。作为一个有着多年诗歌写作经验的诗人，汉家的散文里随处充斥着惠特曼、波德莱尔、狄兰·托玛斯的语调。读《蝴蝶》《苍孙》《晚次》《开花调》《四临门》《我家过冬》等，感觉汉家更多是承袭了20世纪三四十年代那茬作家，像林语堂、丰子恺、周作人、郁达夫、俞平伯等，文白杂糅，句子短促，跳跃性大，有一定的节奏，甚至，有些句子，还有有意或无意的押韵；有时，于汉家的文章如《红袖青衫》《一阕升天》《地图之外》《人间春药》《通体雪白》等中，又能读出现代香港作家董桥的味道，淡泊，肆意，古今中外纵论，天文地理杂陈，只是，少了些许林语堂、周作人们的游刃有余、少了些许董桥随笔的气定神闲。然而，读《海龟先生》等篇章，却感觉到汉家无论是语言风格、内容指向，还是文章的结构，都受了泰戈尔的影响，许多特点一目了然。及至读《谣言妄语》《流年无色》《晚宴》《你即使一事无成》《声东击西》等，又让人猛然想起马致远的《天净沙·秋思》："枯藤老树昏鸦，小桥流水人家，古道西风瘦马。夕阳西下，断肠人在天涯。"一语一意境，一句一画面。汉家在他的一些文本中，对词语、短句和大量的人物创新性地密集罗列，是否有不能捉摸的意图？抑或酝酿着更加巨大的野心？

　　总之，阅读汉家与阅读汉家的文章，同样让人一定要具备探险者的心态才行。

# 星际神思者
## ——刘慈欣科幻文学简史

/吴 言

> 据说　宇宙开始于一次爆裂
> ……
> 散开　然后不断膨胀
> 自我的距离在星团之间逐渐拉长
> ……
> 星云空茫　开始重新寻觅
> ……
> 追逐那隐隐约约在呼唤着的方向
> ……
>
> 木星　金星　开始命名
> 虽然海王星和冥王星还那样遥远得
> 令人心惊
> 但是所有的故事都开始酝酿
> 宇宙浩瀚　而时光如许悠长
> 在银河漩涡的触手间　据说
> 要用五十亿年
> 才能等到太阳的光芒
> ……
>
> ——席慕蓉《夏夜的传说·本事》

星系的形成，最初起源于一些基本粒子；一个科幻作家的诞生，要追溯到那些最初萌发的好奇心——

1970年4月的一个夜晚，刘慈欣那时七岁，他同河南老家的村民们一起站在池塘边，望着漆黑的夜幕上一颗缓缓移动的小星星，他心中是不可名状的好奇，那是中国发射的第一颗人造卫星"东方红一号"……

还是在童年，彩虹在刘慈欣眼里就是一座架在空中的五彩大桥，有一次下完雨，他没命地朝着彩虹奔跑……

1981年，读完阿瑟·克拉克的《2001太空漫游》的那个深夜，刘慈欣走出家门，仰望星空，宇宙变得宏大而神秘，敬畏和神往自他的心底滋长升起……

还是1981年，夏天的一个雷雨交加的夜晚，刚踏入大学校门的刘慈欣目睹了球状闪电，一团橘红色的光在空中幽幽地飘着，发出呜呜咽咽的声音……

自然、星空、宇宙……这些造化神功，总会在某些时刻给人以天启，也总会有人把握它。那个追着彩虹奔跑的少年，一直在追寻着自己的梦想。他领受了星空的召唤，从一个科幻迷成为一名科幻作家，写出了中国最好的科幻小说，获得了世界级的科幻大奖，他的周围环绕着荣誉构成的星环。但在内心他还是那个仰望星空的人，很幸运地加入那些将梦想变为现实的人的行列中。

## 科幻的种子在心中抽枝发芽

作为1963年出生的人，在大的时间节点上可以说是幸运的——既避开了困难时期带来的粮食短缺、营养不良造成的对身体的先天伤害，也适逢高考恢复正常，有机会接受正规的大学教育。刘慈欣正是如此。那个时代的精神生活同物质一样贫乏，因而也馈赠了很多人对阅读的热爱，以及最初的文学启蒙。刘慈欣就是其中之一。

但成长过程不可避免会受到时代的影响，随着那段动荡的岁月起伏不定。"文化大革命"，家乡河南1975年的水灾，唐山大地震……时代记忆嵌入个人记忆中，丰富着那一代人的阅历。三岁的时候，"文革"爆发，

## 星际神思者

刘慈欣的父亲因家庭问题受到冲击,被迫从北京煤炭科学研究院下放到山西阳泉的煤矿。刘慈欣离开自己的出生地北京,同那个时代很多人一样,命运发生转折。北京留给刘慈欣的影响是父亲的一箱子书籍,其中有俄罗斯的经典文学和他后来痴迷的科幻小说,是他最初的文学启蒙和科幻的种子;还有就是不同于本地人口音的普通话——异乡人的标志,带给他不同于本土的气质,也使他更容易同书面的文字世界建立连接。

那个年代的文学书籍少之又少,还被归为"禁书""闲书",被大人没收是常有的事。贫乏和禁忌,使父亲的那一箱书散发出魔力,刘慈欣如饥似渴地读着这些书,竖版繁体字他无师自通。读到凡尔纳的《地心游记》时,如果不是父亲告诉他这是科幻小说,他以为书中的一切都是真的。从那时起,刘慈欣就觉得自己"生下来就是看科幻的",从此成为一个科幻迷。那个时代社会上还流行着一套书,那就是《十万个为什么》,从这套科普书中,刘慈欣明白了自己目睹的人造卫星的原理,感受到了光年的距离,窥见了科学的神奇魅力。

1977年,高考恢复,刘慈欣正在上初中,学工学农不再比文化课更重要。1978年,全国科技大会召开,第一次提出了"科学技术是生产力",终于迎来了科学的春天。那时也是文学的春天,两相激荡,徐迟的报告文学《哥德巴赫猜想》在1978年第一期《人民文学》发表,一时风靡全国,对科学的向往成为一代人的理想。同年第八期《人民文学》发表了童恩正的科幻小说《珊瑚岛上的死光》,同样风靡全国,科幻第一次成为全民记忆。同一年,叶永烈的科普型科幻小说《小灵通漫游未来》出版,成为当时的超级畅销书,二十年后还被用来命名一款简易手机。也是在这一年,初中生刘慈欣在时潮鼓舞下,投出了自己人生的第一份稿件,成为科幻作家的愿望很朦胧,但心中已初现一片星云。

随后几年,科幻文学随着文学的繁荣迎来第二次发展高潮(第一次还是在中华人民共和国初期),以郑文光、童恩正、叶永烈为代表的上一代科幻作家写出了一批优秀作品。1980年代,国门渐开,科幻作品引进和出版开始繁荣,西方科幻黄金时代作家的作品在中国面世。作为科幻迷的刘慈欣如获至宝,每年出版和发表的科幻小说,他都要读过。1981年,当刘慈欣填完决定命运的高考志愿后,他读到阿瑟·克拉克的《2001太空漫游》，星空开始焕发异彩，他领受了星空的召唤。阿瑟克·拉克的作品既有着精尖的科技描写，也有着空灵的文学意境，有一种凡尔纳作品中的大机器所没有的诗意，刘慈欣认定这才是自己心目中的科幻，这一理念一直延续至今，不曾动摇。

时间到了 1983 年，思想界路线斗争趋于激烈。在清除精神污染运动中，科幻文学受到冲击，被冠以反科学、资产阶级自由化和商品化倾向，科幻杂志关停，科幻出版受阻，科幻作品销声匿迹。刘慈欣感到恐慌和失落。为了看科幻小说，他只能去北京的外文书店，带着一本英汉词典站着看原版作品，常常看到清场，这反而促成了他对英语的熟练掌握。在离开校园后，虽地处僻壤，却能把英语水平一直保持甚至提升，这样的人绝对凤毛麟角。

20 世纪 80 年代中期，计算机技术开始兴起。刘慈欣参加工作后，成为电力系统第一批计算机工程师。刘慈欣大学的专业并不是计算机，但像这个行业很多 IT 男一样，对这一技术的痴迷没有因专业而减损，反而因兴趣而倍增。他的计算机技术在山西电力系统非常有名，是燃料系统的权威，现在中国知网还能查到他的文章《火力发电厂燃料管理软件介绍》，发表在 1988 年的《华北电力技术》。他因工作能力强在三十岁就被破格晋级。

刘慈欣沉迷于编程，除了编制燃料管理软件，他还在业余时间里编制了每秒产几百行诗的电子诗人，编过模拟星空文明演化的模型，初次显示了一个理工男跨学科的能力。这些都在后来的科幻创作中发挥了潜移默化的作用。实际上，在那个时代掌握了英语和计算机技术的人，已经赢得了某种先机。1994 年 4 月，互联网技术进入中国，刘慈欣因为工作性质自然成为最早的用户，这使他虽偏于一隅，仍可以同更广阔的世界连接，为他以后的科幻创作提供了重要助力。当刘慈欣身处太行山麓下那个偏僻的小城，第一次借助互联网跨越重洋，看到了美洲大陆上最新出版的科幻小说时，灰色的现实已经照进了科幻的第一缕阳光。

### 梦想就像北斗七星，总在前方指引

刘慈欣第一次正式发表作品是在 1999 年，距离他第一次投稿已经过去二十年。作为一个科幻迷,读多了想写是自然而然的事。在这二十年中,虽然科幻离现实很遥远,还不时被生活打断,但刘慈欣写作的愿望和激情没有被熄灭。他发表的短篇小说最早的写于 1985 年。1989 年他甚至写了两部长篇小说,一部是《中国 2185》,另一部是《超新星纪元》。当时的科幻出版环境非常低迷,普通作者出版长篇更加困难。《中国 2185》一直没机会出版,几年后因叶永烈出版了类似题材而过时。《超新星纪元》直到十年后四易其稿才正式出版。他像大多数写作者一样,经历着作品不能发表的锤炼。但他并没有因此而放弃,文学自我训练一直持续着。可以说这种坚持的精神是可贵的,使他能够厚积薄发,一跃而耀眼。

在这期间,中国科幻的命脉由以成都《科幻杂志》为主的几家杂志延续着。20 世纪 90 年代,走向市场化的《科幻世界》杂志不断发展壮大,已成为国内科幻发展的重要平台。《科幻世界》积极参加世界科幻组织的活动,1997 年成功举办了北京国际科幻大会,酝酿着中国科幻的第三次高潮。

时至 1999 年,《科幻世界》举办"硬科幻"征文,刘慈欣终于投出了自己的五篇短篇小说,并全部被采用,他成为被发现和挖掘的新人。这一年杂志社邀请他参加笔会,当时杂志的主编、作家阿来试图在科幻文学和主流文学间架起桥梁。那一年杂志请来《小说选刊》的编辑冯敏为科幻作者授课,他的观点是科幻小说应该在文学和科学幻想上取得某种平衡,令此前对现实全无兴趣的刘慈欣受到启发。他开始主动调整自己的科幻创作方向。

就这样,经过二十年的积累,在阅读储备、文学训练、创作方向上,刘慈欣已经准备好了自己,新世纪中国最重要的科幻作家终于登场了。

从 2000 年开始,刘慈欣进入自己的黄金十年创作期,他迄今为止最重要的作品全部发表于这十年。这些作品首先以中短篇的形式集结发散。2000 年刘慈欣发表了《流浪地球》,首次尝试用他后期总结的"宏细节"进行叙事,即将宏观的大历史作为细节来描写。这一年也是刘慈欣探索科幻小说形式最活跃的一年,他做了大胆的尝试,开创了现实+科幻的小说创作模式,写出了两篇重要的代表作《乡村教师》和《全频带阻塞干扰》,现实主义在科幻中产生了核裂变般的力量,带给人无比的震撼。

此后，刘慈欣开始在《科幻世界》这一平台上匀速地投放自己的中短篇作品，每年两篇至五篇不等，也开启了他连续八年获得中国科幻银河奖的历程。2001年银河奖变更了评奖规则，一位作家可以有多篇作品获奖，于是刘慈欣连续四年有两篇以上作品获奖，其中两年更是有三篇，成为银河奖历史上获奖最多的作家之一和绝无仅有的获奖最密集的作家。

至2005年，刘慈欣创作的中短篇小说有三十多篇，其中有三分之一获得银河奖，可见有很多经典作品。这些小说题材多变，手法多样，构成了比同时期主流小说更丰富的中短篇小说世界。

在写作中短篇小说的同时，他的长篇创作也在断断续续进行着，只是科幻长篇的出版更多决定于市场。也是在2000年，在调整了创作方向后，刘慈欣写出了《球状闪电》的初稿，这是他在长篇小说中第一次同现实产生关联，将科幻建构在现实基础上。这部作品的创作中，他已显露出了不满足于在西方科幻小说创造的世界中演绎故事的雄心。即使还不具备创造中国的科幻世界的能力，那就先创造一个中国的科幻物体，于是就有了"球状闪电"这样一个非人的科幻形象，并将其置为小说的核心。这同以人物为核心的主流文学不同，他已经踏上了分岔的小径。

2000年除了《球状闪电》，他还写了一部小长篇《魔鬼积木》，这是对刚起步的基因技术的关注。这部作品不太被人提及，最终是以儿童文学形式出版的，其内容却相当超前。2001年，因为有了出版长篇小说的机会，他对自己十年前创作的长篇小说《超新星纪元》进行了大幅修改，前后五易其稿，于2003年出版。虽然这部作品被划归为儿童文学作品，但其内涵和想象远远超出一般的儿童文学作品，是刘慈欣早期最满意的作品。也许当时儿童文学更有市场，而科幻和儿童文学又有着某种天然的联系，刘慈欣接着在2003年创作了一部科幻童话《白垩纪往事》，主人公是恐龙和蚂蚁，却蕴含了整个人类文明的发展史，使作品的思想性远超童话范畴。2004年，刘慈欣又完成了《球状闪电》的二稿修改，此时他的思想和技法更加成熟，最终《球状闪电》完成度非常好，现在被称为"三体前传"。

2002年《科幻世界》杂志改为责编负责制，姚海军成为刘慈欣的责编，开启了两人长达十几年的合作。姚海军最初以科幻迷的身份进入科幻界，此后在辅佐作家、推动科幻方面不遗余力。姚海军一直致力于中国科幻从杂志到图书的转型。2002年姚海军开始策划出版国外高品质科幻图书，2004年又开始策划"中国科幻基石丛书"，为中国科幻作家搭建出版平台。刘慈欣的《球状闪电》就是这个平台出版的第一批科幻图书之一。这个平台也直接催生了《三体》系列的诞生。

刘慈欣在新世纪的十年创作中，也有一个明显的分水岭，那就是2005年。这一年他全力进入《三体》系列的创作中。经过前期的中短篇小说和多部长篇小说的实践探索，刘慈欣自身已经具备了写出代表作品的功力，他也积累了一定的知名度和稳定的读者群。同时外部出版环境渐趋成熟，内外因结合，创作一部重量级系列作品的时机已然来临。

## 代表作《三体》系列诞生

在《三体》系列中，刘慈欣终于开始建构自己的科幻理想，要创造一个属于中国的科幻世界。这个世界一定要有地外文明，刘慈欣很自然地联想到三体星系。在天文学上，距离太阳系最近的恒星系是4.5光年外的半人马座比邻星，它经常出现在科幻作品中，在刘慈欣的作品《超新星纪元》《流浪地球》中也出现过，它本身就是一个三星系统。在天文物理学上，三颗质量相当的恒星会构建成一个混沌系统，这个系统极不稳定，科学家、数学家们经过多年的探求，确定了三体问题无解。这样的系统不太可能孕育出生命和文明，但在科幻上却有很大的想象空间，刘慈欣借此构建了三体文明。这个文明因为生存环境，只能向星系外扩张。那么它又如何同地球建立联系呢？刘慈欣围绕这一核心设想展开了中国的科幻想象。

在写第一部时，科幻界和刘慈欣本人都在做着扩大科幻读者群和影响力的探索。在中国这样的现世情结浓厚的文化氛围中，以现实主义为主流的文学传统中，在科幻中加重现实成分是有必要的。刘慈欣将《三体》系列的故事起点很大胆地安置在了"文革"的历史中。在当时的冷战背景下，两大超级大国在太空开发上展开竞赛，中国也没有放弃对太空的探索。主人公因为"文革"受到迫害，将拯救地球文明的希望寄托在地外文明上，决绝地向太空发射了地球的信息。这个信息被三体世界截获，于是，在广袤的太空中，两个点状的文明碰撞了。对三体世界的描绘，刘慈欣凭借自已超凡的想象力，借助电脑游戏演绎了三体世界的文明进程。在游戏中，嵌套了人类文明发展史和科学史，用读者熟悉的文学符号，演绎了一个无法想象的异世界。《三体》第一部为这个系列的大厦奠定了一个合乎逻辑的现实基础。这一部完成于2006年2月，因出版受阻，于是在《科幻世界》上从2006年6月开始共连载八期，杂志一时"洛阳纸贵"。

在《三体》系列第二部《黑暗森林》中，通过两个文明的对决揭示了宇宙的黑暗森林状态。构建一个不同于现实世界的科幻世界需要进行世界界定，确定这个世界的基本框架和运行准则，刘慈欣提出了"宇宙文明公理"和"黑暗森林法则"。于是，一个属于刘慈欣的完整的科幻世界就此诞生，一个具有中国色彩的宇宙模型初次确立。它重新唤醒了中国人的宇宙观，在世界范围内引发共鸣。在"去全球化"的逆流中，人类社会一定能从这一宇宙模型寻找到现实的隐喻，黑暗森林状态下没有哪个文明可以独善其身，它也在警醒人类光明才是宇宙的希望所在。在这一部中，刘慈欣创造了后来广为流传的"面壁计划"和"面壁者"，使得整部书极具东方色彩，悬念迭起。《黑暗森林》2007年11月完成，2008年5月出版，圈内科幻迷热切追捧，评论界给予极高的评价。但市场反应略有迟滞，短期销量未能明显突破，以致延宕了第三部的写作和出版。也许人们对黑暗宇宙图景还缺乏心理准备，几年后《黑暗森林》才开始风靡，成为流传最广的一部。

刘慈欣在第三部《死神永生》的创作中，现实部分的题材已经写尽，第三部只能向前进入到遥远的未来，只能离开太阳系进入宇宙深处。刘慈欣和出版方认为这样的题材离中国读者太远，不大可能取得像前两部那样的成功。有了这种悲观的预期，刘慈欣索性抛开了对市场和读者的考量，随心所欲，写出了自己心目中真正追求的科幻小说。刘慈欣曾说，最高的科幻是改变宇宙规律，即改变最基本的物理学定律，比如降低光速。他这样的雄心在《死神永生》中得到充分展现，他将核心科幻创意设置在时间和空间上，在时间的维度上，已经触摸到了永恒的边缘，在空间维度上，则是触碰到了宇宙的起始与终结，逼近了宇宙的真相。这一部中密集的科幻创意，像粒子风暴般扑面而来，让整个宇宙归零重启的创世气魄极具震撼力。这一部2010年9月完成，同年11月出版，至此，《三体》系列全部完成。出乎意料，正是《死神永生》点燃了市场，《三体》系列的规模效应逐渐显现，成为中国科幻史上第一部畅销书，成就了中国科幻的里程碑。

也是在《三体》系列完成的2010年，因为刘慈欣所在的火力发电厂关停，他离开了生活二十多年写出他目前为止全部作品的娘子关小城。这真是一块科幻的福地，城边的太行山脉正好为他阻挡了外界的喧嚣，也适宜积聚对星空的幻想，它曾孕育过上古神话，现在又诞生了现代科幻，在中国科幻文学史上为自己争取了一席之地。

## 《三体》的传播和经典化过程

刘慈欣的整个科幻历程可以划分为三个阶段：准备阶段、创作阶段和传播阶段，三个阶段均能以十年划分。2010年创作完成《三体》系列第三部后，刘慈欣的作品体系已经相对完整，涵盖了中短篇小说、长篇小说、代表作和文论。在此后的十年，则是进入传播领域的十年，整个传播过程堪称经典案例。

原任教北师大、现为南科大教授的吴岩被称为中国科幻守护人。吴岩本身是从科幻迷成长起来的科幻作家，后又成为国内最早的科幻研究领域专业学者。他从20世纪80年代初就介入到中国科幻的现场，见证了改革开放后中国科幻发展的高潮低谷。早在2006年，他就关注到了刘慈欣的潜力，将刘慈欣的科幻概括为"新古典主义"，也就是美国黄金时代风格的科幻。"在一个古典主义被长期忽视的中国科幻文坛上，刘慈欣所做出的全方位的建构性努力，其重要价值正在逐日得到证实。"[1] 他的预言得到了印证。

"我毫不怀疑，这个人单枪匹马，把中国科幻文学提升到了世界级的水平。"[2] 复旦大学严锋教授对刘慈欣的这个论断传播最广，也最多被人引

---

[1] 吴岩、方晓庆：《刘慈欣与新古典主义科幻小说》，《湖南科技大学学报》2006年第2期。

[2] 严锋：《追寻"造物主的活儿"——刘慈欣的科幻世界》，《书城》2009年2月号。

用。严锋做这个论断是在 2009 年初,《黑暗森林》出版后,那时《三体》系列还没有全部完成,还只在科幻圈流行。这显然是文学评论史上最为成功的预言,此后的获奖和畅销都予以充分印证。主流文学评论中多见"伟大""史诗"之类的定性评论,这一论断的特别之处在于量化,精准定位到"世界级水平"。这需要论者既具备文学史的全面素养,又对世界科幻文学有很深的了解,还持续跟踪中国科幻文学。恰好我们规整有余的学院评论体系中,还有严锋这样视野开阔的学者,能够跨越主流文学和类型文学,创造了为数不多的走在作品传播之前的引导性评论。

也是通过严锋的推介,海外文学评论界更早关注到刘慈欣。先是通过严锋好友宋明炜,然后到达王德威处。2011 年,哈佛大学教授王德威在北大做了《乌托邦 异托邦 恶托邦:从鲁迅到刘慈欣》的演讲,赫然将刘慈欣同鲁迅并列。也许远隔重洋,不在中国的文学现场,可以对中国文学要素做各种排列组合。王德威是从科幻文学的角度将鲁迅和刘慈欣相提并论,但当时的文学界多半不能接受这样的观点,刘慈欣本人也无意同鲁迅先生同框。该文 2014 年公开发表,不管人们是否认同,毕竟说明了科幻文学足以引起文学界的重视和尊敬。

2012 年,主流文学最重要的刊物《人民文学》选登了刘慈欣的四篇中短篇小说。这是时隔三十年后科幻文学再次登上主流文学刊物,可以说很先锋,也很敏锐。这四篇小说是《微纪元》《诗云》《梦之海》和《赡养上帝》,前三篇属于刘慈欣划分的"纯科幻阶段"的作品,后一篇属于"社会实验阶段"。《赡养上帝》还获得了当年的《人民文学》"柔石小说奖"。当时的《人民文学》主编李敬泽说:"是注意到了科幻小说的兴起,注意到它提供的心得视野。对于纯文学来说,这构成了充分的张力。"

2013 年 7 月,《三体Ⅲ:死神永生》获得了第九届全国优秀儿童文学奖。2013 年 8 月,《三体》第一部英文版正式签约美国托尔出版社。这时的科幻文学,已形成了产业链条的雏形,从杂志到图书,再到对外译介。2014 年 11 月《三体》第一部在美国正式发售。2015 年,即获得了包括星云奖、雨果奖、轨迹奖等在内的五个奖项的提名。2015 年 8 月 23 日,在美国举行的第七十三届世界科幻大会上,《三体》第一部英文版获得最佳长篇故事奖。刘慈欣并没有出现在颁奖现场,因为他觉得自己获奖的可能性极低。除了客观上确实鲜有英语世界以外的作家获奖（亚洲科幻从未获过），同他自己习惯性的低预期也不无关系。当宇航员从太空宣布获奖作品是《三体》时，他的译者刘宇昆代表他捧起了奖杯，刘慈欣心里还是留下了些许遗憾。这一世界奖项的获得，助推了《三体》系列成为超级畅销书，也使得这一系列走向了经典化。

对于刘慈欣的整个创作过程中，敏感的媒体比文学界更早地关注到这位作家。《新京报》在2008年就采访了他。他的《三体》系列面世后，更是得到了一些重要媒体的关注，如《人民日报》《财新》，香港《信报》等，《纽约时报》在2014年《三体》第一部英文版上市发行时，刊登了关于刘慈欣和中国科幻的报道。在刘慈欣获得雨果奖后，对他的报道更是数不胜数。他终于成为一个畅销书作家，实现了科幻文学从小众走向大众。

科幻文学是一种更适合于画面呈现的类型文学。2019年春节，根据刘慈欣中篇小说《流浪地球》改编的电影上映，一举创造了四十六亿的票房，开启了中国电影科幻元年，也把科幻文学推向了又一个高潮。

## 互联网助推《三体》成为畅销书

严锋在《三体》系列全部完成后的2011年，又对自己当初的论断做了补充。他说："他（刘慈欣）不是一个人在战斗，他的背后有一个强大的话语场域。"[①] 这个话语场域就是科学话语的逐渐强势。"在一个碎片化的时代，传统的人文知识都在不断地分化消解，放弃全局性的视野，变得日益局部化。唯有科学，却开始呈现宏大叙事的渴望，或者说正在走向总体性。"[②] 用不那么学术的话语解释，就是同整个社会的科学氛围渐浓有关。

刘慈欣在新世纪的发展轨迹，完美地踏上了中国的发展节奏，这在文学界是罕见的。十年能够看出事物发展的轨迹。在新世纪的第一个十年，是中国经济发展最快的十年。2001年11月我国正式加入WTO，加入世界经济的大循环当中。从2003年起，我国GDP连续五年保持两位数增长，

---

① 严锋：《创世与寂灭——刘慈欣的宇宙诗学》，《南方文坛》2011年第5期。
② 同①。

这是历史上从未有过的。2008年全球金融危机爆发，中国政府实施四万亿经济救助计划，避免了我国经济的快速下滑，2010年GDP增速又回到两位数。新世纪的第二个十年，经济逐渐回落调整。因为前十年积累的国力，国家有能力加大基础设施的投入，在通信领域加快建设3G、4G网络，使我国互联网经济发展迅速，提前进入移动互联时代，实现了弯道超车，进入世界互联网应用的第一方阵。所以在新世纪第二个十年中发展最快的是科技。

科幻文学正是在这十年中发展壮大的。《三体》系列的传播受益于科技的发展。《三体》系列完成后，正逢微博的兴起，对它的传播起到了很大的助推作用。《三体》在以技术人员为主的互联网业引发共鸣，一些互联网人士在微博上做推荐，使得《三体》风靡互联网，成为互联网野蛮竞争时代的精神指引。《三体》获得"雨果奖"后，又正逢微信社交平台和自媒体公众号兴起，信息传播方式从线性转为链式传播，受众出现指数级增长，也使《三体》传播的效应迅速扩张。

刘慈欣认为，西方科幻文学衰落的根本原因是科技的发展，使得人们失去了对科技的神奇感。这一点在西方社会是成立的，西方科幻文学的黄金时代是20世纪30至60年代，正是人类社会科学向技术大规模转化时期，二战催生了核武器，东西方冷战促进了太空技术的发展。由此看出，科幻和科技发展的关系也许存在着一个抛物线关系，科幻开始时随着科技发展而兴盛，达到顶点后，科幻不再能带来神奇感，则开始衰落。中国科幻文学远未达到兴盛，还应该处于同科技发展正相关的阶段，即抛物线的上升阶段。中国社会正在经历科技带来的巨变，寻找一个震撼的科幻创意越加困难，这给科幻作家带来挑战。另一方面，中国社会的科技氛围日渐浓厚，更有利于培养人们对科幻的兴趣，从而壮大科幻文学的市场，促进科幻的繁荣，出现中国科幻的黄金时代也很有可能，这正是我们共同的期待。

# 反抒情、风物记与言志传统
——贾平凹散文论札

/何亦聪

  即使是专门的散文研究者，也不得不承认散文在今日的衰微与边缘：最优秀的写作者很少会选择散文来作为自己的志业，纵或命笔，亦属"无意为文"，即使成就了几篇佳构，也是偶得，并不能形成稳固而成熟的艺术风格；读者对散文的认知、期待与想象日益匮乏，乃至一言及散文，脑子里浮现的就是休闲杂志、心灵鸡汤或者空洞无物的抒情随笔；当然，最大的问题还在散文自身，尽管我们极言散文的优长，标榜其自由、适性与真诚，但是，与小说（尤其是长篇小说）相比，散文的劣势一目了然，即使是在它所擅长的情感表达方面，亦是如此。当人的一生被浓缩进数十万字的故事，背负着时间、经验、悲欢离合的包袱，轻描淡写的一句话都可以有千钧之重，这是裁制短小的散文所难以企及的。许多写作者在小说的虚构情境中或许更易袒露自我，一旦进入散文式的表达反倒拿腔拿调，这不仅关乎写作的技巧或态度，更是人性的常态。可以说，整个当代散文的发展都笼罩在小说的阴影之下，散文成了"降一格"的文学体裁，成了"诗人和小说家的初学的课程"。鉴于此种情形，评论家范培松曾呼吁小说家写散文，他甚至认为当下小说家的散文水平要超过职业散文家，"因为小说家思想活跃，蔑视散文的原有的一些拳法，他们把小说创作中的许多经验借鉴过来，把散文当小说一样写"，在他看来，贾平凹的散文即是

"把散文当小说一样写的成功实践"[①]。诚然,在当代小说家之中,精于散文者不乏其人,但是,贾平凹的独特处还在于,他并不将散文视作"小说之馀",他的散文创作也非随兴所至,在写作过程中,他始终贯注着文体学层面的追求(如"大散文"概念的提出),并不断地探索着散文艺术的可能性(多变的风格和体例),而更为重要的是,如孙郁先生所说,贾平凹的散文是可以安放在中国近现代的"文章传统"中去理解的,他的文风勾连着来自晚明、民国的种种因素,这就使得他不同于一般意义上的散文写作者。本文即从上述诸角度入手,试对贾平凹的散文创作及其散文理念进行讨论。

## 一

贾平凹的散文创作始于1978年,这一时期他最为人所熟知的散文作品是《丑石》《文竹》《爱的踪迹》《一棵小桃树》等,尤其《丑石》一文,常被视为其散文代表作,曾入选语文教材,在诸多贾平凹散文的选本当中,更是每每位列首篇。虽然贾平凹这一时期的散文作品远较其后期作品更为"普通读者"所青睐,且已树立起一种颇为明晰的抒情风格:清新质朴的文风、微带天真的语调、哀而不伤的情绪、娴熟的对话和叙述,以及经历了那个特定时代之后对心灵自我的孜孜寻求。但是,我仍然倾向于视之为作家成长期的产物,因为,贾平凹散文的重要特质,尚未在其中充分显现。贾平凹后来也屡屡反思此种唯美的抒情风格,比如在《〈天气〉序》中,他写道:

> 以现在的年龄上,如果让我评估我的散文,虽不悔其少作,但我满意我中年以后的作品。年轻时好冲动,又唯美,见什么都想写,又讲究技法,而年龄大了,阅历多了,激情是少了,但所写的都是自己在现实生活中真正体悟的东西,它没有了那么多的抒情和优美,它拉

---

[①] 贾平凹、范培松:《关于散文创作的通信》,载《朝花作品精粹(1956—1996)》,汉语大词典出版社,1996,第521页。

## 反抒情、风物记与言志传统

拉杂杂，混混沌沌，有话则长，无话则止，看似全没技法，而骨子里还是蛮有尽数的。①

在散文家的创作生涯中，因年龄而引起的风格变化十分常见，正如苏轼所说的由绚烂而平淡，这种变化体现在写作风格上，即是抒情的成分日益淡化。20世纪重要的散文家如周作人、朱自清、孙犁、汪曾祺等，都经历了这样的一个变化过程。周作人、朱自清早期的抒情作品颇受读者喜爱（前者如《故乡的野菜》《乌篷船》；后者如《荷塘月色》《匆匆》），但他们自己所珍重的恐怕还是中年以后的平淡文章。汪曾祺晚年更是对所谓的"抒情散文"极为排斥，他说："二三十年来的散文的一个特点，是过分重视抒情。……散文的天地本来很广阔，因为强调抒情，反而把散文的范围弄得狭窄。"② 大抵写作者阅历增多，激情减少，就会渐渐地不那么以自我为中心，甚至对人与人之间的理解、沟通不再抱有太多的期待，小说家格罗斯曼就曾说自己年龄越大，越觉得世界陌生且充满敌意，当作家的心智因成熟而进入某种苍凉之境的时候，他的诉说欲就已淡去，写作不再是为了表达或交流，而是为了对抗，为了构建现实世界之外的另一个世界。

所谓"反抒情"，指的并不是散文可以悬置或不在意情感，而是对"抒"的效用所发生的深刻怀疑。在许多当代散文作品中，抒情变成了一种格式、套路：一方面，这些被抒发出来的情感是可以清晰归类的，而且只有那么几类，贫乏得可怜。另一方面，不同的情感如何抒发，也往往有迹可循，比如当写作者面对一派秀美风景时，会习惯性地将其拟为女性（这是从朱自清的《荷塘月色》就已开始的格套）；再比如许多散文家书写乡村、回忆儿时，会约定俗成地依循一个统一的感情或价值标尺——田园总是比都市美好，儿时总是比现在幸福——诚然，这样的情感表达未必就是虚假的，问题在于，当人们的情感内核已如此雷同时，我们又何

---

① 贾平凹：《〈天气〉序——给责编的信》，载《顺从天气》，时代文艺出版社，2015，第95页。

② 汪曾祺：《〈蒲桥集〉自序》，载《汪曾祺散文选集》，百花文艺出版社，2009，第338页。

从谈论作家的"自我"呢？在2018年的一次研讨会上，贾平凹就直言道："你一生有多少情要抒？最后就变成矫情、假情。"当情感不被置于具体的人生情境当中，却是经由言辞的堆积倾泻出来的时候，它是最抽象而无力的，反过来说，即使没有经过言辞的堆积，只要有了具体可感的人生情境，哪怕只言片语，也可以动人肺腑，在这一点上，小说其实比散文更具优势。虽然用在此处未免比拟不伦，但我始终对《霍乱时期的爱情》中的一句话印象深刻，每次重读皆为之动容——当乌尔比诺医生比妻子先一步步入老龄的时候，作者写道："他不幸比她年长十岁，正独自跌跌撞撞走在暮年的大雾之中。"即使是夫妻之间，因年龄而造成的隔阂也是无法消除的，暮年、跌跌撞撞、大雾……寥寥数语，一个老人的孤独就完全写出来了，不抒情而情感俱在。或是得益于小说创作经验的缘故，贾平凹的某些散文也有如此韵致，如《酒》，开头写嗜酒的父亲为了给儿子做表率而戒酒，后来儿子的人生遇到重大的挫折，他悄悄买了一瓶酒和一包酱羊肉回来，与儿子且饮且谈，父亲显然不善言辞，年迈之后更是不胜酒力："他先喝了一口，立即脸色彤红，皮肉抽搐着，终于咽下了，嘴便张开往外哈着气。"[①]这是感人至深的一幕，作者也没有过多地依靠抒情的手法，唯因其中所描写的是极典型的中国传统父子关系——彼此寡言罕语，不惯表露感情，即使谈心也要借喝酒壮壮声色——所以读者能够轻易地被打动。

  对抗现实并不等于批判现实。通常说来，小说里的故事、人物是虚构的，散文则注重写真实的生活，但恰恰是这一分殊，使得散文往往比小说更难书写现实。一方面，小说所呈现的虽是虚构世界，但它永远有一个潜在的、指向现实世界的标尺，虚构与现实之间的距离构成了一个缓冲区，使得小说家有充分的迂回空间，而散文则需直接地面对现实生活，事实上，对于大多数写作者而言，不加缓冲和修饰地直接书写现实是非常困难的；另一方面，或许正如米沃什所说，我们所知的世界，是一个更深的现实的表皮。小说的目的是通过虚构的方式去捕捉那个"更深的现实"（虽然它很难被捕获），散文则很容易安居在这张平庸的表皮上，斤斤于描写一鳞半爪的"生活"。从某种程度上说，文学创作就是要用"更深的现实"来

---

[①] 贾平凹：《酒》，载《旷世秦腔》，时代文艺出版社，2015，第153页。

## 反抒情、风物记与言志传统

对抗那个约定俗成的现实,在这个方面,贾平凹《古炉》后记中的一段话留给我很深的印象,这段话写的是曾经的施暴者的晚境:

> 而在我们的那个村子里,经历过"文革"的人有多半死了,少半的还在,其中就有一位曾经是一派很大的头儿,他们全都鹤首鸡皮,或仍在田间劳动,或已经拄上了拐杖,默默地从巷道里走过。我去河畔钓鱼的那个中午,看见有人背了柴草过河,这是两个老汉,头发全白了,腿细得像木头棍,水流冲得他们站不稳,为了防止跌倒,就手拉扯了手,趔趔趄趄,趔趔趄趄地走了过来。那场面很感人,我还在感慨着,突然才认得他们曾经是有过仇的……①

这就是一种"更深的现实":它不是我们通常所理解的"时间会冲刷一切",如果要下一定义的话,我以为应属王春林在《贾平凹〈古炉〉论》中所提出的"乡村常态世界"一词最为恰切,他说:"在时间之河的流淌过程中,有一些东西肯定要随着所谓的时代变迁而发生变化,我把这些变化更多地看作是非常态层面的变化。……也应该有一些东西是千古以来凝固不变的,某种意义上,也正是这些凝固不变的东西在决定着乡村之为乡村。"②事实上,贾平凹的许多散文作品就是在描述沉埋于"时间之河"下的"乡村常态世界",并用这个不变的"更深的现实"来对抗炽热、多变的时代——这不仅仅是出于艺术性层面的考虑,更有一种独特的文化态度隐藏其后,质言之,贾平凹将中国的传统文化视为一座"冰山",儒、释、道、士大夫文化等等仅是较小的可见部分,"如果能进一步到民间去,从山川河流、节气时令、婚娶丧嫁、庆生送终、饮食起用、山歌俗俚、五行八卦、巫神奠祀、美术舞蹈等等等等作一考察,获得的印象将更是丰富和深刻"。③从这个意义上说,许子东对贾平凹的看法是准确的,他认为贾平

---

① 贾平凹:《〈古炉〉后记》,载《顺从天气》,时代文艺出版社,2015,第260页。
② 王春林:《贾平凹〈古炉〉论》,北岳文艺出版社,2015,第13—14页。
③ 贾平凹:《四月二十七日寄蔡翔书》,载《土门胜境》,时代文艺出版社,2015,第94页。

凹与阿城是20世纪80年代"文化寻根"潮流中最具相似性的两个人物[①]：他们都很早就走出了文化启蒙的梦想（或者说压根就没有走进去），如果说在阿城的身上尚保留着较多"士"的气息的话，贾平凹则始终徘徊在城与乡、精英与农民之间，他当然不信任所谓的"现代性"，但这种不信任似乎更多的是出于朦胧的情感或情怀，从理性上看，他显然对传统农耕文明的缺陷有着更深刻的认知，这就使得他比阿城更悲观、更犹疑；他们都对彼时一浪接一浪的"西潮"始终保持距离，比较而言，阿城的距离感体现在文化层面，贾平凹的距离感则更多体现在文学层面，比如他就对20世纪八九十年代的拉美文学热颇不以为然，对现代主义的文学实验也深感隔膜；更重要的是，他们都试图到草野民间去寻找中国文化的潜在可能，都有强烈的规避主流的边缘意识，而这样一种文化态度，也在一定程度上反塑了贾平凹的文体意识。

## 二

大约从开始散文创作四五年之后，贾平凹就有意识地建构自己的文体风格，彼时的文坛尚处在乍暖还寒的状态中，散文的发展亦明显滞后于诗歌、小说，只有孙犁、汪曾祺、张中行等少数几位老作家的作品形成了个人的艺术辨识度，在这种情况下，贾平凹能够产生自觉的文体意识，殊属难能。对于贾平凹成熟时期的散文作品（除去序跋、评论、书信一类文字），我以为可用"风物记"三字加以概括，重点在"风"和"物"。

风，指的是世风、民风、地域风习、时代风气。在中国文化史上，"风"一直是个非常重要的概念，文学中的"风"自不必说，宋玉讲过"大王之风"与"庶人之风"，唐朝官职中有所谓"观风使"，明清儒者常讲"士风"二字，如"士风嚣戾""士风躁竞""士风劲勇"，指的是士人的

---

[①] 许子东这样写道："贾平凹和阿城，是1985年'寻根文学'的最初发动者，虽然平凹比较关注传统儒家伦理——心理观念的现实命运，阿城更想探究社会动乱与包括道家在内的整个汉文化自然生态的关系，但他们依赖、寻求和拯救传统精神文化支柱的出发点是相通的。所以简而言之，他们是想'寻中国文化之根'。"（《寻根文学中的贾平凹和阿城》，《文艺争鸣》2014年第11期）

## 反抒情、风物记与言志传统

风气,当代的史学家王汎森也认为"风"是一种被近人忽略的史学观念,因为史学本身就是"察势观风之学"。套用王汎森的这个说法,我认为贾平凹的一些散文作品或可称作察势观风之文,如《秦腔》《入川小记》《白浪街》《走三边》《弈人》《闲人》等,皆是。那么,从文学层面讲,究竟何谓"察势观风"呢?准确地说,就是用文学的感官去捕捉那些如风一样不可化约、不可归类的事物。在贾平凹的这些作品中,我印象最深刻的是《白浪街》,这篇散文写鄂豫陕三省交界处的一条小街,两旁聚居着三省之人,也因此就在方寸之地汇集了不同的习俗、饮食、方言。白浪街当然是个好题材,但不易处理,稍有不慎就会沦为随笔化的民俗调查报告(近年"非虚构写作"崛起,调查报告式的作品渐多,实是散文艺术的悲哀),贾平凹的写法可谓别具手眼,他写湖北人的能说:"在一张八仙桌前坐下,先喝茶,再吸烟,问起这白浪街的历史,他一边叮叮咣咣刀随案板响,一边说了三朝,道了五代。"写河南人的能干:"每三日五日,结伙成群,背了七八个汽车内胎逆江而上,在五十里、六十里的地方去买柴买油桐籽。……收齐了,就在江边啃了干粮,喝了生水。"写陕西人的保守:"拙于口才,做生意总是亏本,出远门不习惯,只有小打小闹。……土地包产到户后,地里的活一旦做完,油盐酱醋的零花钱来源就靠打些麻绳了。"[①]三言两语,活灵活现。又如《秦腔》,作者通篇不谈秦腔的艺术之美,却从秦腔、秦地、秦人的关系着眼——秦地是朴厚贫穷之地,秦人是大苦大乐之民,秦腔是粗粝雄壮之音,因此,不入秦地,不识秦人,便难解秦腔之趣,这种趣味也许非关艺术,却与一种完整的生命形态相连:"秦腔与他们,要和'西凤'白酒,长线辣子,大叶卷烟,牛肉泡馍一样成为生命的五大要素。"[②]这就是"文学的感官",如果将我们的生活世界比作一个"场"的话,那么可见的事物只是一个个的实体,文学所要捕捉的是实体之间的引力作用,是隐藏在可见背后的不可见,并借此来找回生活的完整性。

物,指的是器物、景物。贾平凹早期的名篇《丑石》《文竹》《观沙砾记》,后来的作品如《狐石》《古土罐》等,都是写物的佳构。在我看来,

---

① 贾平凹:《白浪街》,《钟山》1983年第5期。
② 贾平凹:《秦腔》,载《旷世秦腔》,时代文艺出版社,2015,第27页。

仅就散文而论，贾平凹写物胜于写人，当他的笔触涉及人，尤其是具体之人时，不免显得拘谨，倒是状物写景舒展自如，其所以如此，未必是出于人情趋避，大约主要还是与个人性情有关。在这些作品中，物的背后总是站着一个孤独、善感之人，他只有在背向人世繁华的时候，只有将自己收缩到这个"物"的世界中的时候，才能发现更真实的自我。贾平凹谈论散文创作，曾说过一段很重要的话：

> 散文是心灵的自由，也就是说为文适性，也就是说要高扬个性。个性是艺术的生命。在散文写作中如何表现个性？这不是说你仅仅写了一件别人未写过的人、事，而关键在于你怎么写，怎样通过你的心灵来审视要写的人、事。也就是说，通过人、事来张扬你对天地宇宙之感应，张扬你对生命之体验。①

心灵自由，为文适性，乍看似乎容易，真正做到却很难，因为人生而不自由，人的心灵总是会被捆绑在复杂的网状结构中，这个网状结构由种种来自社会、人情、历史、时代的因素构成。尤其是历史因素，贾平凹对过去二十余年散文发展所形成的历史包袱有着深刻的认识，比如众所周知的"杨朔模式"，在这种"伪自我"的模式下，"散文完全成为一种配合，一种应景，一种泼妇贱人的形象，'啊'字充斥，惊叹号泛滥，花拳绣腿，装腔作势"。②从某种程度上说，中国20世纪80年代的散文发展史，就是一个走出"杨朔模式"、寻找自我、发现自我的过程，在贾平凹的状物散文里，我们可以很清晰地看到这种时代的印记，他写丑石、文竹、小桃树，其实写的都是自己，而更为重要的是，这种借物抒怀的写作路径无意中接通了某种"古典精神"——中国传统的"文章"本就不擅第一人称叙述，写作者既要抒发情怀、倾吐块垒，又要千方百计地避免"自我"的直接在场，于是催生出了一种委婉、间接的表达艺术，如桃花源之于陶渊明、小石潭之于柳宗元。要而言之，在这些独特的物品、景致中，贾平凹找到

---

① 贾平凹：《新时期散文创作》，载《太白山魂》，时代文艺出版社，2015，第121页。
② 同①，第122页。

## 反抒情、风物记与言志传统

了容纳自身性情、趣味乃至思想的最合适的躯壳。以《卧虎说》为例,"卧虎"不过是霍去病墓侧的一块石头,却被贾平凹视为生平仅见的艺术妙品,他由这块石头想到了故乡商州,想到了那里"拙厚、古朴、旷远"的山川水土,并由此发生了顿悟:"从而悟出要作我文,万不可类那种声色俱厉之道,亦不可沦那种轻靡浮艳之华。'卧虎',重精神,重情感,重整体,重气韵,具体而单一,抽象而丰富,正是我求之而苦不能的啊!"[①]这就是王国维所说的,以我观物,物皆着我之色彩。

"观风"是目光向外,"状物"却是返求于内;"观风"是"鼻梁架着眼镜","状物"却是"心里装满秋天"。然而,在内外之间,我注意到了某种更为复杂的因素,简单地说,就是,作者所企慕或者希望成为的,与他自身所是的,发生了一定程度的割裂,割裂的一方是真实的自我,另一方则是有待实现的自我。作者企慕雄壮、浑朴、厚重、粗粝的精神气质,企慕为贫穷、苦难的生活所造就的坚实强韧,企慕泼辣、剽悍的生命形态,但他的内心世界却是感伤、多情、柔软的,他总是流连光景,总是轻易地被打动,总是对世间的悲伤和无奈如此敏感。也许这种割裂的发生与贾平凹少年时代的坎坷经历有关,他认为自己需要一副坚硬的外壳才能抵御来自外界的恶意,但我觉得真正有趣的是,这种"双重自我"的现象,广泛地存在于许多文学家、艺术家的作品中。比如我们会说贝多芬一生都想成为莫扎特,但他从来都不是莫扎特;我们会说托尔斯泰本性是"狐狸",却想做"刺猬";我们所熟知的许多文弱的作家都曾向往"匪气",沈从文、端木蕻良、莫言……这种现象的发生并非出于伪饰或自我欺骗,毋宁说它制造了一道裂隙,只有深入这道裂隙,我们才能深入作家、艺术家的心灵世界。

### 三

前文已经说过,贾平凹的散文创作是可以安放在中国的文章脉络中

---

[①] 贾平凹:《"卧虎"说——文外谈文之二》,载《商州寻根》,时代文艺出版社,2015,第255页。

去理解的，他的文风勾连着来自晚清、民国的因素。那么，这条文脉究竟是什么呢？我认为是"言志传统"。此处所说的"言志传统"，是由周作人在《中国新文学的源流》中提出的，书中本作"言志派"，与"言志派"对立的是"载道派"，由古人常说的"文以载道"脱胎而来。两派文学起伏交替，在法度废弛的衰世，言志的文学往往乘时而起，到了大一统的盛世，载道的文学又总是应运而生。"言志派"与"载道派"的区分不仅是一种观察和理解散文史的思路，亦寄托着周作人面向时代、现实的幽怀——他始终对文学的工具化、政治化深感戒惧。有趣的是，贾平凹也表达过类似的观点：

> 一部中国散文史，严格讲是一部个性存亡史，一部情之失复史。每一时代之所以出现大家，大家都是在情失之后重新恢复，属扭转局势之人。从韩愈到柳宗元到苏东坡到张岱到归有光到袁中郎到朱自清等，莫不如是。①

虽然从韩愈到朱自清的这条文学脉络与周作人的想法不尽合辙（韩愈、柳宗元、归有光显然不是周氏眼中的言志派），但其中对个性、真情的呼唤却是没有分别的。在周作人之后，极力表彰言志文学的是林语堂，贾平凹曾多次提及林语堂，称赞他的散文畅美、有想象力，并对其艺术观念表示赞同（贾平凹的"文贵适性"之说，以及他对真情的强调，似是部分受到林语堂的影响，而非直承周作人），尤其是谈到审美与实用的关系："林语堂先生讲，鹤足的劲瘦之美和熊掌的雄壮之美并不是为了劲瘦和雄壮，而是在生存需要中形成了它的美"②。当然，就散文风格而论，贾与周、林大不相同，他的文风时而清隽、时而古拙、时而诙谐，清隽处近于朱自清，古拙处近于孙犁，诙谐起来竟有几分梁实秋的味道，但却绝无周作人的沉郁苦涩，也没有林语堂的潇洒洋派。我在这里使用"言志传统"一词，意不在证明从周作人、林语堂到贾平凹的传承关系，而是要表达以下两点：

---

① 贾平凹：《新时期散文创作》，载《太白山魂》，时代文艺出版社，2015，第121页。
② 贾平凹：《寄语读者》，载《太白山魂》，时代文艺出版社，2015，第117页。

## 反抒情、风物记与言志传统

其一,言志传统的范畴很大,它并不是一种风格或主张,而是对"散文何为"或"文学何为"的理解。正因为散文没有牢固的技术壁垒,便于直抒胸臆,所以最易沦为文字性的载具,固守言志传统,从某种程度上说即是固守散文的文学性。其实古人最早讲的是"诗言志",时移势易,这里的"诗"不妨泛化为文学。言志的关键在于个人化,"道"与"志"并无严格的分界,二者都包含思想性的成分,因此,周作人说:"言他人之志即是载道,载自己的道亦是言志。"① 个人化的关键则在于自由,贾平凹曾说散文是飞的艺术、游的艺术,散文的自由包含了两个层面,"心灵的自由"与"形式的自由"。问题在于,一切艺术形式都必须遵循相应的艺术规律,那么,所谓"形式自由"究竟从何说起呢?贾平凹从古人文论中拈出了"气象"一词,"古人讲目极四方,神游八面,鸟翔于天上,鱼游于水下,它虚涵一切,贯通一切。气是一种不可明指的东西,是一种底蕴,一种境界,一种背景。象则是一种符号"②,气象浑融,则无法即为有法,写作者自能随心所欲不逾矩。因此,从散文写作的层面上看,贾平凹遵循的是反技巧、重自然一路,其理想是追求文的"透明化",追求文与人的密合无间,甚或让读者感觉不到"文"的存在,这就不仅要求下笔不能刻意,不能"作",更要求写作者自身的精神世界足够丰富有趣。

其二,贾平凹发展了中国现代文学中的言志传统。这一点更加重要,也是本节论述的重心,以下我分两个方面展开说:

首先,贾平凹的散文观念也在不断变化,他所提出的"大散文"概念,是对"言志传统"的补偏救弊。对于什么是大散文,贾平凹曾有言:

> 你可以抒发天地宏论,你可以阐述安邦治国之道,可以作生命的沉思,可以行文化的苦旅,可以谈文说艺,可以赏鱼虫花鸟。美是真与美,美是犹如戏曲舞台上的生旦净丑,美是生存的需要,美是一种

---

① 周作人:《〈中国新文学大系:散文一集〉导言》,载《中国新文学大系:散文一集》,上海良友图书公司,1935,第11页。
② 贾平凹:《新时期散文创作》,载《太白山魂》,时代文艺出版社,2015,第120页。

情操和境界，美是世间的一切大有。①

这段话乍看仿佛林语堂有关"语丝体"论说的翻版，宇宙之大，苍蝇之微，无所不谈。可事实上，贾平凹的大散文观另有其面向时代的问题意识：当代散文走出了假大空的"杨朔模式"之后，便迅速地陷入了另一种危机。一方面，散文的视野由大趋小，越来越陷溺在个人的庸常生活中，那种写一段生活琐事，再随意抒发几笔人生感悟的无聊文章，逐渐充斥于种种文学或非文学的报刊版面，就像贾平凹所说的，《初为人妻》《初为人父》《初为人母》一类的题目，竟成了散文写作的热门之选，实是可悲；另一方面，前文说过，散文没有牢固的技术壁垒，而人们对"文学性"的感知又恰恰与形式、技术密切相关，这就使得许多写作者将散文的文学性理解成了狭隘的咏物抒情，又或者竭尽全力地在修辞之美上下功夫，极尽雕章琢句之能事。贾平凹在谈论散文界弊病时，特意引了归有光的一句话："文太美则饰，太华则浮；浮饰相与，敝之极也。"由吃饭刷牙之类的琐事而动辄生发貌似深沉的感悟，可谓之"浮"；不解平淡自然之趣而将精力贯注于一字一句之微，可谓之"饰"。这两个字道尽了当代散文的危机。因此，贾平凹大散文观的提出，意在重新激发散文的开阔、自由，意在让写作者和读者重新理解"言志"的"志"究竟是什么——它可以是一切美的、善的事物，但当下的许多作品恰恰是将"美"与"善"牢牢地限定在了几个狭小的圈子中。从根本上讲，对美、生活、人性的复杂与广阔缺乏理解能力和想象能力，才是最大的问题。

其次，中国现代文学与当代文学在基本的审美倾向上有一个重要的差别，这个差别主要体现在二者对地域文化的态度上。相对来说，现代文学不那么看重来自地域文化的因素，纵使那时也有老舍、沈从文、萧红这样的作家，但他们并非主流，比如鲁迅、胡适就颇不以老舍的小说为然，鲁

---

① 贾平凹、穆涛：《与穆涛七日谈》，载《远山静水》，时代文艺出版社，2015，第53页。

## 反抒情、风物记与言志传统

迅在通信中更明确地表示过对方言写作的不认同①,这与彼时启蒙主义的整体氛围有关,在启蒙者的视野中,普世性的现代价值自是要远远重于一时一地的文化与传统。到了当代文学阶段,尤其是20世纪80年代中期以来,地域文化变得非常重要,其原因不难想见——启蒙思想难以为继,"文革"所造成的断裂又使得许多年轻作家无法顺畅地接通传统文化的根脉,于是,地域文化就成了最便捷可取的资源。与此相应的,是一种模糊的浪漫主义思想的兴起:人们相信一地有一地之习俗,这种习俗的产生亦必有其历史的正当性;人们相信土地的力量与文化的多元性,并由此对城市、工业、现代科技产生强烈的敌意。对此,我感到喜忧参半,喜是因为对地域文化的开掘极大地丰富了当代文学的内涵;忧则是因为,随着城市化的进程快速展开,年轻一代的作家、知识分子(尤其是出生在80年代以后的知识分子)已很难领略前人对土地、乡村的真切情感,他们只是固执地相信曾有一个贫乏却又幸福的黄金时代,于是,乡土情怀逐渐转变为一种抽象的文化姿态,其中又掺杂着说不清道不明的人生失落感,以及对城市、资本、市场的愤恨。

退回来说言志传统,我之所以说贾平凹发展了现代散文中的言志传统,主要就是因为他将浓郁的乡土情怀与地域文化资源引入了其中。现代散文整体是偏知性、精英色彩的,纵有些许乡土气息,亦是零星点缀,像沈从文《湘行散记》这样的作品,并不多见。贾平凹不讳言自己受到了沈从文的影响,这种影响不在文字细节,而是在于如何理解个人文风与地域文化的关系——似乎存在这样一种作家,他们如同希腊神话里的安泰俄斯,只有立足故土才能汲取文学的力量:"优秀的作家性格和文风是统一的,地方的文风和风尚是统一的。朱自清的散文只能是朱自清的,沈从文写得最好的也只是湘西,陕北山势缓慢起伏必然使陕北民歌平缓悠长。"② 由此他

---

① 鲁迅在1931年12月28日致瞿秋白的信中写道:"我是反对用太限于一处的方言的,例如小说中常见的'别闹''别说'等类罢,假使我没有到过北京,我一定解作'另外捣乱''另外去说'的意思,实在远不如较近文言的'不要'来得容易了然,这样的只在一处活着的口语,倘不是万不得已,也应该回避的。"

② 贾平凹、穆涛:《与穆涛七日谈》,载《远山静水》,时代文艺出版社,2015,第43页。

领悟到，商州之于自己，正如湘西之于沈从文。但贾平凹的文化态度又与沈从文不尽相同，他当然不持精英化的启蒙立场，却也没有沉溺于神秘主义和牧歌情调，他要更复杂，也更犹豫。以《定西笔记》为例（定西虽不是商州，但作者对定西的观察显然基于商州的生活经验），这篇散文写到了定西人对盖房子的异乎寻常的执着，写到了定西贫困山民几乎与世隔绝的生存状态，写到了定西人的迷信思想，其中有这样一段：

> 离开了这个村子，我们一路还在议论着宝卷镇宅、土地神护院的事，司机就嘲笑起定西人的旧规程，说：啥年代了，还愚昧这个呀！司机是从小在西安长大的，他不了解农村。我说这不应算是愚昧，中国农村几千年来，环境恶劣，物质贫乏，再加上战乱频繁，苦难那么多而能延续下来，社会靠什么维持？仅仅是行政管理吗？金钱吗？法律吗？它更要紧的还是人伦道德、宗教信仰啊。①

在贾平凹看来，宝卷镇宅、土地神护院既不是愚昧，也不是超出于知识、理性、文明之上的先民智慧或神秘传统，而是恶劣的生活环境、贫乏的物质条件、无尽的苦难历程所造就的无奈和不得已。这里面蕴含了一种充满同情、悲悯和复杂意味的回望姿态，也正是这种回望的姿态，让我们看到了贾平凹的真情、个性，看到了他所言的"志"。

本文系教育部人文社会科学研究青年项目"桐选之争与中国现代散文文体秩序的建立"的阶段性成果（项目批准号：17YJC751012）。

---

① 贾平凹：《定西笔记》，载《顺从天气》，时代文艺出版社，2015，第184—185页。

# 历史叠影、心灵图景与哲思发现
——张楚小说论

/金春平

  "70后"的代际文化"暧昧"正显现出日益强劲的原生性新话语形态,无论是其历史体验、生存观念,抑或是其文化接受,彼此的异质标识出他们在后革命时代"现代个体意识"崛起的傲然与倔强,他们之间区隔的"散点"在解构"前时代"的文学观念、思想、审美、形式等一体化的同时,也承担着寻找和确立各自"新的文学起点"的分岔"小径"的重负,这种"个体写作"隐含着他们顺应文学史当中进行自我定义、自我重构、自我赋值的"内在渴望"以及"隐秘焦虑"。"70后"面目"含蓄"的实质是缘起于其所包含的复杂而深刻的日常体验、存在意识、思维认知、历史描述等的"多维",扮演的是一代人与同时代的历史文化急遽转型的彼此应和、彼此支持的"异彩纷呈"的文学小传统的生成、确立与延绵,由此赋予"70后""含混而激越的杂色"的文学生命成长修辞,并以各自的文学观念、美学风格与叙事探索,验证着"个体性"这一人文话语的内生力。与此同时,较之于"70后"同代作家各自所形塑出的相对明晰的主题范畴、相对一贯的美学风格、相对稳定的思想经验,张楚的《夜是怎样黑下来的》《野象小姐》《七根孔雀羽毛》《中年妇女恋爱史》等小说集,在同代际的风格谱系当中始终具有总体叙事模态内里的超逸游离、变动不居、先锋探索与营造投射,他的小城镇时空叙事包含着自行运行的小宇宙法则,这是当代文学的新生之地,"中国文学唯一的希望就还是那些继续散居二三线和无数市镇的'小城畸人'",①他的叙事底色根植于日常生活的自然纹理,但又处处逃逸于日常逻辑的规约;人物的赫然在场与人物的永不谢幕,呈现的是偶然性、突发性的生活"传奇",传达出被日常生活的平庸表象所掩盖的种种"震惊","震惊"关联着历史与当下、日常与命运、理性与欲望、自觉与荒诞、道德与人性。正因为他所隐秘调度的小宇宙法则,以及法则所包蕴的不确定性、逆经验性、反逻辑性,生成出小说的"间离"效果、"张力"模式与"区隔"形态;同时,文本小宇宙内部的分裂又时刻处于规则化和一体化形塑的反制当中,"弥合"成为小说叙事的隐秘动力。其中的努力、行动、失效或者侥幸,张楚交予隐含着主体自觉意识的"个体",但"个体"很难抵达自由而理想的诗意境界,时刻处于交互纠葛的精神困境,在个人的主体性与个体的存在性之间的或隐或显的抗衡当中,张楚小说展示出人性的无奈与残酷、生命的羸弱与强悍。

## 历史叠影的抵牾、和解及其无效

张楚小说的人物设定普遍为小城镇的边缘人谱系,他们拥有充足的日常行动自由与现实选择权力,但张楚却试图解密个体之人在承受着历史性与消费性的日常生活表象之下的命运重负、心灵荒芜、意识逼仄,雕刻人身处存在困厄当中的精神抉择、行动反抗与心灵反制,聚焦于人嵌刻于诸多日常性话语意识当中时,人的"自反"行动和"自反"效果的向度、限度与可能境况,探幽"人"与"世界"之间被经验化和被秩序化的"真实",及其所具有的"神秘"与"残酷"。"'自然主义'与'诗化',看似不相干的两种审美风格,集中于张楚作品,也成为他具有高度辨识性的符号",②日常生活的自然主义雕刻、心灵向往的浪漫主义抒怀、存在体验的现代主义荒诞构成其结构文本的三重基石,氤氲出张楚小说锐利而撕裂、痛楚而荒诞、忧伤而诗意的美学气息,人的日常存在充盈着人世凡俗的活

---

① 郜元宝:《小说说小》,上海文艺出版社,2019,第70页。
② 刘卫东:《"退后半步"、交界与不及物——评张楚〈过香河〉》,《上海文化》2020年第11期。

色生香，但仍无法逃离悲剧、乖戾、晦暗、隐痛等达摩克利斯之剑的逼近，并被深深囚禁于"幽深"的存在牢笼。张楚褪去了将"个体性"话语作为人文主义观念的"绝对合法性"，重构出"个体性"的结构化存在方式，重新定义、诠释和注解着"个体"的崭新而饱满的巨大可能性和深度包容性。"个体"这一观念想象在文本当中延展了作为原子式或静态式的自我的有限性，它充斥着"内里异质的存在"，又彼此支持、顺应，或错位、抵牾，从而造就出小说"精神漂泊""心灵跋涉""灵魂游弋"的人物气质，形塑出文本人物的"模糊与漂移"及其命运的"痛感与不幸"。

首先，张楚小说的"个体"包含着历史谍影的共置与抵牾。小说当中的自然生活和现世图景是具有相当质感的"当代生活"，主角的人生线性发展充当着文本叙事的时空坐标，个人的"日常生活史"与语境的"社会当代性"，构成潜在的"流动"与"静止"的景观装置。对生活日常的自然主义式的描摹是一种广义范畴内的历史叙事，但是，如果历史性的叙事仅停留于自然主义层面，就缺乏在人与环境的"关系"中生成认知空间和思想哲学的可能契机。张楚借助于"以小见大""以人证史"的叙事策略，赋予文本微观的"个人生活史"以宏大的"历史转型史"的深邃。因此，他所安置的个体普遍内蕴着前历史时期的"诗艺气质"与消费主义时代的"欲望面目"的双重历史经验，"文艺精神与世俗消费"的历史幽灵"并存"于个体的"精神记忆与世俗现实"，形成异质的历史生活方式与历史精神话语的抵牾和焦虑。《你喜欢夏威夷吗》当中的艾娅、《夏朗的望远镜》当中的夏朗、《在云落》当中的张文博、《风中事》当中的关鹏、《金风玉露》当中的美兰、《良宵》当中的艺伶老人，以及《旅行》当中的爷爷与奶奶，这些负载着文艺气息、理想渴望与自由梦想的平凡人物，与当代消费生活语境的罅隙乃至显豁的冲突，早已溢出了同时代的"个体"与"语境"之间的平面结构，而是作为两种历史话语在"当代"场域当中共存而拮抗的集中隐喻，个体成为双重历史信息的超级负载体——怀抱着艺术诗性的心灵渴望，却深陷于资本消费的现实境遇，以及必然遭遇的颓败与离散。

其次，张楚小说的"个体"包含着生命情态的"异质悖论"。宏大"异质历史"的交叠不仅表征于个体人物的诗性/庸常的精神冲突结构，还表征于个体作为超级能指所涵盖的生命维度。这种生命情态在《七根孔雀羽毛》当中呈现为记忆/现实，在《风中事》当中呈现为本真/超越，在《小情事》当中呈现为城市/乡土、在《在云落》当中呈现为超越/平庸、在《伊丽莎白的礼帽》当中呈现为罪恶/救赎等参照性境遇，个体的存在方式包含着生命经验史的"现世"/"反现世"的反差体验，隐喻着当代人"无法栖居的灵魂"的普遍精神症候，即"作为消费者的人重归孤独或隔离，至多也只是聚生的"，①正因如此，个体的生命自觉与主体意识被反复激发。夏朗对宇宙的好奇与向往（《夏朗的望远镜》）、宗建明的争夺儿子抚养权以及他的铤而走险筹措房款（《七根孔雀羽毛》）、苏恪以深陷偏执的天使迷恋（《在云落》）、美兰对梦幻般情感记忆的迷恋与回味（《金风玉露》）等，彰显的是"自我的生命情态"与"逼仄的世俗生活"之间的积极剥离与努力脱嵌，脱嵌的方法包括个体对情感记忆的呵护、人性良知的复现、精神本真的坚守、诗意超越的向往、感官想象的缅怀，人物因此着色出满怀理想主义和文艺浪漫的"波斯米亚"情结，而个体所潜伏弥漫的超越与反抗的精神涌动、生命意志和家园召唤，正是"小说诗性"的策源之地，氤氲出"资本消费时代的抒情诗人"的艺术美学。同时，人物的"脱嵌平庸困厄的努力"与"弥合精神沉沦的行动"，已然成为他们进行自我主体性构建的动力机制，支配着他们的性格生长、心灵游弋、价值形塑，凸显出个体身处于现代主义和后现代主义的解构性语境当中，他们的"坚定"与"选择"、"构建"与"确认"、"渴望"与"想象"的集体面相。

  张楚倾力于对人的精神性存在的洞悉与同情，他因此选择以"去道德化"的叙事机制来规避对人物行动的价值判断，那些负载着异质的"历史"与"生命"信息含量的日常个体，持续宣示出他们所必须面对的无力与荒诞、倔强与坚韧、撕裂与挣扎。可以说，张楚对人物是以发现、审视与悲悯，取代了现实主义文学的再现、批判与礼赞，不断导引出带有高洁性的"文艺情怀""诗性正义""理想主义""浪漫精神"，作为反抗消费主义和世俗主义的审美超越精神，努力实现消费主义语境与个人主体性完备

---

① [法]让·鲍德里亚：《消费社会》，刘成富等译，南京大学出版社，2014，第68页。

之间的弥合，感召和重建具有人的"内在统一性"的后传统人文精神。但是，张楚深谙个体存在的和解焦虑、主体性完备的吁求、召唤与重建的想象，必然面临残酷、艰难甚至绝望，人的一切源自对个体内在和解的积极日常行动、精神渴望、信念勘验终将走向"荒诞"与"无效"的后果。关鹏以"前历史"的古典理想情怀去规划资本消费怪胎的灵魂，必然是一场"荒谬""戏谑"和"解构"的人生邂逅，这是双重历史拮抗的必然，充盈着堂吉诃德式的悲壮与痛殇（《风中事》），夏朗执着于个人的宇宙梦想而遭受世俗话语尊严的凌辱（《夏朗的望远镜》），艾娅耽于文艺情怀与过往记忆而遭遇虚伪爱情的戕害（《你喜欢夏威夷吗》）等，这是张楚对个体双重历史与生命经验纠葛的真实质地的剖视，是对个体所内蕴的异质张力的巨大不确定性的洞悉，更是对理想主义历史幽灵在当代资本消费场域当中黯然隐退的文化挽歌。

张楚所营造的"个体"充当着"历史叙事的批判视阈"，它剥离出了当代日常生活的艰深、吊诡而痛楚的质地，透过人物的诸多"失败"的情节装置，诸如被谩骂、被遗弃、被击败甚至死亡等行动的后果，呈现出他们执着于"前历史经验"与"个体生命记忆"所必须面对的荒凉与困厄；同时，正是诗性信仰的"执著"与"行动"，使他们在沉溺平庸、心灵迷失、价值混沌境遇当中葆有着人的精神主体性的艰难与高贵。虽然小说人物的"执著"与"行动"并非具备充分的文化矫正与精神救赎的强大功能，但他们对同时代共名语境的疏离与庸常生活的积极反叛，完成了阿甘本所说的"同时代性"的价值立场践行，"这种关系既依附于时代，同时又与它保持距离"，这种话语资本来自它们所内蕴的异质的中国历史经验，来自个体对现实主义、理想主义、现代主义和后现代主义的文化经验共享，来自个体所内蕴的人性异质性的冲突与和解，包括记忆与现实、理性与感性、本我与超我、欲望与道德的结构装置。这是张楚构筑文本世界的"炼金术"。

## 再造感知、体验与超验的"心理景观"

中国小说在民族国家历史"总体叙事"的隐喻修辞当中所处的话语位

置,催生出叙事者与叙事对象之间"观念主导型"的叙事话语图景,叙事的驱动、引导和控制,普遍来自叙述主体即作家观念的掣肘。但作家在文本当中是以显在的姿态进行说服,抑或以潜隐的姿态进行展示,它涉及对小说精神品格的界定:小说的古典主义或小说的现代主义。① 显然,张楚更加信任小说的现代主义品格,"它教我们要带着怀疑的眼光去看待那种直率的叙述可以道出人类生活真相的观念;它开始偏爱复杂性、戏仿、含糊性和具有讽刺意味的自我意识",② 在前现代、现代和后现代共时并置的"当代性"语境当中,叙事主体的观念谱系和道德法则面临被瓦解和被解构的危机,其观念体系和经验范畴已失去了"共识性"的默契,古典主义时期观念生产、经验生产、话语生产滑向了深刻的不可能性,文学思想与文学观念的增殖成为"无效"的"赘述"。张楚深谙当代人所面临的"交叠"的历史语境与人文境况,他努力深入并超越表象的凌乱而进行有效的捕捉与表现,重新发现人存在的可能性与真实性,建构适应"当代性历史机制"的个体之人的生命存在方式和日常精神维度,他信奉"好的小说应极力避免作家观念对读者的隐秘的宣教式说服",对作家将小说形象的拟镜视为演绎作家先验观念的注脚模式保持着高度的警惕与反叛。他重新赋予小说在日常生活化的叙事外壳之下的"现代主义文化品格",包括重新开启叙事本应具备的空间延展、结构叠加、横面景观,以及横向的铺衍所具有的意义生发性、延展性、纵深性,重构小说的"发现"功能,以及由此所衍生的"表现功能""体验功能""再造功能"。

第一,对人的自然生活表象之下所隐匿的抽象而真实的"困厄景观"的发现。张楚小说的"发现"一方面是对人的内在多维存在质地的发现,另一方面是对人与"他者"关系秩序的发现,解剖被经验性的理性观念、认知思维、日常话语所遮蔽的人的存在空间与精神真实。他对个体有意识地从具象生活中脱嵌之后,个体心灵的丰富而真实的图景进行雕摹,呈现

---

① [美]韦恩·布斯:《小说修辞学》,华明等译,北京联合出版公司,2017,第6页。

② [加]罗伯特·弗尔福德:《叙事的胜利》,李磊译,南京大学出版社,2020,第136页。

## 历史叠影、心灵图景与哲思发现

鲜活个体心灵所面临的内在困厄,这种困厄来自人性期待的失望、理想主义的陨落、爱情信仰的坍塌、精神平庸的侵袭、艺术激情的消退等。同时,张楚是将人身处于日常平庸生活当中所内生的"反叛性""超越性"和"确定性"所遭遇的困境与难度,以及由此所衍生出的人的行动、心灵和精神图景的西西弗斯般的执着与艰辛,作为他对当代个体心灵境遇认知的重要发现。当然,张楚高度警惕将现代主义文学精神赋予小说叙事时所可能导致的对西方现代主义原典文学的"模仿",或者对现代主义文学精神关键词的抽象演绎,而丧失以小说叙事来自然呈现或发现生活奥义的文体优势,因此,他对人的现代主义文化困境的发现,不仅坚定立足于现实主义的日常生活肌理,而且始终在积极超越现代主义文学对人的"经验定势",将种种精神存在和心灵幽暗的"发现",与人的日常生活的行动乃至个体命运的轨迹进行整体式的"嵌合",这是张楚将现代主义文学精神在本土化叙事中的艺术革新与文学重构。《人人都应该有一口漂亮的牙齿》以隐喻的方式呈现出人的生命本能源自非正典性的"执念",它是人的生命热望和虔诚行动的理由,而生命执念的祛除也表征着人所确信的意义的虚无与消解;《刹那记》当中的樱桃与继父鞋匠的关系始终处于其母裁缝的质疑与监控之下,"猜忌"构成了樱桃身处家园却又深感窒息的精神监狱,她开启"恋父"的假象孽缘来实施对道德化围剿的反击,但最终发现各自并未脱离社会角色的既定赋义,持久的心绪拮抗与心理涌动、现实的言辞较量与积极行动,终究归于生活平静的复位与心理抗衡的荒谬。

第二,对异质化语法设置之下的个体感官意绪与心灵图示的"幽冥隐秘"的发现。张楚擅长借助于负载着"个体真实感"的叙事方式,从自然主义和现实主义的日常生活景观当中,抽离出被叙述者的直觉感知与印象先验所支配的心灵存在景观,并对日常世界进行重构性的感知、体验和再造,在极具诱惑力和场景代入感的叙事引导当中,展开对人的自我表象、人的情感幽深、人的生命奥秘、人的存在牢笼的心灵解密。他授予小说人物以相当显豁的心理感知能力,生活的认知、日常的体味、世界的面目、事件的演进、印象的生成、意绪的敏锐、诗意的生成等,都能借助于负载着"个体真实感"的人物感官来完成,践行着康拉德所说的"作家的任务就是将与外界有机互动的人类意识精确地呈现出来,将读者置于生活中某一真实瞬间的场景之中,这样做才会更加贴近真实的生活。"①这种真实感已经超越了单纯的叙事学的人称局限,形成小说人物与叙事主体的"复调性"的合谋声音,它所营造的情绪氛围与意念世界,是发现和凸显那些被诸多日常逻辑和大众观念所遮蔽的"深度隐秘"的有效通道。《梁夏》当中萧翠芝实施着源自生命本能的"爱"与"性"的复仇实践,揭橥出当人性冲破道德和观念的固有规范所爆发的锋利与绝望。《细嗓门》当中林红以决绝的方式向韩小雨所实施的犯罪式复仇,李永因前女友赵小兰携其未婚所生女儿事件而选择解体婚姻,都是出于对个体过往罪孽的救赎,情感责任的放逐与人性良知的救赎呈现出"互为因果"的辩证法,这是以个体真实感的代入所呈现的人生荒诞,是对人身处自我救赎与他者伤害的普遍困境的幽冥秘密的洞察。

第三,对人在生命沉沦蛊惑中的审美感知和精神热望的"诗意生产"的发现。张楚的小说充分尊重叙述者的个体感知能力和印象权力,众多的叙事主体既是情节、线索和事件的叙述者,也是叙事过程的参与者和推动者,更是再造生活与世界景观的话语主体,他们以自我的感知勾勒并再造着世界,赋予自我乃至外在生活以印象主义的美学意绪。张楚的小说普遍存在一个"反拍式"的结构:一方面,人物在现实生活当中经历着情感缺失、理想陨落、尊严压抑、婚姻解体、身体残疾、心灵荒芜等晦暗境地,另一方面,小说人物具有从现实世界的"物""景""象"当中,发现诗意或创造诗意的感知再造能力。夏朗从宇宙的星空幻想当中不断获得童年梦幻的诗意想象,"宇宙的梦想使我们居于世界之中……在想象的天地中就像在自己家中一样。想象的世界使我们更加深了如归家园的感觉"(《夏朗的望远镜》);②艺伶老人与患艾滋病的男孩,因生命的孤寂与人世的萧索升腾出生命相依的高贵灵魂诗意(《良宵》);《水仙》《听他说》以互文性和魔幻性的叙事,展示出荒谬、疯狂而孤独的时代中,周桂花和沈玉跨越人与异界的守望、信诺、遗憾乃至焦虑的生命诗意的感知与体味;《朝阳公

---

① 金莉、李铁:《西方文论关键词》,外语教学与研究出版社,2017,第692页。
② [法]加斯东·巴拉什:《梦想的诗学》,刘自强译,生活·读书·新知三联书店,2017,第230—231页。

园》当中五位身患重病的少年在亲情冷漠、死亡笼罩的孤绝世界，生成出超越世俗的情感依恋和生命相依的人世诗意。张楚小说印象主义式的感知表现，赋予生命之沉重、存在之困厄以缓释与消解，对人的感知能力的调动与张扬再次确认出作为人的"个体性"的坚固与永恒，复原了作为叙述者的角色丰富性、感知现场性、意念主导性，借助于叙述主体的感知能力和内向想象，小说人物不断获得还原世界的多种方法，平淡而庸常的小城生活继而显示出世态万千、风姿绰约、涤荡起伏、精彩奇崛的质地。而张楚所构建的人的感性与理性的完备，不仅是开启与实施自我救赎的生命冲动前提，也表征着人的心灵想象与生命欲望的自由恣意，是对人的观照、把握、叙事、感知世界景观能量的确信，这种人的存在的诗意性生产，宣谕出个体尽管必须面临无限的精神沉沦，却依然能够获得生命的光亮与灵魂的栖息。

## 在地性生活与人类哲思命题的"显现"

张楚的小说在显豁的日常生活纹理的坚硬叙事表象之下，以现代主义和后现代主义的精神哲学，作为其文本内在的叙事调度法则和叙事机制核心。张楚一方面信赖其现世经验的可靠性，它们构成本土日常经验与西方文学经验进行对话的充分叙事资源，借助于城镇化空间当中人、事、景、物的虚构，他规避了对西方文学精神汲取、认同和化用的"空转"，获得了以现代主义和后现代主义审视小城镇及其所隐喻的"当代中国"生死歌哭的"在地性"视阈；另一方面，张楚深谙日常生活、本土中国、现代主义之间的嫁接融汇，既要防止将本土叙事嵌入现代主义观念框架的"强制惯性"，又要警惕以现代主义的文学观念去形塑本土生活形态的"先入为主"，因此，他选择了对现代主义和后现代主义的话语观念进行"分解"，以其关键性的词汇修辞作为结构文本、完成叙事、意义赋值的方式。这使张楚的小说一方面具有浓郁的地方性生活的代入质感，另一方面，他也在凡俗而喧闹的日常生活景观当中，持续地发现、捕捉、思考并演绎着人类存在的哲学性命题。这种哲学性命题是张楚对匀质生活可能导致的无意义的反动，包括"存在性的困境""生命性的困厄""命运性的吊诡""逻辑性的消解"以及"悲剧性的幽默",这类意义的赋值或者在人文主义的范畴内展开,或者在超越人文主义的范畴内审视——张楚为小说锚定了一个"宇宙法则",这个宇宙的法则、范畴和运行,既有与人文主义的同向之处,也有超克人文主义的未来性与寓言性,展示出他对个体话语的"复数性"的重审,"每一个人都能提供新的视角和做出新的行动",①这是张楚对个体生命哲学"真实观"的演绎,并通过"生活真实感"的营造来支撑"真实观"的奏效,而世俗内里的幽秘、喧嚣内里的沉静、欢腾内里的悲哀、欲望内里的虚妄,构成张楚小说"存在奥义"的叙事美学。

第一,张楚积极寻觅凡俗生活当中情感、意义、信仰、欲望、诗意等肯定性力量,它们是人与自我世界、与外在世界之间的彼此确认,进而生成人文主义内涵的基本要义;但是,张楚又不断质疑肯定性与确定性的坚固,并代之以不断地质疑与解构,这里饱含着张楚对人性的高度信任,同时也包含着他对生活逻辑的不信任,以及对人能否操控自身存在处境的深刻犹疑,"悖论化的吊诡"成为人的生命存在的真谛,"张楚的小说为我们的阅读展示了一次盛装的辩证法舞会,舞伴总是你不喜欢的对立面"。②《梁夏》当中的梁夏突遭"异性骚扰"却反被诬告,他为捍卫自身的"名誉"所复仇的对象,显然并非一个现实人物萧翠芝,因为"骚扰"这一固定词语的"内涵所指"已经构筑起强大的传统、集体和社会化的思维观念的惯性,大众在无形当中实施着对男女不平等性别意识格局的自觉认同和坚定维护,从而导引出"性别合法权力"反而成为被质疑被诟病的"合法理由"的生活谬景;《小情事》当中的周文雄承载着城市文化、工业文明、身份阶层等诸多先进性和想象性的符号意义,张翠梅与周云香的追求表征着乡村对城市的渴望,乡村传统的婚姻模式与现代个性解放的恋爱自由之间的压制与冲突,加剧着城市文化强势合法性的确立,但张楚更青睐于呈现人的青春、爱情、人性的实存和不确定的双重质地,聚焦于一代乡村群体在面对强势文化时的渴望、疯狂、无奈,他们对未来人生想象和命运寄

---

① [美]汉娜·阿伦特:《人的境况》,王寅丽译,上海人民出版社,2009,第5页。
② 程德培:《要对夜晚充满激情——张楚小说创作二十年论》,《上海文化》2017年第3期。

## 历史叠影、心灵图景与哲思发现

托的深刻绝望,而张楚也冷峻地宣示出理想与欲望驱使下的一切人事纷争与纠葛终归化为虚妄。

第二,张楚将"时间"作为人生的"除法",将人的生命奥秘、人性质地、精神景观、命运诡谲、生活逻辑等交予流动的"时间"装置,在记忆与事实、历史与现存的"时间"法则的蠡测当中,去揭橥人作为无法逃逸历史时间、人世成长、生命涌动的本真而残酷的面相。《中年妇女恋爱史》当中,时间一方面扮演着掣肘性乃至消解性的装置力量,茉莉的爱情渴望、生命激情、信仰执着、个体坚韧,并未随时间矢量的延展而消退,却闪现出爱情狂热的反复萌发和信仰执着的持续坚定,时间成为一种考验性的场域,彰显出茉莉的人性本真和生命恒定,给予了她展示自我对心灵困厄的反抗、挣扎、企及、重生的镜像,茉莉生命热望的时间轨迹显现出与自然历史时间相背离的姿态;同时,时间又扮演着成长性和循环性的装置隐喻,茉莉对真挚爱情的向往、对心灵解放的渴望、对世俗幸福的追求,呈现出人生历史场景的宿命般的轮回,茉莉如同困牢之兽,无法走出发自于人世信念和生命本能的情感既定程式,时间的自然行进在此充当着压抑性的装置,让茉莉的爱情追求与情感轨迹展示出"城堡般"的"荒诞"与"悲凉",隐喻出进步主义的时间演进之下人的信仰虚无与生活循环才是生命的悲剧本质。张楚的小说一方面擅长将"时间"作为人置身其中的连续而匀质的存在场域,并以其变动不居而与人的生命轨迹形成"滞差"和"逆向"的"人的历史化""人的成长性"的姿态,在互动的律动中生成出人的心灵、精神、信仰、道德等的"瓦解性"力量,以此呈现人世存在的脆弱;另一方面,张楚还将"时间"作为人实现自我断裂和自我隔绝的机制方式,"时间"扮演了一种重塑个体存在与人文精神的历史力量,并作为线性叙事的掩盖之物,成为遮蔽个体多维性存在的黑暗装置,人性的幽暗、人心的诡谲、情感的躁动、欲望的放纵,都深藏于时间的线性暗流深处,当将时间这一遮蔽之物祛魅之后,人的存在必然暴露出超越理性逻辑与道德期待的荒芜和诞妄。这是张楚对时间装置的现代主义式的哲学赋值。

第三,张楚以"偶然"与"震惊"式的内爆叙事机制来消解诸多人文主义意念的权威,以此凸显人的理性经验的不可靠。张楚小说普遍内蕴一个自然生长但又神秘幽玄的叙事意念,人物的情感、性格、心理、精神的生长，以及人的命运与生死的流变轨迹，均为叙事意念的自然催生，叙事意念构成叙事演进与事件意义的自然内驱力。他的叙事意念或者是暗藏于生活暗角的哲学理念，或者是附着于生活表象之下的先验话语，张楚将最为内隐真实的人性、心理和精神的主体进行掩藏，谨慎遵循着日常生活惯性和世俗经验逻辑进行叙事，人物的思维、行动、道德、情感具有高度的现实感；但是，张楚却总要冷酷而无情地揭橥、解构以及重构人的日常化惯性，赋予一切生活凡俗表象以"奇崛"的"震惊"，包括从惯常的人文表象来洞悉人的内在病象症候，包括从人的世俗病象洞察惯常的人性与心理逻辑。姜欣的情感报复并未获得复仇的快慰，却将自我推向不能自拔的沉沦深渊（《直到宇宙尽头》）；关鹏深感自我的爱情忠诚、恋爱道德、婚姻责任早已被借用为资本消费时代的"伪饰"（《风中事》）；樱桃"怀孕"的人生劫难与母亲对她的猜忌所形成的偶合，却是一场因知识匮乏而导致的"闹剧"（《刹那记》）；夏朗对陈桂芬被外星人所劫走事实的亲闻，瞬间瓦解了他的执信与质疑（《夏朗的望远镜》）。张楚深谙源自人性存在的暗角不仅是人之所以为人所难以超越的本质肌理，而且正是因为人的生命哲学意念的存在，才不断生发出对自我的平庸境况、心灵困顿、生命沉沦的超越吁求，生命能量才能够获得持续性的潜能激发，完成诸多可能性的构建、选择与向往，但张楚又常常以创造性的叙事内爆机制，来显影隐藏其间的真实的"偶然"与惊异的"奇崛"，消解着人物意念的既定惯性和经验坚固。这是他所设定的叙事意念的普遍出场方式，充当着文本的情节演进和情感逻辑的"催化"与"解构"的双重辩证力量，展示出人的身体、精神、生命的一种哲思意义上的存在形态。

本文系国家社科基金青年项目"游牧文化与中国西部现代'汉语写作和汉语译介'小说研究"（16CZW057）、山西省高校哲社项目"游牧文化与中国西部少数民族小说研究"（2019W065）阶段性成果。

# 灰色人生的自我救赎
## ——李燕蓉小说创作综论

/赵春秀

李燕蓉的小说如她的人一样，一亮相就令人惊艳。2005 年，李燕蓉的文学首秀就选中知名杂志《北京文学》，《对面镜子里的床》以老练的笔力、深刻的思想、细腻的心理语言得到了多方肯定，著名评论家白烨这样评论这篇小说："作者比较重视情绪表现与感觉描述，尤其善于以灵动而准确的语言，表达信马由缰的潜感觉与潜意识。作品中也能见出作者的美术功底对于写作的影响，那就是讲究画面感、色彩感，从而使作品整体上有一种与灵动的感觉桴鼓相应的流动的气韵。"[①]之后另一篇获得众多好评的作品《那与那之间》发表在《山西文学》后被《小说选刊》转载，并位列 2005 年度中国小说排行榜短篇小说第五名，被《2005 年短篇小说新选（专家年选）》和《2005 年度短篇小说选》收录。2010 年《飘红》获第五届"赵树理文学奖"短篇小说奖。2012 年她入选由中国作家协会、中国文学基金会主办的"二十一世纪文学之星"，并由此出版了第一本小说集《那与那之间》。也许是长期学习绘画积累的艺术感知，也许是天生的兰心蕙质，总之，李燕蓉出手不凡，作品产量不高却篇篇可圈可点，娴熟老道的程度令人惊叹。

---

[①] 白烨：《我看〈对面镜子里的床〉》，《北京文学》2005 年第 3 期。

## 流连文字与情绪的质感

李燕蓉有一颗敏感的心，有一双敏锐的眼，能捕捉并记录生活中缥缈不稳定的种种瞬间。精彩的文字需要付出时间去打磨，对此李燕蓉乐在其中，享受着将时间消磨在文字中的乐趣。读李燕蓉的小说，忍不住击节感叹的精彩语句俯拾皆是。令人耳目一新的动宾新搭配"摸太极"，将太极动作那种绵软试探形容得惟妙惟肖；空气不流通的审讯室里，浓重的烟"堆"在那儿，一个"堆"字不仅写出了烟雾厚重感，还透露了相持时间久的讯息。讲究一个个单字的锤炼，成就了李燕蓉完整描摹人事物时的恰当妥帖。"她真白啊，白得密不透风，即使在澡堂这样湿漉漉的环境里也没有丝毫要化掉的意思。我看到了她的乳房，没有想象中那样小，它们没有那么坚挺，但也没有完全似袋子一样悬垂下来，它们恰如其分地保留了应有的美感；腹部也没有周围女人那么凌乱，腿有些太细了吧，我甚至注意看了她的脚，我一寸一寸地把目光在她身上移个遍。"[1]在李燕蓉笔下，女人皮肤的"白"突然有了质感，女人的身材特点也突破了千篇一律的苗条或丰满。"大片大片的纯色就那样不加修饰地堆积在一起，艳得都有些不可思议。镏金的紫、呛黄的橘色、孔雀尾的宝石蓝、胭脂扣的红，每一样都夺目得让人窒息，连最不起眼的地方都用了深得化不开猫眼绿。"[2]一处风景竟然可以如此绚烂，那该是画家笔下的生动，然而作家却仅靠文字的排列组合，就将这让人沉溺的美景搬到了每个人的脑海。

李燕蓉的语言功力不仅表现在具体实在可触摸的人事物上，她对人物缥缈模糊的心理，特别是瞬间情绪的细腻描写，也常令人惊叹。那种精准、传神，于细微处仿佛靠一支生花妙笔就能冻结时间，让读者在现实时间的稍纵即逝中暂停，得以细细品味我们可能都曾经历，却来不及低眉流连一下的刹那。"自从刘莉走了以后，齐鹏的时间忽然就变得丰盈起来，不但三顿饭的界限模糊了，白天和晚上也随时随地可以衔接、互换。他的生活

---

[1] 李燕蓉：《那与那之间》，作家出版社，2012，第30页。
[2] 同[1]，第232页。

## 灰色人生的自我救赎

在那个女人走以前是为盲目而奔波。在那个女人走以后，或者说是暂时走以后，就变成了漫无边际的游走，像一个送货送到一半突然被告知不用再送的人一样，可以卸下一切，不必急着赶路，更不用去想方向、地点。"[①]空虚的心境很难描摹，然而当李燕蓉借助时间概念，再借助送货的比喻把抽象的空洞感填满时，那种浑身无力的疲软就变得像抓在手里一样地清晰起来。《对面镜子里的床》一开始就描述了读者可能都曾经验过的一种感受："应该发生许多事情的那个下午，事实上什么也没有发生。我还能清晰地记得我的手交叉放在膝盖上，过度的局促和期待使我的指尖微微地发麻。我的眼睛一直盯着桌子，但眼角的余光却在屋子里来回游走。时而也会从他身上滑过。一些音乐也掺杂其中。后来屋子里的光线变得昏黄、暗淡直至冥灭了踪迹。那个下午的时间在我后来的记忆里不断地出现。时间充裕的时候，我会仔细留心那个下午的许多细节。它们的羽毛在我的不断梳理中，变得日渐丰满。"[②]那种局促不安时手脚轻微不适的麻木，突然变得灵敏无比的听觉捕捉到的平时不会注意的背景音乐，特殊时候才会留意到的光线变化，以及随着回忆次数的增加而逐渐填补起来的记忆空白，种种细致描述格外传神，读至此处不禁要为李燕蓉能讲述出那种生活中曾经验过的相似感觉由衷赞叹。

　　大量情绪与心理的描摹使李燕蓉的小说呈现一定的内倾性，不过，关注芸芸众生现实命运的意向使其作品远离"私语化"写作，只加倍细腻了生活化的逼真触觉。李燕蓉的小说大多没有完整的情节，也没有激烈的戏剧化冲突，事件发展脉络平淡。她放弃了传统小说开端、发展、高潮、结局的布局方式，故事构建呈片段性，仿佛就是真实生活的一个段落。大量照影式的细节极富质感，以写实的笔法，絮絮讲述人生的不尽人意，在普通小人物的日常情感世界里，披露生活的真相与应对的态度，以包容接受等看似软弱的妥协，来洞明人生，展示生活的智慧。《百分之三灰度》慢节奏地讲述了主人公小奈空虚茫然的一天，他在本应美好的周末先是一个人无所事事地逛街，然后下意识地去看了朋友，再内心依旧空洞地去洗了

---

[①] 李燕蓉：《那与那之间》，作家出版社，2012，第67页。
[②] 同[①]，第25页。

澡,最后心情糟糕地回家。在这一天的游荡中,事实上什么故事都没有发生,就是一个人一生中最平常的一天,当然,对于小奈来说是迷茫低气压的一天。文末,小奈开始了他全无变化的第二天,可以预见,他将会重复前一天的空虚茫然。作家显得那么随意,好像轻轻巧巧就切出一个生活段落来呈给读者,没有特别设计的开始,也没有生活告一段落的结果。那一天的许多细节都清楚地记录了下来,所以没错,那就是真实存在过的一天,可是放眼以后漫长的日子,却找不到这一天可供记忆的特别之处。就是这样毫无特殊意义的段落式,贴近了凡俗生活的本质,贴切地展现了小奈内心空虚疲惫的状态,也会同题目《百分之三灰度》一起揭示着我们身边真实存在的一群孤单寂寞者的生活、心理,甚至能触摸到他们渴望安放的漂泊灵魂。

这样"生活没有结束"的片段式平淡布局在李燕蓉的作品中还有很多,《对面镜子里的床》中女医生的生活从故事开始到结束没有丝毫变化,与她平常任何一段日子相比都找不出什么不同;《深白与浅色》直到最后赵峰的处理结果也没下来,那就意味着时间在行走,故事在继续;《青黄》的苏媛终于结婚了,仿佛开启了人生另一段全新的旅程,可是最后裙摆上那一圈小小的污渍暗示我们,生活其实没有什么大的不同,仍旧是那朵开旧了,也还依然开着的花;《干燥》里的小惠,离婚后就陷在频繁的相亲与聚会里,然而日复一日纠缠着她的还是那不变的寂寞……这些兜兜转转的没有故事的小人物们,注定不需要背负宏大的主题,不需要给读者带来巨大的感官刺激,他们只需要安安静静地过着自己或平常、或无奈的日子就好,而生活的真谛,生命的价值,就在这些凡俗的日子里,静静流淌。

## 注目社会荒诞

德国哲学家弗洛姆说:"人是唯一会感到他自己的存在是个问题,他不得不解决这个回避不了的问题的动物。"[1]李燕蓉选择小说与哲学家的思考进行对接,在作品中有意或无意地探索着人何以存在、如何存在的问题。

---

[1] 弗洛姆:《为自己的人》,生活·读书·新知三联书店,1988,第56页。

## 灰色人生的自我救赎

基于此，李燕蓉步入文坛之初就没有陷入商业化与世俗化的旋涡，而是在深层次上展示茫然的生存境遇、漂泊的孤寂心灵和荒诞的社会存在。她最初的几篇作品带有明显的现代主义色彩，挟带着一点点不与环境妥协的挑战心理，借鉴运用多种创作手法，描述现代社会人们复杂的心理状态和某些方面的荒诞秩序，以及膨胀的物欲挤压下人的异变。

《对面镜子里的床》以一位心理医生内心独白式的手法，将其疲累茫然的心理细致摊开。记叙的笔墨跟随自由联想的意识流动，任何一个突然跳出的信息都可能触发另一个看似毫无联系的片段。这些片段彼此衔接的方式乍一看显得凌乱无条理，突破了意识的逻辑，却逼真地将女医生"我们究竟在干什么"的茫然和迷失记录了下来。《那与那之间》是一个颇有些荒诞意味的故事，一场车祸在众人毫无防备的情况下突然变成了一个早已计划好的"行为艺术"，令人措手不及的真相，已经不单纯是一个荒诞的故事。围绕着李操的失忆与复忆，相关者的各类表演集聚了百态人生。正如阎晶明所论："'那和那'，不只是指这件事与那件事，还分明隐喻着所作与所说，求是与求非，天才与神经，真实与荒诞等相对关系。那看起来似乎是两个极端，实际上却只有一步之遥。"① 这显然已经触及了诸多哲学命题。《大声朗读》用另一个荒诞的故事嘲笑了人性的异变。在经济利益的驱使下，一场原本就不可行的神经病人征文朗诵的活动策划，最终以正常人伪装成病人"大声朗读"完成活动而结束。这场闹剧中，究竟是谁病了才是小说引人深思的地方。

这些作品突出的现代主义特点很容易让人将李燕蓉与一些先锋派作家划归同一阵营，将视线聚焦在相同的现代派技法上，而忽略了其落脚点的差异。中国当代先锋小说强烈反抗传统，以西方现代主义和后现代主义文学观念对抗当代现实主义文学观念和传统技法，刻意放弃文学发展过程中已成型的创作原则，试图改变读者的欣赏习惯。作为一个群体，先锋作家们各有各自的"文体实验"，莫言的民间话语，马原的"叙述圈套"，余华的冷漠叙事等，其根本都是试图从主流意识的影响中摆脱出来，从文

---

① 阎晶明：《用女性视角为都市平民造影》，载《那与那之间》，作家出版社，2012，第2页。

学的外部研究转向内部研究，以期进入所谓的文学本质，回归文学自身。这一思维方式有一个明显的漏洞，就是将文学自身与外界隔离开来，将文学作为一个独立的系统，然后进行纯粹技术层面的拆解分析，忽略了文学本身的人文性，忽略了文学主体——"人"的主观能动性和历史性、社会性特征，这种"弑父"与"割裂"在否定传统、否定文学社会性的同时，也剔除了文学的责任性和鲜活的魅力，显得枯燥没有生命力。李燕蓉的小说单纯从形式来看，与先锋派确实非常相似：艺术手法与创作风格均注重个体经验，始终徘徊在自己的世界，技法上大量采用隐喻，象征，暗示，自由联想，时空倒错，意识流动，片段组合等。但二者内在的灵魂却截然不同。单从题目来看，就已经突破了先锋小说封闭的内部小世界，赋予作品以人文意义。她选用熟悉的油画色彩或类似给画作命名的方式给小说命名，《青黄》《深白或浅色》《百分之三灰度》《绽放》《对面镜子里的床》《蹲在黑夜里的男人》等作品不着痕迹地赋予了小说主题意义。它们是小说中人物某种生活状态的象征或隐喻，这是一种人本主义的关怀，与先锋派作家单纯讲究艺术形式而频繁使用多种艺术手法明显不同。进入作品内部解读，这种差异感会愈发明显，每一种艺术手法的使用都围绕着更好地表达主题，精神的悬置、人生的况味、应对的态度，虽是小题材却有大意义，赋予作品审美价值的同时锁定其社会性。

考查李燕蓉作品的发展轨迹，可以发现其逐渐生成的"生存"逻辑非常符合加缪荒诞哲学的实质。加缪作为法国存在主义哲学的集大成者，其哲学本质上是一种人生哲学，与其他存在主义哲学家关注世界本源最终推导出人生虚无不同，加缪思考的落脚点是荒诞的人生如何度过才有意义，这样的哲学观明显更积极，更入世。在他的《西西弗斯神话》中，随着石头一次次滚落又一次次被推上山，读者感受到的是与命运对抗的勇气，是切实行动的价值。这是一种全新的在虚无中确立意义的方式，不认输，不放弃。即使明知费尽心力也难以切实改变现状，掌握明亮未来，更无法明确自己全部的人生意义，但踏实诚恳的态度，打不垮的勇气，就是虚无中自己创造的意义，是一条真实的自我救赎之路。这一哲学观点具体投射到李燕蓉的作品中，就集中在探讨如何对待不完美的生存环境上。这是批判、抱怨、颓废，还是理解、包容、抗争？李燕蓉用聪慧的心审视人间百态，然后慢慢沉淀成一股击不垮的生命向力。

## 让生命"落在尘埃里"

李燕蓉小说中的人物大多是最最普通的饮食男女，社会身份基本定位在城市。不过他们生活的背景没有被描述为繁华躁动的声色迷离，他们是城市人，但不是现代意义上的都市人。他们不需要展示流光溢彩的都市风情，不需要承载惊心动魄的爱恨情仇，更不需要表达狂放恣肆的欲望。也许那样的内容更易击中现今读者略显浮躁的心，但李燕蓉无意讨好读者。她在一篇创作谈中说过，烟花腾空、流星滑落，瞬间的东西容易打动人，"但是，夜空中更多的星星还是寂寞的，它存在了几百万年，也未必能换来你的一眼凝视，可依然存在着，生活里最后磨砺我们的也都是那些平淡的周而复始的琐碎小事。如何能在漫长的跋涉里不颓废掉，才是我们真正需要面对和修炼的。"[①]她只关注那些"平静地活在当下"的芸芸众生，只写自己的感觉和体验，她的小说浸润流动的是未加修饰的生活本真。

前文已经提到，即使在热衷尝试各种现代主义新艺术方法的创作初期，李燕蓉的小说也没有放弃现实主义的内核，她作品的关注点一直是庸常生活里小人物的生活精神状态。《百分之三灰度》中有这样一段话："其实所谓的百分之三灰度正确的解释应该是人眼所能分辨的白色和灰色之间的一种界线色。至于百分之一、百分之三灰度人眼无法看到更谈不到分辨。那只是理论上的灰色。百分之三灰度极其响亮，有一些鱼肚白的意味，但色调比鱼肚白要暖一些。晴朗的日子里在天空中可以找到一小块、一小块这样的颜色，但常常转瞬即逝。"[②]这一段文字虽然很专业地说明了"百分之三灰度"是一种什么颜色，但很明显，读者能否真的明白这颜色并不是李燕蓉要表述的重点。她也许更想借此颜色来隐喻凡俗人生的一种灰色状态，这种状态也许说出来不如纯白那么明亮耀眼，但也没有明显的晦暗，就像

---

[①] 李燕蓉：创作谈《如秋水天长》，乡土文学编辑部的博客，http://blog.sina.com.cn/s/blog_ab3cb34b0102vasw.html

[②] 李燕蓉：《那与那之间》，作家出版社，2012，第6页。

小奈和马温一样,无所事事庸庸碌碌,但无关界限分明的善恶是非。我们无法简单界定他们是好人还是坏人,甚至无法判断他们日常的言行是有意义还是无意义,但这样的状态,恰恰是现实人生中大多数人的常态。对比国内其他作家,在关注民生的"底层叙事"成为一种潮流的时候,李燕蓉的小说好像没有什么特别之处,但若综合考量各项因素,就会发现李燕蓉的独特。她不用悲天悯人的上帝情怀来故作姿态,不刻意渲染小人物的无力与无奈赚人眼泪,不让人物随波逐流后再给一个环境迫人的懦弱借口。李燕蓉笔下的小人物都在为生活得更好而努力着,即使曾经迷茫,也不妨碍他们挣扎着再次尝试,靠自己主动出击来对生活的质量进行微调。《开始熟睡》中,莉香与前夫离婚后就陷入了失眠的折磨,后来认识了刑警何健雄,二人的感情不是没有错位与矛盾,也不是像一般爱情故事那么甜蜜兴奋,但在略显平淡的相处中,二人依然走进了婚姻殿堂,莉香的焦虑精神状态得以缓解,终能开始熟睡。《青黄》的故事一开始,苏媛就以一个完全失败的形象出场,工作婚姻孩子,一头也没占,母女关系也越来越不顺心。当她最后解决了婚姻大事时,虽然不是童话故事王子公主的味道,但读者依然是随其长出一口气,毕竟种种细节可以看出,在生活感受上她是真得觉得挺幸福。这就够了,我们不是王子公主,自然不奢求爱情童话,适合我们的,其实就是那种看似将就其实平和的庸常日子。还有《飘红》里精于打算的小五,《有风从湖面掠过》里费尽心思巴结领导的向红夫妇,他们的行为也许不够高尚,不能拿到太阳底下晾晒,但他们没有不切实际的妄想,没有自我放弃的心安理得,他们在自己单薄的历史里不放弃地书写着自己通过努力而变得越来越厚重的日子。正如李燕蓉在一篇创作谈里所说:"关于未来,灿烂也好、渺茫也罢,只有走着,你才能看到。"[①]这样的生活主张在李燕蓉近期的小说里越来越清晰。看《让我落在尘埃里》,单凭题目,一定会以为这就是一个伤感的故事,"落在尘埃里"该是一种身不由己坠入尘埃的悲伤陨落吧?然而当雷歌和牧牧决定携手人生的时候,那种对待生命的宁静淡然,才令人恍然明白:所有的生命,终将如尘

---

① 李燕蓉:创作谈《如秋水天长》,乡土文学编辑部的博客,http://blog.sina.com.cn/s/blog_ab3cb34b0102vasw.html

埃般安然坠落，没有英雄般的轰轰烈烈，没有传奇故事的荡气回肠，但安静接受生命的馈赠，即使渺小如尘埃，也自有一份从容。

## 用爱与宽容提亮人生

尤其值得一提的是，李燕蓉小说中的人物从来没有真正指向人性恶的一面。这是她的小说明明态度沉静到语调都略显清冷，却依然让人感觉暖意融融的原因。回顾她早期的小说，可以发现李燕蓉在创作手法上有非常清晰的变化脉络，由现代主义手法占上风逐渐调整为现实主义占上风。不过，对于人性善恶的表现，李燕蓉的作品一直没做大的变动。早期作品整体情绪色彩显得略暗淡一些，可以看出她在努力触摸现实，将笔触伸向批判的领域，试图寻找一个答案：人在怎样的境遇下，会沦落至此？她似乎找到了她要的答案：《那与那之间》《大声朗读》明显将人的异变归因于社会的病态，并认为群体性的精神病态不是单纯的个案征兆，而是一个时代集体性的疯狂。但即使是在这一阶段，在这些作品整体的叙事中，异变的人性虽趋于丑恶，却没有真的变得不可原谅。李操的老师，女友，记者郝刚，医生护士，电视台的节目策划等等，在李操失忆期间虽病态地兴奋，却没有一个人真的做出什么十恶不赦的事。即使后来李操以"行为艺术"的方式回归摆了大家一道，大家也在激动气愤后淡然收尾。《大声朗读》这个发生在精神病院里的故事没有医生与病人的对立，没有暴力与歇斯底里，病人不狂躁，医生不冷漠。所有堪堪称得上是反面角色的人物，好像都坏得不深入。那时候的李燕蓉，用着黑色幽默的笔法，嘲讽着这些被物欲异化的灵魂，但她很有节制，控制着自己不让他们变得歹毒。所以失忆又复忆的李操虽然让大家丢尽了面子，却没有一个人试图维持预想中的局面而悄悄杀死他；精神病人不配合朗读活动，李小小和医生们宁可委屈自己扮作病人，也没有使出什么邪恶手段迫使病人就范。那种狗血的桥段我们见过太多，甚至还常常名曰"深度剖析人性"，但李燕蓉不对人性做如此激进的定义。她批判讽刺那些荒诞的人和事，以此宣泄对周遭世界的不满，但温厚如她，终是决定以理解与宽容来解决问题，她愿意借助小说将自己的善意辐射出去，于是她将人性定位在了温情的基调上。这样的人性定位在她近期的作品中愈趋明显。《半面妆》中让人印象最深刻的是王书记对张昌顺道出自己也曾有狐臭的那一幕，一句"难过，是吧，我也是"让人突然莫名想哭，那是一种突然放下心防后面对亲人才会有的莫名委屈。在这篇小说里，无论是从上级变下级的林主任，还是看似疏远的同事们，还有那个最后出现的尚不懂掩饰的男孩子，身上都没有我们在其他艺术作品中的人物身上惯见的恶意。还有最后小佩说出自己其实能闻到味道时，我们竟会长出一口气，觉得张昌顺的身边真的是被阳光照亮了，真的温暖。《阳光下的皮弹弓》中王艳身边的同事们，虽然都八卦到了别人家的房事上，但她们身上没有当面假装热情背后鄙夷撇嘴的丑恶，她们就是真的用略显粗鲁露骨的方式表达着关心。还有《飘红》里没有出轨的小五，《青黄》里有点不讲理却散发着热腾腾气息的苏媛的妈妈，《绽放》里宁愿背负着误解的王丽……这些个小人物的身上都有着这样那样的缺点，按文艺作品里习惯性的人物设置的套路，他们其实可以做出更有故事性的行为来，但那种卑劣残酷的人性，李燕蓉不爱，她不让丑陋污染她干净的文字。

李燕蓉的小说就是这样传达着淡淡的暖意，纠正着读者的生活认知，默默为当代文坛注入一脉清流。作品传达暖意的方式没有丝毫说教的痕迹，更多的是感同身受以后的思索与认同。在这些小人物并不精彩的故事里，对于那些认真生活的努力，我们看不到作者的主观评价，看不到作者对他人生活的指手画脚，我们看到的只是略显琐碎的生活和略显灰色的人性，完全就是生活中并不太光鲜的我们自己。不止一位论者发现，李燕蓉的叙事风格及表现内容颇有一些张爱玲的痕迹，当然也明显感觉到了二者笔力的差距。这除却才情与洞察人性的能力之外，也许更关键的是创作初衷差异的结果。张爱玲小说构建的人性悲剧实质上是一种时代的悲剧，是那个特定时代的悲剧性内核所限定的必然。我们生活的时代与那个日渐没落的"崩塌"世界不可同日而语，即使同样表现人生苍凉，批判反思的重点也应该调整。李燕蓉小说的着眼点在于为人物寻找一个出口，或是一条突破生活死局的出路，即使早期作品中揭露社会荒诞，也更多只是一种简单的宣泄，借以纾解自己对生活怪相的无法认同。毕竟时代不同，人物的生活环境与背景也大相径庭，那种揭露社会黑暗、人性畸变的内容，那种时刻剑拔弩张的斗士风格，都已经不太适合今时今日的小说创作。我们生

## 灰色人生的自我救赎

活的这个国度,固然有种种的不如人意,但毕竟不再是那个个人命运不由自己掌握的黑暗时代。今天的你我,只要努力的方向正确,每个人都可以在原有的基础上或提升自己,或改变命运。"爱既不是一种飘落在人身上的较大力量,也不是一种强加在人身上的责任;它是人自己的力量,凭借着这种力量,人使自己和世界联系在一起,并使世界真正成为他的世界。"[①]存在主义哲学将人生的意义推导为虚无,而我们身边的许多人对世界的厌弃并非缘于哲学上的意义,既然不认可"人生虚无干脆主动退出"的决绝逻辑,那就应该积极地生活,爱自己,爱他人,爱身边可以爱的一切,并凭借爱的力量使世界成为自己的世界。"其实,悲剧不总是社会的、政治的和时代的——就像伤痕文学等作品中表现的那样,特别是在平淡的日常生活中,悲剧更多的是个人自我选择的结果,而这种选择依据从根本上说是人性的内部,决定于人物的既定性格——它是人物生活经历、文化遗传、观念意识和时代烙印的综合产物。"[②]李燕蓉选择了爱与包容,从此走得活色生香,愿每一个读到她作品的人都能接力爱的力量。李燕蓉作品的社会价值正在于此。她不断暗示大家,芸芸众生的庸常生活中,蕴藏着变化的契机,值得每个人去努力寻找,只要找到那个出口,我们的人生虽不见得就此踏上康庄大道,但起码人生的底色会提高些亮度。这一理性关注生活百态、表现凡俗人生的创作倾向,灵魂深处与山西的文学传统是一脉相承的。

---

① 弗洛姆:《为自己的人》,生活·读书·新知三联书店,1988,第34页。
② 转引自容嵩:《意味深长的人生悲剧——读方方〈桃花灿烂〉有感》,《小说评论》1992年第1期。

# 回眸百年风华，寄望儿童少年
——百年党史中的中国儿童文学

/崔昕平

2021年，中国共产党迎来成立100周年的辉煌时刻。中国儿童文学始终与党引领中国人民走过的百年历程同频共振。在中国，"儿童"是一种大至政治理想、民族理想，小至家族、家庭理想的承担者。儿童文学作为"人之初"的文学，在文学性的艺术标准之外，兼有凸显儿童文学特质的游戏属性与"为人类提供良好的人性基础"的文化属性。儿童文学自诞生伊始，即与中华民族的未来想象密切相关，承载着教育儿童进而塑造民族未来的历史使命。这种寄寓，使得儿童文学与社会变革、与中国的现代性进程相伴相生，上层建筑领域的各项要素的变化，都直接作用于儿童文学的发展。中国儿童文学从萌芽走向自觉，从尝试走向建基的每一个足印、每一个阶段背后，都可清晰聆听到中国共产党引领时代、引领中国文化前进的足音。

## 巧合，亦并非巧合

1921年，是一个具有特殊意义的年份。经过新文化运动、五四爱国运动的酝酿，中国共产党第一次全国代表大会于7月23日至8月3日在上海法租界举行，会议最后一天转移至浙江嘉兴南湖游船上。中共一大的召开标志着中国共产党的正式成立，中国革命的面貌焕然一新。同年11月15日，叶圣陶创作了他的第一篇童话作品《小白船》，这是中国儿童文学史上一篇具有现代意义的文人童话。接下来的一年时间，叶圣陶创作了《傻子》《燕子》《一粒种子》《地球》《芳儿的梦》《稻草人》等二十三篇童话，结集为《稻草人》，1923年由商务印书馆出版，这是叶圣陶的第一部童话集，也是中国第一部个人创作的儿童文学作品集。

这是一种时间上的巧合，其实又并非巧合。中国共产党和中国新文学，是在20世纪初风云激荡的历史和政治语境中一同诞生的。党的早期创始人李大钊、陈独秀、瞿秋白等，同时也是中国新文化运动的发起者和新文学的开拓者。"自觉"意义上的中国儿童文学，其有迹可循的发展萌芽同样始于清末民初大约二十年的时间里，且与中国共产党的创建群体、新文学的倡导群体有着大量共同的成员。

五四新文化运动的主要倡导者、中国共产党创始人之一陈独秀，1918年在他创办的《新青年》杂志上刊登启事，征求关于妇女问题和儿童问题的文章。陈独秀明确指出："'儿童文学'应该是儿童问题之一。"《新青年》也率先登载了安徒生、托尔斯泰等人的童话，热情倡导为儿童服务的文学。1920年，周作人在北京孔德学校的讲演《儿童的文学》在《新青年》上发表，并传遍全国。儿童文学成为教育界、文学界、出版界"最时髦、最新鲜，兴高采烈，提倡鼓吹"的新生事物，"儿童文学"作为概念呼之欲出。

1921年3月至6月，叶圣陶在北京《晨报》副刊《文艺谈》上探讨儿童问题，提出"儿童文艺"概念。1921年7月，严既澄在商务印书馆"暑假专修班"上作题为《儿童文学在儿童教育上之价值》的讲演，将"儿童文学"作为专有名词做出解释。1921年9月22日郑振铎在《儿童世界·宣言》里，将"小学校里的文学"称为"儿童文学"。郭沫若写于1922年1月11日的《儿童文学之管见》中也对儿童文学做出界定。"儿童文学"专有名词的诞生，标志着中国儿童文学自此以一种自觉形态与独立品格登上中国文坛。中国儿童文学以迥异于此前漫长历史时期的面貌，逐渐呈现出现代性的文学新质。

中国共产党自成立之初，就高度重视文学对革命事业的推动作用，积极组织倡导文学运动与文学社团建设。其中，文学研究会是新文学运动中成立最早、影响和贡献非常大的文学社团之一。1921年，叶圣陶、茅盾、郑振铎等十二人发起文学研究会，实践文学反映人生的文学观。中共党员与文学社团成员同样相互交集。1921年冬，仍在甪直镇教书的叶圣陶收到筹办《儿童世界》的郑振铎的约稿信，于是开启了我国现代童话的创作。文学研究会发起人之一的王统照，通过小说的形式反映儿童的苦难境地，创作了《雪后》（1920）、《春雨之夜》（1921）、《湖畔儿语》（1922）、《小小的画片》（1922）等儿童小说。1921年参加文学研究会的冰心，以儿童题材的"问题小说"开启创作，《最后的安息》（1920）、《三儿》（1920）、《离家的一年》（1921）、《寂寞》（1922）等表现了对未成年人不幸命运的深切同情和对母爱、童心的由衷称颂。冰心同时在《晨报副镌》连续发表诗歌，1923年1月，《繁星》作为"文学研究会丛书"之一由商务印书馆出版；5月，《春水》作为"新潮社文艺丛书"之一由北京新潮社出版。诗集歌咏母爱、童真、人类之爱与大自然之美，不仅奠定了冰心在中国新诗坛的地位，也为新生的儿童文学寻到了一块诗意的绿洲。1923年至1926年间冰心在美国游学时的随笔，1927年以《寄小读者》为名由北新书局结集出版，成为现代中国最畅销的儿童散文集之一。冰心在小说、诗歌与散文尝试中获得的成功，为刚刚起步的儿童文学从题材到形式作出了贡献，尤其是温柔优美的散文，开拓了儿童散文创作的新天地，也奠定了她在现代儿童文学史上的重要地位。

仍然是在1921年，郑振铎开始筹备我国第一个以发表儿童文学作品为主的周刊《儿童世界》。1921年9月22日，郑振铎写定《〈儿童世界〉宣言》，1922年1月，《儿童世界》正式创刊，成为"儿童文学运动"的主战场，对推动我国现代童话、寓言、儿童诗、儿童散文、儿童小说、儿童戏剧、幼儿文学等多文体的创作给予了大力的支持和大胆的开拓。文学研究会的发起人与骨干作家们不但是儿童文学运动的热心倡导者，而且热情投入创作实践，推动了中国现代儿童文学的从无到有。茅盾、叶圣陶、郑振铎、许地山、王统照、顾颉刚等纷纷为其撰稿。诚如王泉根的评价："文学研究会是中国现代儿童文学光荣的拓荒者和建设者。正是这个社团的辛勤开垦与创造性劳动，促成了现代中国儿童文学第一个全方位推进的高潮。"

呱呱坠地的中国现代儿童文学，是由引领先进思想的共产党人以及当时最优秀的文人学者们共同开创的,他们为中国现代儿童文学开启了很高的起点,成为中国现代儿童文学史上第一座里程碑。深重的历史时期,尖锐的革命斗争,也促使中国儿童文学在其发生期选择了具有本土化特色的创作之路。这条路,是积极介入现实的现实主义儿童文学之路。叶圣陶在最初的童话作品《小白船》里,塑造了唯美的童话意境和人道主义的童话形象。希望用爱与善来陶冶孩子,使"受之者必能富有高尚纯美的感情"。但是,作为一个"为人生而艺术"的现实主义文学家,"在成人的灰色云雾里,想重现儿童的天真,写儿童的超越一切的心理,几乎是个不可能的企图"(郑振铎)。于是,叶圣陶毅然转换了笔调,从梦幻的世界走向现实的人生,笔下的童话形象不再是"公主""王子"的西方模式,而是当时中国社会各阶层的人物。《稻草人》《大喉咙》《快乐的人》《画眉鸟》《富翁》等作品直面了当时错综复杂的社会生活与阶级矛盾。从叶圣陶开始,中国的童话创作逐渐聚焦于现实人生,凸显了时代需求。

在之后一系列严酷战争与艰难岁月中,儿童文学被赋予了更多的宣传战斗功能。20世纪30年代的左翼文艺运动将儿童文学与民族国家的存亡紧密联系在一起。正面切近生活,揭露社会阴暗面,暴露阶级矛盾,激荡着民族救亡与慷慨英雄主义激情的儿童文学成为主流。张天翼的长篇童话《大林和小林》《秃秃大王》以儿童化的叙事角度、童话的隐喻象征手法和幽默戏谑的语言刻画了丑陋的统治阶层群像;写于抗战烽火中的《金鸭帝国》,更是犀利地抨击了日本帝国主义的丑恶嘴脸。苦难儿童与革命战争年代成长的红色少年,成为该时段儿童形象的典型。苏苏的《小癞痢》中的穷苦孩子小癞痢、贺宜的《野小鬼》中的小土根、管桦的《雨来没有死》中的雨来、华山的《鸡毛信》中的海娃、黄谷柳《虾球传》中的虾球、包括方冰的歌词《歌唱二小放牛郎》中的王二小等,都是在挫折、战乱中不屈成长的少年英雄。正如管桦等作家回忆中提到的,这些小英雄是有原型的,是那个时代真实存在的大量儿童英雄中抽象出的文学典型。波澜壮阔的大后方儿童文学,被誉为"抗战血泪中"开放的"奇花"的儿童剧团、延安根据地的"红色儿歌"等,这些战争年代的儿童文学,发挥了"文化的军队"的作用。正如毛泽东在延安文艺座谈会上的讲话中所说,那个时代,"文艺很好地成为整个革命机器的一个组成部分,作为团结人民、教育人民、打击敌人、消灭敌人的有力武器"。现实主义传统与红色基因，成为镌刻于发生期中国儿童文学的鲜明特征。

## 百废待兴与儿童文化事业

1949年10月1日，中华人民共和国成立，百废待兴，文化事业受到中央高度重视，中国儿童文学也由此翻开当代篇章。第一次文代会后，党建立了完备的文学制度。儿童文学受到共青团中央和中国作家协会双重管理。多项围绕儿童文学发展的政策、措施，推动了新中国成立后儿童文学走向蓬勃。

1949年底到1950年初，中央责成团中央负责领导青年和少年儿童读物的出版工作，团中央成立了以李庚为主任的出版委员会。1950年到1956年间，青年出版社、少年儿童出版社和中国少年儿童出版社相继筹备并成立。1952年12月28日少年儿童出版社在上海成立，郭云任社长，陈伯吹任副社长。宋庆龄为出版社题写了社名。少年儿童出版社一经建立就步入了正轨，在短短3年时间里实现少儿出版物4倍数增长。但是，相对于新中国1亿多少年儿童来说，出版数量还远远不能满足儿童阅读的需求。1954年底，团中央书记处委托《中国少年报》社社长左林起草了《关于当前少年儿童读物奇缺问题的报告》，呈送中共中央。

1955年8月4日，毛泽东主席对团中央报告作出批示："有关部门认真对待这一问题，迅速改进工作，大量地创作、出版、发行少年儿童读物"；9月16日，《人民日报》发表社论《大量创作、出版、发行少年儿童读物》，明确提出："必须扩大现有的少年儿童读物出版机构的编辑部门，并增设专业的少年儿童读物出版社；在各省市有条件的人民出版社设立儿童读物编辑室，负责出版一部分当地需要的儿童读物。"1956年6月1日，中国少年儿童出版社在北京成立，郭沫若题写社名，叶至善任社长兼总编辑。短短几年里，《小布头奇遇记》《叶圣陶童话选》《大林和小林》《罗文应的故事》《五彩路》《宝葫芦的秘密》《小牛黑眼儿》《绿色的远方》《小黑马的故事》《雪花飘飘》《铁道游击队的小队员们》《小兵张嘎》《我们在地下作战》《小武工队员》等一批作品先后面世。除专业少儿社之外，《中国少年报》《新少年报》《红领巾》《少先队员》等一批少儿报刊也纷纷创办。中国少儿出版体系逐渐形成，为儿童文学提供了有效的传播支持。

1955年10月27日，中国作家协会召开第十四次理事会主席团会议，讨论通过《中国作家协会关于少年儿童文学创作的计划》，11月18日又召开主席团扩大会议，下发《关于发展少年儿童文学的指示》，制定1955—1956年发展儿童文学创作的具体计划。儿童文学创作受到全国范围内作家们的极大重视与积极参与，叶圣陶、冰心、张天翼、陈伯吹、严文井、老舍、何公超、贺宜、金近、苏苏、包蕾、黄庆云、郭风、鲁兵、圣野、田地、施雁冰等作家再次为儿童创作佳作，萧平、柯岩、徐光耀、袁鹰、胡奇、郑文光、任大星、任大霖、任溶溶、洪汛涛、葛翠琳等年轻作家也迅速成长。政策号召和专业少儿出版平台的建设，形成了中国当代儿童文学的良好开局。1955年也因此被誉为"中国儿童文学年"。

## "拨乱反正"与儿童文学的春天

1978年12月召开的党的十一届三中全会，是中华人民共和国成立以来、党的历史上具有深远意义的伟大转折。我国进入改革开放的新时期。解放思想、拨乱反正，是推动中国历史前进的伟大动力，也推动文化和文学走向现代化。中国儿童文学也在新时期文学建设与巨大儿童阅读需求的双重推动下，重焕活力。

该时期，全社会面临"文革"十年社会文化的极度贫瘠困境，"书荒"现象严重。儿童读物匮乏问题受到了来自政府多个部委的关注，文化部、教育部、共青团中央、中国作协、全国妇联、全国科联、新闻出版局等都直接介入儿童文学的领导和管理。意识形态的号角首先启动了儿童文学创作与出版"量"的飞跃。

1978年10月11日至19日，国家出版局、教育部、文化部、全国文联、全国科协等中央单位联合主办"全国少年儿童读物出版工作座谈会"。会议由陈翰伯主持，人大常委会副委员长、中国保卫儿童委员会主席宋庆龄，全国妇联主席康克清发来祝词。与会者讨论了"童心论""儿童本位论"和"儿童文学特殊论"等问题，解除了思想上的束缚，制订了《1978

年至 1980 年部分重点少儿读物出版规划》。紧接着，1978 年 11 月 18 日的《人民日报》发表社论《努力做好少年儿童读物的创作和出版工作》，呼吁各级文化部门的领导和文艺界、出版界、科技界、教育界的同志们都来关心少年儿童读物的出版工作，并明确指出：这是一件"关系到我国两亿少年儿童的健康成长"的大事。1978 年 12 月 21 日，国务院批转国家出版局、教育部、文化部、共青团中央、全国妇联、全国文联、全国科协联合下发的《关于加强少年儿童读物出版工作的报告》，提出阶段性发展目标：到 1979 年"六一"国际儿童节前后，全国要有一千个品种的少儿读物在新华书店供应。《报告》同时针对少儿读物出版工作提出了非常具体的措施，要求发展壮大作者队伍，大力繁荣少儿读物的创作；建议全国文联各协会，中国科普创作协会及其在各地的分会建立相应的组织，并尽快地组织一批作家深入生活，争取在一两年内每人都能拿出作品；还建议在有条件的大学和师范学院的中文系恢复或建立儿童文学专业，招收儿童文学研究生，有条件的美术院校，开设儿童画课；恢复少儿读物评奖制度等。上述举措，掀开了新时期儿童文学的新篇章。

1979 年 12 月，中国作家协会设立儿童文学委员会，由严文井出任主任委员，金近、贺宜为副主任委员。此后，作家协会以多种形式、在多个地区广泛开展儿童文学创作讲座、座谈，逐步形成了儿童文学的凝聚力。1980 年 5 月 30 日，第二次全国性的少儿文艺创作评奖揭晓，评选范围涵盖 1954 年 1 月到 1979 年 12 月出版的优秀少年儿童文艺作品。叶圣陶、冰心、高士其、张天翼、严文井、叶君健、陈伯吹、贺宜、包蕾、金近等 13 位老作家、老艺术家获"荣誉奖"，二百一十二篇作品分获一、二、三等奖，并在北京人民大会堂举行了隆重的万人授奖大会。陈伯吹先生深情描述了此次评奖的效应，"对于繁荣儿童文学的创作，提高作品的质量，仿佛是一台大功率的发动机，又仿佛是登高一呼，群山应鸣"。

经历"文革"创伤、踟蹰多年的儿童再次鼓起了前行的风帆。1979 年以来，地方专业少儿社纷纷建立，至 1985 年底，由"南有上少，北有中少"的局面发展为全国二十五家专业童书出版社。之后直至 80 年代中期，相关的政策持续发力。1986 年 6 月 14 日，中国作协第四届主席团第四次会议通过《中国作家协会关于改进和加强少年儿童文学工作的决议》。

1987年1月24日,《文艺报·儿童文学评论》专版出刊,冰心题写刊头。时至今日,《文艺报》仍是刊载儿童文学评论的重要阵地。在1988年中国作家协会首届"全国优秀儿童文学奖"评奖中,柯岩的《寻找回来的世界》、程玮的《来自异国的孩子》、沈石溪的《第七条猎狗》、孙幼军的《小狗的小房子》、高洪波的《我想》、陈丹燕的《中国少女》等四十一篇(部)作品,集中反映了新时期前期儿童文学创作的优秀成果。

举国的号召,书业的建设,作协的推动,共绘了70年代末到80年代中期一个各界同心协力、共谋出版的盛世景象。儿童文学这个文学家园中的"小儿科",在80年代后半期受到了较广泛的关注。

## "三大件"工程与儿童文学提质

行至20世纪90年代中期的儿童文学,在新时期文学思潮的激励和各项文化政策的鼓励下,尝试了艺术性的追求,也显现了教育性的急切,偏离了儿童本位的艺术规律,也忽视了市场化时代的传播变化。从80年代末至90年代的一段时间里,知识读物成为儿童读物的主体,儿童文学陷入低迷,不少出版社的文学读物编辑室因效益问题,一度撤销或合并。党的十四届五中全会规划了我国国民经济和社会发展的宏伟蓝图,在强调集中力量发展经济的同时,对社会主义精神文明建设提出了新的要求。1995年,中央提出要推动电影、长篇小说和少儿文学的创作。这三项,被称为文学创作的"三大件"工程。

重锤敲响,四方呼应。1995年3月,中国儿童文学研究会在北京召开座谈会,贯彻落实中央领导要求重视儿童文学的讲话精神。同年8月,中国作家协会儿童文学委员会与《文艺报》在中国作家协会创作之家举行会议,商讨儿童文学大计,提出繁荣儿童文学创作的六项措施,包括恢复、健全儿童文学委员会,增补一些儿童文学作家、评论家为委员,由鲁迅文学院举办儿童文学青年作家班等。1995年10月26日,中共中央宣传部在上海召开"关于繁荣长篇小说、影视文学和儿童文学"座谈会,明确要把"三大件"的创作和生产放在特别重要的位置,尽快拿出一批高质量的作品。各地作协也纷纷组织贯彻落实中央领导同志关于繁荣少儿文学的指示精神，儿童文学，尤其是儿童长篇小说新一轮创作热潮由此开启，单调、低迷的儿童文学创作局面逐渐被冲破。

在各大图书评奖中，儿童文学原创图书也受到重视。以中国图书奖为例，在1994年第八届中国图书奖九十二种获奖图书中，少儿类获奖八种，且均是知识图书与思想教育图书。而到1995年的获奖图书中，"黑眼睛丛书"，"青春口哨文学丛书"，"小作家丛书"均出现在获奖书目中，凸显了原创作品的活力与生机勃勃的时代气息。从90年代末至新世纪，在多个重要评奖如国家图书奖、"五个一工程"奖评选的优秀图书中，适应时代、服务儿童读者的优秀儿童文学作品先后涌现。孙幼军童话创作的典范之作《怪老头儿》，黄蓓佳反映当代儿童精神面貌的《我要做好孩子》，曹文轩的《草房子》《青铜葵花》，秦文君的《宝贝当家》《男生贾里全传》，郁秀的自传体小说《花季·雨季》，董宏猷的《一百个中国孩子的梦》，高洪波的《鸽子树的传说》，金波的《乌丢丢的奇遇》，金波主编的《红帆船诗丛》，张之路的《足球大侠》，杨红樱的《巨人的城堡》，王一梅的《木偶的森林》，张洁、彭学军、殷健灵的"小橘灯·美文系列""棒槌鸟儿童文学丛书"等贴近儿童文学艺术规律、适应儿童读者阅读需求的儿童文学作品，呈现出风格各异、名家涌现的热闹景象。这些作品也逐步成为当代儿童文学中的经典。

## 讲好中国故事与书写中国式童年

进入21世纪初的十余年间，儿童文学不断从文学的边缘走向市场的中心。被市场推动高速运转的儿童文学最大限度激发活力的同时，也在不断"透支"着儿童文学的创造力，模糊着儿童文学的品质边界。童书出版迎来业内所称的"大年"的同时，中国儿童文学向何处去的问题受到广泛关注。

党的十八大以来，"讲好中国故事"与"实现中国梦"成为两个颇具凝聚力的高频短语。习近平总书记提出"讲好中国故事"的重大命题，是对我国文化自信的重要价值表征，涵盖着我国对优秀传统文化、伟大革命文化、社会主义先进文化的三重自信。这给予新时代儿童文学发展以重要启示。

2013年底，中国作协儿童文学委员会年会设定的主题为"儿童文学如何表现中国式童年"。由中国作家执笔抒写中国儿童的儿童文学，理应表现中国式的童年。当它作为一个问题提出来时，恰恰说明了儿童文学创作需要警惕的某种趋向。2014年12月15日，中宣部、国家新闻出版广电总局在北京京西宾馆召开全国少儿出版工作会议；2015年7月9日，中宣部和中国作协在京西宾馆召开全国儿童文学创作出版座谈会。两次会议，数百位全国各地的儿童文学作家、评论家和少儿出版人参与，从"回应时代变化，描绘中国式童年""坚守精神高地，打造儿童文学精品""加强儿童文学评论，坚持说真话、讲道理"等议题共话儿童文学。两次京西宾馆会议也被评价为"吹响了繁荣儿童文学的集结号"，"将有力推动儿童文学的繁荣发展，开启一个全新的儿童文学时代"。

在作协"重点扶持"专项与出版业"主题出版"选题等政策带动下，儿童文学作家们积极投入了对中国当代民生大事的文学书写，密切关注了社会变革与时代发展，扶贫、援疆、支教、留守儿童、空巢老人、城镇化进程等影响重大的事件都与儿童生活轨迹自然咬合，在儿童可感的视角下达成对"当代中国"的体认。还有多部作品聚焦和平年代的军人，以富有质感的细节呈现当代军人的默默牺牲与无私奉献，呈现他们不屈不挠的阳刚气质与昂扬奋进的生活状态。还有多部作品在讲述故事的同时，着力凸显了乡土、地域等民族文化特色，呈现了不同样貌的文化寻根。2015年前后，爆笑、魔法类儿童文学创作明显减少，讲述"中国故事"，书写"中国式童年"，成为儿童文学创作的主旋律。

围绕纪念抗战胜利七十周年、红军长征胜利八十周年、新中国成立七十周年、建党一百周年等重大主题，红色题材儿童文学大量涌现。大跨度的史诗书写，如董宏猷讴歌红船精神的长诗《中国有了一条船》，徐鲁纵跨七十余年革命战争与新中国建设史的小说《远山灯火》；回顾红军战斗史的柳建伟的《永远追随》、张品成的《我的军团我的兵》等；描写战争童年的曹文轩的《火印》、黄蓓佳的《童眸》、张之路的《吉祥时光》、常新港的《寒风暖鸽》、李东华的《少年的荣耀》、史雷的《将军胡同》、殷健灵的《1937·少年夏之秋》、左昡的《纸飞机》等；重塑少年英雄形象的如薛涛的《第三颗子弹》，孟宪明的《三十六声枪响》等。红色题材作品在对历史的回望中，以儿童的视角多角度呈现战争，反思战争，既直面战争的残酷，又弥漫着人性的温度与童心的光辉。这些作品引导当代孩子直面属于本民族的历史记忆，书写了不忘来路的"中国式童年"。可以说，儿童文学创作承载了以文学记录时代童年的使命，参与了中国的童年变迁，并进而参与了对"中国"与"中国式童年"的体认与建构。

2021年是中国共产党成立100周年，是"两个一百年"奋斗目标的历史交汇点。"文运同国运相牵，文脉同国脉相连"，在中国共产党百年的发展历程中，儿童文学发展与党的发展紧密关联。"培根铸魂"的文化使命与担当，更加凸显了儿童文学的价值与意义。"不忘本来才能开辟未来，善于继承才能更好创新"。未来已来，儿童文学将在新的时代肩负希望，继续前行。

原载《文艺报》2021年7月12日

# 生命式书写与时代的文学密码
——张平小说简论

/阎秋霞

"无穷的远方,无数的人们,都与我有关",阅读张平的小说,总是想起鲁迅的这句话。

"文学边缘化""文学终结论"的悲观,曾在20世纪末弥漫了整个世界,中国也不例外。随着市场化的冲击,文学在经历了20世纪80年代的黄金期之后,开始由中心走向边缘。然而,在"文学失却轰动效应"的时代,张平的系列小说却制造了经久不息的社会反响,深得读者喜爱和尊敬。

直面社会热点和关注个体生命是张平小说始终不变的主题。他以当代中国的社会、政治为背景,不遗余力地揭露现实黑暗、批判政治腐败、哀叹民生艰苦、呼唤公平正义、书写悲悯情怀,以文学在场的方式记录这个大时代里小人物的悲欢。

张平的创作始于少年时期,早在十六岁时就因给家乡编戏、写剧本而小有名气,为后来的小说创作奠定了良好的基础。发表于1981年的处女作《祭妻》和1984年的《姐姐》分别获得《山西文学》杂志一等奖和全国优秀短篇小说奖,先后被《新华文摘》《小说月报》等多家报刊选载。这两部小说均描写了荒诞年代的一粒微尘,如何成为一座大山压在每个人的身上,从而改变甚至决定了弱小者的命运走向。但其文学价值并不仅仅在于对那个时代"血统论"悲剧的深刻批判,更在于赞美作为妻子的"兰子"和"姐姐"——她们身上所闪耀的温暖、善良的人性光芒,在悲情、哀婉的叙述中显示的女性柔情和坚韧才是其之所以经久不衰的艺术魅力。

1985年左右的中国文坛在积聚着文学逃离政治的力量，西方门类众多的思想理论一股脑涌进中国，马尔克斯、卡夫卡以及博尔赫斯等的创作风格被作家们争相模仿，"喧哗与骚动"可谓当时文坛的生动写照。张平也不例外，他努力追求着文学的"新异"，尝试写了一些具有现代派色彩的作品，尽管也得到了一些评论家的好评，在文学圈子内影响很大，但圈子之外影响很小。张平也觉得这种脱离了现实关注的"中国式现代派小说"，不仅无法反映日新月异的现实生活，也和自己的生命体验比较隔膜，更不符合大众读者的审美习惯。

　　处在十字路口的张平，一次座谈会上和刘郁瑞偶然相识，从此改变了他的文学观念，1987年因而成为他文学生涯的分水岭。他不仅被作为县委书记刘郁瑞的一身正气所感动，更为刘郁瑞讲述的真实故事所震撼。权力腐败的触目惊心、百姓生活的悲苦无望激活了他二十多年生活在社会最底层所经历的种种苦难的生命体验，创作欲望喷薄而出。以刘郁瑞为原型创作的纪实文学《法撼汾西》《天网》（被誉为"以作家的良知写农民的命运"）发表即引起轰动，尤其是后者，电影、电视、连环画、话剧、地方戏等几乎所有的重要艺术形式都对此进行了改编，县委书记刘郁瑞因此名声大振，成为经典的艺术形象被广为人知。自此，直面现实，深刻揭示现实中尖锐的矛盾斗争，为老百姓代言，替老百姓发声成为他的写作立场甚至信仰，正如他的宣言"我的作品就是写给那些最底层的千千万万、普普通通的老百姓看，永生永世都将为他们而写作"，此后经年，张平始终不忘初心。

　　20世纪90年代之后，原本已不景气的文学又遭遇市场化的挑战，"纯文学"越来越被边缘化，其影响力越来越小众化。然而，张平却在不断呼吁作家重视文学市场，以此为读者更好地服务。他的《孤儿泪》《凶犯》《十面埋伏》《国家干部》等长篇巨著不仅获得第六届庄重文文学奖、金盾文学奖、全国"最佳畅销书奖"等各种奖项，而且以改编影视剧作等艺术形式，扩大了文学的影响。其中，1998年《抉择》获得第五届"茅盾文学奖"之后，2000年被改编为电影，创造了当年国产电影票房纪录，获得巨大的社会反响。文学价值、社会价值与市场价值得到了最大呈现。

　　2008年，张平当选山西省副省长。从他卸任之后的第一部作品《重新生活》（2018年）来看，这段从政的经历让他对腐败危害有了更深层的认识和剖析。如果说之前的小说写的是基于政治体制不完善和人性贪欲、道德沦陷等造成的腐败现象，那么《重新生活》则是对腐败已腐蚀到民族文化深层根基的忧虑，是一部警世恒言，一部真正的反腐小说。

"赴汤蹈火百折不挠，誓死守护人民利益"，以此为主题的长篇小说《生死守护》于 2020 年 6 月份开始在《啄木鸟》连载。作品依旧延续了张平反腐败主题，以文学的方式，解剖着城市化进程中土地被利益集团侵蚀、掠夺和瓜分的民生之痛。

张平数十年的创作，均在践行着"为老百姓写作"的誓言。1954 年出生的他，四岁遭遇人生第一次变故，作为大学教授的父亲被划为"右派"，小康之家瞬间堕入苦难的深渊。从陕西西安回到山西新绛县的乡下，不仅仅是生存际遇的改变，更因出身成分备尝人间冷眼。年少稚嫩的小身板挑大粪、挖水井、掏猪圈、拉粪车的艰难岁月成为张平永远的生命底色，而在《天网》之后成为民间"第二信访办"，许许多多申冤无门的老百姓找他求助。面对这份信任，面对民间疾苦，他没有办法无视在煤窑、铁矿里的像狗一样的打工仔；那些在最原始的车间作坊里每天连续工作十好几个小时、从来也没有过星期天的农家妹；以及那些有病熬着一辈子没住过一天医院的"父老乡亲"……即便后来做了高官，也从未改变张平持续关注底层百姓生存境遇的根本立场。

张平从不讳言自己的小说就是"政治小说""社会小说"。在他看来"作为现实社会中由于共同物质条件而相互联系起来的人群中的一分子，放弃对社会现实的关注，也就等于放弃了对民众利益和自身利益的关注"。因此，他几乎所有的作品均是以政治场域作为故事发生的背景。农民李荣才上访三十年的悲凉人生、各大利益集团的官官相护、国有企业职工的下岗之痛、经济改革的困惑阵痛、司法部门的权力失控、党群关系的空前紧张、腐败深层的文化积淀……是作家的责任和良知在促使张平持续不断地关注当代中国复杂的社会问题和热点，因为"要让我放弃对社会的关注，对政治的关注，那几乎等于要让我放弃生命一样不可能"。

在流行虚构写作、书斋写作的当下，张平却执着于行万里路，成一卷书的生命式写作。为了保障写的东西是生活中真实发生的事件和人物，他一次次下乡采访，贴近底层百姓，寻找创作的源泉。写《十面埋伏》时，为了体验真正惊心动魄的感觉，张平曾跟着特警队连夜奔袭数百公里，到邻省的一个偏远乡镇去解救人质。回来后，他昏睡了两天两夜，上吐下泻，高烧不退，患急性中耳炎住院二十多天。还有一次去山区调查采矿事件，不幸跌下山涧，腿都摔坏了……正是这种别人眼里愚笨的写作方式，使他的小说充满了充沛的情感和真实的力量。

在西学渐进的文坛背景下，正如张平所言"当数以亿计的农民还在津津有味地读着《三侠五义》《包公案》时，当他们还在耳熟能详地谈论着《封神榜》《杨家将》时，当我们的中小学生们都在如饥似渴地读着'金庸''古龙'时，我们作家的创作文本，却已经超越了几个时代"。很显然，那些技术翻新的现代派小说已远远超出了普通读者的接受能力。对于他们来说，所谓的艺术性就是"好读、好懂、好故事"。张平深知，为老百姓写作，就是要充分尊重他们的审美习惯。

张平的小说叙述充满了传统中国文学的特色，借鉴了章回体小说、传统戏曲和民间说书艺人的诸多叙事策略。例如以悬念（伏笔）引发读者阅读兴趣、以矛盾冲突推进故事发展、多为线性的单声部"独白式"叙述、画面描写颇具镜头感、政论话语的强力介入等等。

"欲知后事如何，且听下回分解"是中国章回体小说典型的叙事特征，即悬念作为推动故事的动力。张平的大部分小说都始自悬念，《天网》开头刘郁瑞寒夜偶遇李荣才，《抉择》开头中阳纺织厂群体上访箭在弦上，《国家干部》开头就剑拔弩张，干部选拔的关键时刻当事人夏中民消失……读者不仅在开始就被悬念营造的紧张氛围吸引，而且始终就在悬念的密集设置中追寻故事的结局。整个小说的每一个情节点几乎都隐藏着连环的秘密，高潮迭起、险象环生。虽无章回体小说之形，但深得其叙事精妙。

小说戏剧化无疑会增加小说的可读性，让读者体会峰回路转。柳暗花明之阅读快感。张平对此策略运用得出神入化。

《天网》中的刘郁瑞深信李荣才的冤屈，但在一张盘根错节的权力网络中如何突围？在一次次的较量中，眼看深陷绝境，每每又能化险为夷，经历了多重翻转之后的李荣才案几乎无望时，当年的经手人刘玉杰因为良心谴责，终于在弥留之际揭开了被众多拥有大大小小权力的人努力严守二十多年的隐秘，读者始终高悬的心终于在最后一刻得以安放。

## 生命式书写与时代的文学密码

《抉择》中的李高成之情与理、爱与恨的冲突就更为错综复杂。一面是自己当年排除各种反对声音提拔的、他极为信任欣赏的中阳集团的领导们，一面是他心心挂念的纺织工人们；一面是老领导严阵的提携之恩，一面是严阵为首的惊天腐败；一面是恩爱的结发妻子，一面是在金钱面前迷失了的妻子……李高成从小说出场就处在抉择的两难之中，选择人民、正义还是屈从于权力、亲情，都是吸引读者探秘的阅读驱动力。

《十面埋伏》几乎是张平小说叙事技巧的集大成之作。犯人王国炎装疯卖傻牵出了一起惊天大案，四条线索齐头铺排，蒙太奇的影视技法切换自如，正邪较量，智勇相斗，明暗互生，读者在阅读故事的过程中，也在享受着侦探破案的满足，不到最后一刻，谁是好人谁是坏人都难辨真假。就这样，阅读者变成了探秘者，在不断设置的冲突中获得了紧张刺激、酣畅淋漓的快感。

张平的小说绝大部分都采取了全知全能的叙述视角，就像古典小说中的说书人，无所不知无所不能，语言朴素明晰，多为线性独白式叙述，作者借叙述者来充分发出自己的声音。刘郁瑞、李高成、罗维民、何波、夏中民等人其实就是张平的精神化身。全知视角的好处就在于能够借助于小说中人物的心理纠结、内心独白以及对社会时弊的针砭，体现作者的思想穿透力。大篇幅的政论话语是张平小说的一大特色，这一点和恩格斯认为作者的政治倾向"应当从场面和情节中自然而然地流露出来，而不应当特别把它指点出来"显然不同。在《抉择》中，李高成对现实的忧虑是通过大量的反思完成的，诸如"在中国现阶段，我们同社会的关系好像一直就是这样：领导干部管理社会全靠个人的素质和魅力，及其本身的自我制约能力。一个好的领导干部，可以让他管辖的区域艳阳高照、莺啼燕语；而一个坏的领导干部，则可以让他下属的地方天愁地惨、疮痍满目……"尽管这样的见解也许并不高明，但因为是常识，才更触动人心。值得注意的是张平小说中的政论性话语既没有晚清时期政治小说长篇论辩的枯燥，也摒弃了谴责小说愤怒嘲讽的绝望，而是明白易懂，成为小说不可分割的组成部分，往往使让读者在此流连忘返，被充满激情、深刻剖析所吸引。

现实主义和浪漫主义的美学原则往往是相互排斥的。然而，张平却在他的小说中创造性地使二者融合，形成奇异的美学风景。他以非虚构的现实之真还原了生活的荒诞和残忍,并进行了入木三分的揭示与批判,但又以虚构的艺术想象,飞扬了他积极浪漫的理想。冷静、客观的现实再现所给予读者的冲击力和激情、热烈的主观抒情带来的感染力之间,即客体与主体在张平的小说中具有巧妙的平衡与和谐。读者在深刻体味现实之痛时,又总能够得到理想之光的抚慰,从而燃起生活的希望。他的爱与恨、是与非、歌颂与鞭挞都是"从骨子里渗出来,潜意识里冒出来,血液里流淌出来的",因而,带给读者心灵的震撼、精神的鼓舞要更为强烈。

文学是一种善的形式,深受中国传统美学影响的张平小说洋溢着阳刚美、崇高美与神性美。从《祭妻》《姐姐》开始,就显示了张平不同于当时伤痕文学感伤的美学品格,在后来的创作中,他一直努力呈现着健康、积极、乐观的精神风貌。他的小说中活跃着一个个道德人格健全、不慕钱财、不畏强权、洁身自好、乐观向上、坚持正义的人物形象,具有完美的神性品格。在20世纪90年代以丑恶、悲观、虚无等为文学之美的背景下,张平对黄钟大吕的美学追求显然有其重要的意义。

张平的小说具有娱乐性、市场性、民间性特征。早在东汉时期的班固就认为"小说家者流,盖出于稗官。街谈巷语,道听途说者之所造也"。可见,小说最初是与民间最为亲和的一种文体。从远古神话、传说、魏晋时期的志怪、唐代传奇、宋代话本等沿袭而来的中国小说,与传统诗文的载道传统和后来逐渐兴起的文人小说均有很大不同,历来重视传奇性、娱乐性以及市场性,阅读快感是读者保持持续专注力的秘诀之一,也是大众读者的审美意趣所在。但这种大众的审美需求在"五四"之后精英文学史的叙述中逐渐遭到压抑,文学审美越来越成为圈内人的孤芳自赏。中国十多亿大众读者的审美需求正通过全球最庞大的网络文学得以实现。然而,网络写手水平鱼龙混杂,泥沙俱下,其产生的精神毒害和负面影响不言而喻。正如张平所言"面对着这样的一个局面,真正的作家应该清醒地意识到,拒绝文学的市场化绝不是、也绝不等同于让文学拒绝市场。文学失去了市场,也就等于失去了读者,失去了阵地,最终也就等于失去了真正的文学。"张平通过小说的娱乐性功能,促进了市场的流通,实现了文学的接受和传播,从而滋养了读者的精神世界。

张平,以自己的方式,为这个时代的文学赢得了尊严。

# 图像小说：被"误读"的漫画

/梁　静

如果一部漫画能够戳中你的泪点，令你在一瞬间鼻头发酸，濡湿双眼，并在这种情绪中保持到漫画结束还沉浸其中回味不止，并产生了关于亲情、爱情、梦想的思考，生发了强烈的命运存在、心灵拷问的探询，萌生了永久保留该书的想法，那么这本漫画就不再是以读图为主的常规意义上的漫画，而是一本值得收藏的图像小说。

加拿大漫画家杰夫·勒米尔著绘的《水下焊工》（天津人民出版社2020年）就是这样一部作品，作为《纽约时报》畅销作家，杰夫·勒米尔的表达风格独树一帜，在其《埃郡往事》一书的序言中，加拿大漫画家达尔温·库克试图概括这种风格："勒米尔的故事建立在一系列平淡无味、看似毫无关联的瞬间之上，但将这些瞬间连缀起来看的话，就会发现它们构成了一个内涵深刻的整体。这种举重若轻的优美，即便雷蒙德·卡佛也要大感妒忌……当戏剧张力慢慢累积，最后突然爆发时，我们全都震惊了。那些腐朽的陈词滥调竟然一下子鲜活过来，散发出令人心碎的感染力。"

所谓的"陈词滥调"，可以理解为我们惯常所说的心灵鸡汤，从褒义讲，应该是优美而诗意的语言营造的意境与绘画恰当地结合戳中了读者的泪点，而又不止于此。《埃郡往事》原版出版于2010年，成为第一本入选加拿大广播公司年度书籍的图像小说，此书在2020年引进国内，在图书版权页上明确无误地分类为"漫画–连环画"。而由哈珀·李著，弗雷德·福德姆改编、绘画的《杀死一只知更鸟》（上海文艺出版社2020年），根据 H.P. 洛夫克拉夫特著、I.N.J. 卡尔巴德绘画的克苏鲁神话系列（北京时代华文书局 2020 年）等根据文学名著改编的同样是图像小说，版权页上的分类却均为不同类型的小说。关于图像小说归类于漫画或小说，似乎不应取决于其是否为文学作品改编，倒是图书网络市场对此有明确的区分。以当当网为例，图像小说作为单独板块划分在动漫/幽默的大类中，也有部分被分类在科普读物或小说中。陶晶雯在《图像小说：高校图书馆应注意引导的新阅读趋势》一文中发现，"基于图像小说的特点，目前其在图书馆工作中仍处于被全面忽视的状态"，由此可见一斑。

图像小说在欧美从概念形成到自成体系的繁荣，已历经半个多世纪。据吕江建、许洁《图像小说：概念考辨、类型属性与发展实践》一文考证，它最早由美国漫画评论家兼杂志出版商 Richard Kyle 于 1964 年提出，1978 年，威尔·艾斯纳（Will Eisner）以小说形式的装帧设计、图像小说的宣传策略出版了《与神的契约》，以此为标志，"图像小说的概念逐渐获得主流文学界的认可"。随着阿尔特·斯皮格尔曼的《鼠族》1992 年获得普利策奖，图像与文学结合为审美取向、意义阐释为主要特征的图像小说，成为独立于漫画的一种文学体裁。根据图像小说的语义源流变化，吕江建、许洁给出图像小说较为完整的定义：图像小说是指以书籍为出版形式且具有传统小说篇幅，兼用图像叙事与文字叙事手法塑造的具有较高艺术性与文学性的独立完整的虚构作品和非虚构作品，主要面向成人读者。

我们有必要注意到"文学"二字在图像小说中的重要作用。图像小说最重要的组成部分是图像和文字，最早脱胎于漫画，而非文学。漫画成为"第九艺术"的说法肇始于法国，在此之前，漫画在世界各地以不同形式出现的通识是服务于低幼年龄读者的通俗读物，直到 20 世纪 60 年代兴起于北美的"地下漫画运动"，才使漫画表达开始涉及成人世界。经过半个多世纪的发展，漫画分类从读者年龄、题材、篇幅均已十分完善，无论哪种漫画，文字的参与都必不可少，尤其在长篇连载叙事类漫画中。那么，同样是服务于成人的漫画，图像小说到底有什么必要标榜自己的与众不同？通过对《与神的契约》和《鼠族》等作品的分析，不难发现，图像小说与漫画最重要的区别就在于有了文学的加持，它们都是因为获得了文学界的认可，才使图像小说这一名称得以正名并广泛传播，这种破圈与跨界，事

## 图像小说：被"误读"的漫画

实上起到了丰富漫画种类的作用，也为文学家族增加了新的成员。

如果文学作品有俗雅之分，那么漫画表达也有俗有雅，图像小说的出现，就是漫画家对雅向往的结果，一种内在的、探索的、深广的、宏阔的，与心灵、宁静、省思有关的追求，产生了这样一种从形式到内核都趋向于精神的、思想的、艺术的面貌的出现。当这种表达与叙事类漫画结合时，语言的洗练、精致与诗意就显得尤为重要。像克里斯多夫·夏布特的《灯塔》、李昆武的《我们这一代》等引导现代人探索内在精神的图像小说，都属于这一追求的范围。这种融入文学追求的原创类图像小说，是图像小说最具代表性的作品。

除此，美国学者、漫画家尼克·索萨尼斯关于探讨图像与文字关系的《非平面》的面世，则将图像小说的表达空间与功能作用，拓展到了学术领域，它以气势恢宏的绘画与简洁的文字，将哲学、天文、数学、光学、生态学、文学、艺术诸学科知识交相融汇的复杂性，进行了有条不紊地阐释，在囊括多项图像小说大奖和学术类奖项后才让很多人发觉，图像小说是一种值得探索和发掘的、属于当代艺术领域不可忽视的独特存在。

当漫画有了雅的追求，有了文学的加持，成为一种独立于漫画的图像小说，并随着探索的题材与领域的不断拓宽，文学作品的改编就成了图像小说源源不断的素材来源，文学也因这一形式而焕发了新的生机与活力，一些因时代久远、语言变迁、背景不同而日显晦涩难懂的文学名著纷纷"加入"改编的行列，成为出版界的新晋宠儿。

作为舶来品的图像小说，尽管在我国出版物的分类中仍然模糊，却并不影响出版界对图像小说引进出版的热忱，除了国外引进的名著改编的图像小说，国内畅销文学作品也进入了改编的范围，比如郑问编绘的《刺客列传》，刘慈欣与人合作的《乡村教师》《流浪地球》《三体》等，都推动了图像小说在国内的普及。

当我们被精美的绘画吸引，被诗意的文字打动，被二者相加营造的艺术美感、深刻表达震撼，如果还坚持图像小说是单纯的漫画，可能就会错失一种别样的艺术形式的体验。虽然图像小说在国内文学界尚未引起重视，但在国内出版界引进与输出的双向沟通中，中国漫画家向海外输出的脚步一直没有停止，相信在不久的将来，文学界会把图像小说真正重视起来。

# "存在"与"家园"的双重探寻

## ——论格非小说中的乡愁乌托邦

/廖高会

"家园"与"存在"是贯穿格非小说的两大主题。在传统与现代、乡村与城市、本土与全球、存在与现实等充满张力的矛盾关系中,格非一直在叩问和探寻着现代人"存在"的正途和理想的家园。某种意义上而言,格非对存在的追问与其乌托邦冲动相关联,因为乌托邦不仅指向"未来"社会,同时"也是对人的内在世界和存在状况的分析"[①]。格非对"存在"与"家园"的持续关注与探寻,对大众消费文化和娱乐文化的警惕与对抗,既源于深沉而强大的乡愁乌托邦情感冲动,也源自其坚守"文化家园"的传统士人的弘道情怀和重建"乡土伦理"的现代知识分子的使命意识。

## 对"存在"的哲学追问

格非小说创作可以世纪之交分为前后两个时期,但无论哪个时期,格非都坚持着对存在方式与意义的追问。格非认为有两种层次的真实存在:一层是看得见的现实,这是传统现实主义所要再现的外部真实世界;另一层是隐秘的真实,包括人的复杂内心世界和那些隐秘的不为常人所知的可能存在。格非认为隐秘存在或曰"感觉的真实"[②]是现代小说的重点表述对

---

① 王杰:《乡愁乌托邦:乌托邦的中国形式及其审美表达》,《探索与争鸣》2016年第11期。

② 格非:《格非散文》,浙江文艺出版社,2001,第239页。

## "存在"与"家园"的双重探寻

象。至于这两层现实间的关系,格非借巴赫金"两种视野"理论表达了自己的理解,巴赫金所说的第一视野即作家对重大的社会现实本质的关注,第二视野是对个体自身存在的各种问题的关注,诸如对存在的意义的追问等,而后者是前者在个体心灵中的投影[①]。巴赫金的两个视野实际上分别对应着格非所说的内外两层存在的真实,在此基础上,格非进一步指出:存在是尚未被完全实现了的具有"可能性"的现实,现实能被阐释和说明,因此也是完整、流畅和被作家复制的,而存在则呈断裂状,是易变和难以把握的,需要作家去"发现、勘探、捕捉和表现"[②]。格非所说的两种层次的现实也即现代人的两种"存在"方式,它们对应着不同的家园形式,外在的"现实"对应着"存在"的物质家园,内在的"现实"对应着"存在"的精神家园。精神家园是对物质家园的映像式重现或回顾式想象,并在此过程中融入了对未来的瞻望和美化,最终形成具有理想色彩的家园形态。

格非前期小说以探寻现代个体的存在形态为主,后期小说则以探寻存在的家园为主。其小说创作呈现出"出走——回归"的心灵图谱。前期小说试图在"出走"中追寻存在的价值意义,后期小说试图在"回归"中筑就存在的栖居家园。如果说格非前期小说重在对个体生命"如何存在"的探寻,以解决个体生命的具体展开形式等问题,后期小说则转向对"存在于何处"的探寻,以解决集体、族群甚至人类存在的空间性或文化性问题。因此可以说格非的转型是从前期的个体生命的关注转向了集体存在的关注,从对个体伦理的关注转向了对公共伦理的关注。

无论前期还是后期,存在与家园皆或显或隐地贯穿于格非小说之中,这种对存在及家园的持久的形而上哲学思索,体现出一种乡愁乌托邦冲动,因为正如诺瓦利斯所言,现代哲学起源于乡愁。乡愁乌托邦一方面对"往昔"进行怀旧式的美好回忆,另一方面又对"未来"进行前瞻式的美丽憧憬,在此基础上试图构建出一种全新的乌托邦精神家园形态。尽管格非前期小说更多忙于先锋实验和"存在"的探寻,因而较少乡愁与家园的直接或集中抒写,但不可否认的是,前期小说几乎都是以乡土为背景和参照的。

---

① 格非:《小说叙事研究》,清华大学出版社,2002,第14页。
② 同①,第15页。

有学者指出，尽管格非早期的先锋小说表面上回避与江南故乡的联络，但"实际上这时期面貌模糊的江南恰恰是作者持'先锋立场'追求哲理思考的舞台"①。也就是说，江南故乡作为精神家园形态始终成为其哲学思考与艺术探寻的展示舞台或背景空间。

格非小说除了有"存在"与"家园"的双重主题外，还存在着对这双重主题进行观照的双重视角，即传统与现代或曰城市文明或乡村文明两种不同的视角。格非后来说，对城市和乡村都具有向前和向后两种观照视角，向前看则看到了城市的美好未来和乡土社会的不足，向后看则看到了乡土社会的美好与现代化的弊端，格非指出，正是"这种既迎合又抗拒、批判、反省的双重视角所包含的矛盾，催生了现代思想和现代话语，为文学、哲学、艺术的巨大变革提供了不竭的动力"②。但双重观照视角同样也给格非带来了内心的犹疑与冲突，因而在其创作中存在着对乡村与城市审视的双重标准以及肯定与批判两种姿态。而肯定与批判最终皆统一于探寻与建构理想的"存在"家园的终极目的。

## 欲望侵蚀下的"存在"家园

格非是一个对存在有着深刻体悟和思考的作家，他于世俗世界中体验到的生命内涵便是存在的虚无，他认为虚无是无法摆脱的存在宿命③。他在分析卡夫卡小说人物形象时指出，"每个人物都不比另一个人物优越，实际上他们都是废墟的影子"④。因而每个人都必须面对自我存在的虚无，勇敢面对生命的本相，如果仅仅依赖于外部世界（如权力、金钱等各种欲望）建立起某种存在感或优越感，本质上不过是一种幻觉，是幻觉影响下形成的"废墟的影子"。而不断膨胀的欲望对传统乡土空间和现代城镇空间的侵蚀及其造成的"废墟化"，对于个体生命本真的浸染蒙蔽而致使精

---

① 刘茉琳：《告别乡土文明的心灵史——格非小说考》，《当代文坛》2018年第4期。
② 何瑞涓：《格非：乡村的消失意味着什么？》，《中国艺术报》2019年5月15日，第3版。
③ 格非：《格非散文》，浙江文艺出版社，2001，第2页。
④ 格非：《博尔赫斯的面孔》，译林出版社，2014，第227页。

## "存在"与"家园"的双重探寻

神的"荒漠化",正是格非着力反思与批判的对象。格非对现代欲望化社会批判的动力来自其挥之不去的乡愁意识,格非乡愁意识中既具有以怀旧为特征的传统乡愁,也有以线性进化为特点的现代乡愁,现代乡愁即"人们不再回望过去的家园,而是对建构未来理想家园作前瞻式的展望"[①],并且与现代启蒙精神相呼应。无论是怀旧还是前瞻,都融入了乡愁主体的想象与美化,均具有乌托邦色彩,而这种具有浓郁乡愁色彩的理想化想象空间,可以称之为乡愁乌托邦家园。格非乡愁乌托邦意识与20世纪80年代的"新启蒙"运动相应和,这使其文字饱含了反思与批判的锋芒。其怀旧式的传统乡愁赋予其回望过去审视当下的激情,前瞻式乡愁赋予其展望未来批判现实的动力。因此可以说,乡愁乌托邦冲动正是格非进行社会批判和哲学沉思的情感动力。

格非认为中国传统社会中城市属于乡土社会的一部分,其发展模式和伦理观念是对乡村社会的套用,而且乡村伦理高于城市伦理。[②]在城镇化过程中,乡土文明节节败退,传统伦理价值面临解体,传统乡村社会也逐渐消失。这使格非内心深处充满了往昔不再、家园渐失的黍离之悲和焦虑之感,而其社会反思与批判的矛头便毫不留情地直指现代性所带来各种弊端。格非对现代性的反思与批判围绕着"家园"与"存在"展开,其中又分为物质存在、伦理存在和哲学存在三个层面。

作为物质家园的乡土社会是精神家园的基础,物质家园的丧失将直接动摇精神家园的存在基石。面对现代化进程中传统乡土社会的逐渐解体,格非内心充满了忧虑,这种忧虑更多在其20世纪90年代后的小说中流露出来。

《夜郎之行》中,城镇化给人带来了失落与迷茫,曾经有着"遍地芦荻""迎风摇摆的金银花""爬满青藤的茅屋"以及"清晨悦耳的鸟鸣"的夜郎不复存在,夜郎已经被高楼大厦替代,其间疾病、颓靡、忧郁、欺骗流行,人们由以前的自信变得颓废,记忆中的夜郎已面目全非,失去了乡土本色。《欲望的旗帜》中同样存在着对环境惨遭污染、家园远去的焦虑,同样流露出浓郁的乡愁情感,格非借小说人物之口指出:有一个故乡是非

---

① 廖高会:《时间维度下乡愁意蕴的嬗变与叠加》,《理论月刊》2019第12期。
② 何瑞涓:《格非:乡村的消失意味着什么?》,《中国艺术报》2019年5月15日,第3版。

常奢侈且令人羡慕的事情。在《春尽江南》中，曾经山清水秀的鹤浦，如今雾霾严重，污水横流，如同"肮脏的猪圈"，连呼吸都很困难，已不再适合居住。曾经世外桃源般的花家舍已经沦落成了富人的销金窟。

在整个现代化进程中，现代性对传统文化的影响与冲击是全方位的，除对物质家园带来了较大冲击外，还造成了传统伦理秩序的解体。传统乡土社会伦理丧失的根本原因在于现代社会对个体欲望的放纵，于是欲望批判也成为贯穿格非小说的主要内容。格非的《陷阱》和《没有人看见草生长》两篇小说相互关联，讲述的是现代人情欲失控、出轨而相互背叛的故事。《喜悦无限》所展示的乡土社会不再淳朴，伦理道德开始为猜忌与算计所取代，虚伪堆满了每张人脸。一封开了空头支票的来信，便引起了村人欲望的蠢蠢欲动，主人公朱旺也因这封信倍受煎熬与折磨，这封信成了村人欲望的试金石。

现代性带来的欲望膨胀在城市社会空间更加突出，格非的反思与批判也更加尖锐和集中。《春尽江南》中的主要人物庞家玉为消费主义和物质主义浪潮所挟裹，不断以物质金钱的功利标准衡量自己的成败，从一个真诚追求诗意的女孩蜕变成一个为了满足自己的虚荣心而可以出卖自己身体和灵魂的空心人。曾被视为乌托邦理想之所的花家舍，也沦变为高级的色情服务场所。《月落荒寺》中格非则用金钱这面照妖镜，映照出城市和乡村伦理的扭曲与异化。

乡土社会的现有问题并不都是现代性冲击的结果，其本身也有落后愚昧的一面，格非对此也展开了反思与批判，这与其前瞻性视角和现代乡愁情感相对应，也在一定程度上继承了鲁迅等人的乡土批判传统。《湮灭》采用了人物传记方式，从不同视角展示了乡土社会中的生存世相，其中有觊觎美色者，有欺辱弱小者，有奴颜媚骨者，有僭越乱伦者，每个人物皆有着各自的生存欲望，共同组成了一幅欲望化的乡村风俗图。长篇小说《边缘》中的麦村，作为传统乡土社会的代表，充满了丑陋、罪恶与苦难，学者吴义勤指出："麦村已经不再是家园，而是一座硕大无比的坟墓。"[1] 其

---

[1] 吴义勤：《超越与澄明——格非长篇小说〈边缘〉解读》，《小说评论》1996年第6期。

## "存在"与"家园"的双重探寻

中更多是人性之"恶"带来的破坏性后果。《望春风》中的儒里赵村,仍然存在着偷鸡摸狗、贪婪自私、至亲反目、告密卖友等乡村固有的丑行恶疾,它们同样侵蚀着乡土社会的伦理秩序。

在费孝通看来,传统乡土社会中(包括传统城市)的欲望符合了人类的生存需求,这种欲望"并非生物事实,而是文化事实""乡土社会中欲望经了文化的陶冶可以作为行为的指导,结果是印合于生存的条件"①。也即传统乡土社会中的欲望是长期的生活经验筛选出来的符合乡土生存发展的人的基本欲求。但现代性催生出膨胀而变异的欲望,大大超出了这个范围,不断膨胀的现代欲望对乡土社会的肌理造成了严重的破坏。格非对无处不受现代欲望侵蚀的现代社会充满了焦虑,这进而加深了其乡愁意识并强化了其家园意识。他只能在现代性所造就的欲望时空之中,四处寻找精神家园以抵抗无乡可归的虚无感,这也正是其乡愁乌托邦冲动形成的深层原因之一。

格非对存在家园的追问与探寻,不只停留在物质与伦理层面,还抵达了哲学层面。这表现在他于小说中对历史真实性的质疑和追问。《迷舟》中的军官萧带着警卫员回乡奔丧,却沉迷于恋情和乡村俗事,带有监视任务的警卫员以萧出卖军队机密为由而枪杀了萧,萧的冤情与枉死便成了一桩历史谜案。《陷阱》与《褐色鸟群》中不同亲历者讲述的情节相互矛盾、相互拆解,从而使事实与真相变得扑朔迷离无可辨别。

《青黄》中的"我"到麦村考证"青黄"一词的来源,但麦村人对"青黄"的解释和对九姓渔户男子的命运描述存在较大的差异,最终使考查变得迷雾重重。《让他去》中"我"的舅舅来城里走丢了,"我"四处寻舅无果,便认了舅舅的同伴为"舅舅",而把舅舅当成了走丢了的同伴,而这位假"舅舅"也真把自己当成了"我"的亲舅舅。这种自欺欺人的荒诞事件完全属于有意识的对历史真相的掩盖。

对历史真相或本源的不可知,格非采用了空缺的叙事策略给予呈现。除了以上提及的作品外,在《敌人》《边缘》《江南三部曲》《望春风》《隐

---

① [英]弗思、费孝通:《人文类型·乡土中国》,辽宁人民出版社,2012,第209—210页。

身衣》《月落乌寺》等小说中同样存在着叙事的空缺。叙事的空缺造成了历史逻辑链条的断裂，这不仅是格非语言修辞的结果，更是源于历史存在的本源性缺失。人除了活在当下，还需要历史、现在和未来三种时间维度的持续与连绵，从而获得存在的整体性，而对历史真相的质疑使存在（包括人的存在）遭到了悬置，一旦历史被抽空，存在的本源也无从获得，现在与未来也变得不可把握，存在的精神家园也变得虚幻不实。加之在时间之流中，人和物的存在都面临着被时间的洪流淹没的危险。正如张宏所言："事物和人物，在这时间的大书中，只不过是为证明时间存在而设置的一些记号和路标而已。"[①] 对历史真相的质疑，本质是对时间与存在关系的拷问，历史的模糊与不确定甚至抽空，作为哲学层面的存在及其形而上家园便失去了依托而变得虚无缥缈。

## 乡愁乌托邦与家园重建

格非早期小说中乡愁意识多散布于不同故事的叙写之中，他常常巧用闲笔，在故事叙写之中荡开笔墨，描写乡村景致，回忆乡土风物，抒写怀乡情感，它们是格非绵密叙事之中开启的情感缝隙，其中透露出浓郁的诗意与感伤气息。格非说这些诗意或感伤是由于自己在写作过程中不自觉地流露出的对某类东西的"偏爱"[②]，这种"偏爱"便是在潜意识中对家园形态的想象以及由此滋生的乡愁情感的抒写。格非把自己的乡愁化在乡土风物之中，比如月光、山脉、河流、梨园、麦田、稻草、白雪、竹林、桑叶、蚕房、山雀花、松针、小舟、蛤蟆、飞鸟等，这些乡村特有的风物景致伴随着故事的进展而穿插出现，组成了故事依存的乡土时空背景，也成为其乌托邦家园构建的现实基础。而乡土风物与文化已经化在格非的血液之中，不断地从他的潜意识中跳跃而出，成为他浓郁乡愁意识和家园情结的见证。

也即是说，格非对现代社会进行审视与批判的同时，内心深处始终存在理想的家园形态，并与现实家园形成了鲜明的对比，由此产生强大的叙

---

① 张宏：《时间炼金术——格非小说的几个主题》，《当代作家评论》1997年第5期。
② 格非：《格非散文》，浙江文艺出版社，2001，第240页。

## "存在"与"家园"的双重探寻

事张力。叙事张力越大,作者心中存在的乡愁乌托邦冲动就越强烈。而乡愁已经"成为当代中国社会抵御现代化痛苦和巨大压力的文化依托,或者说一个情感乌托邦"[①]。格非的乡愁乌托邦冲动从其创作开始,便成为其小说作品中无法摆脱的魅影。

早在1990年格非就在短篇小说《唿哨》中进行了一次乡愁乌托邦家园的想象之旅。这是一篇具有浓郁诗化色彩的小说,格非为读者勾勒出了一幅绝佳的世外桃源图:暮春时节、阳关普照,其间有沉睡者的呼噜、昆虫的鸣叫,有豆蔻少女、拄杖老人、民间对弈的高手、池塘边垂钓的老者、门前匆匆走过的行人、地里劳作的农夫、桥上闲聊的妇女以及天井中剥豆荚的闲适而满足的女人,也有古老的曲子、铺着青石的天井、浮游于水上的鸭子、充满生机的油菜花、青葱的麦地、废弃多年的木桥、开阔的棉花地、墙角的青草、来回穿梭的春燕、风中夹杂着的豆荚的清香、蜿蜒的小路、绵延的青山,还有梨树、燕竹、松林等。小说隐去了年代,时间被空间化了,主人公孙登穿越了古今,他静静地坐在藤椅中"守望着流转的光阴"而无所期待,他既是千百年来乡土田园生活的见证者与欣赏者,也是其中的在场者与参与者。孙登正是格非自己的化身,格非借助孙登的静观与冥想,完成了一次对民族传统的回望与精神沟通,也痛快淋漓地完成了自己乡愁家园理想模型的搭建。

《唿哨》中所描写的乡土田园景象恰恰是格非在20世纪八九十年代中国社会转型期间试图为现代人建构的乌托邦精神家园。到了21世纪,格非对人的存在形态的探寻逐渐转变为对存在家园的询问,家园的守护或重建变得越来越紧迫。也即是说,在格非的精神世界中,发生了由"离乡"到"返乡"的转变,"返乡"的目的地便是"家园",但家园不在的困惑与焦虑深深地折磨着格非,因此对精神家园的重建便成为21世纪以来格非艺术创作中的核心和重点。或者说21世纪以来格非构建乡愁家园的乌托邦冲动越来越强烈。格非在《人面桃花》自序中说,自己离故乡越远,对故乡的固有形象就越清晰,但随着现代社会的发展,自己永远回不去了。

---

① 王杰:《乡愁乌托邦:乌托邦的中国形式及其审美表达》,《探索与争鸣》2016年第11期。

但儿时记忆中的乡村古风、纯净明亮的天空，天井与回廊以及阳光下的斑驳的阴影，还会侵入梦中①。当格非在北京西北郊感受到现实中的风沙雾霾时，便会激发对故乡的思念以及乡愁乌托邦的汹涌激情。

  格非所要探寻和建构的家园不仅是个体存在的归宿空间，而且是集体的、族群的共同存在的家园形态，而其中的伦理也属于公共伦理。格非说："我所关注的正是这些东西——佛教称之为'彼岸'、马克思称之为'共产主义'的完全平等自由的乌托邦，《人面桃花》中讲到的桃花源也是这么一个存在于想象之中的所在。"②构建何种家园，是选择回归传统还是走向现代、是守望乡村社会还是面向城市文明，格非经历了长期的持续不断的心灵搏斗与艰难选择。继《嗯哨》以后，格非于新世纪创作的《人面桃花》《山河入梦》《春尽江南》《望春风》《隐身衣》《月落荒寺》等长篇小说，继续探寻着现代人家园的建构问题，同时也充分显示了格非探索"存在"家园的不同寻常的心路历程。这个过程也展示了作为人类集体无意识的乡愁乌托邦情感冲动，对现代知识分子格非深刻而持久的影响力。

  在《江南三部曲》中，格非向读者展示了自己对乌托邦家园设想的演变过程，这也是他对理想家园重建的深度思考与探索。《人面桃花》中，王观澄、张季元和陆秀米有着各自的乌托邦家园模式。有学者认为，王观澄建构的花家舍乌托邦属于江湖乌托邦，张季元、陆秀米的乌托邦是革命乌托邦③。花家舍属于王观澄等人打造的世外桃源，花家舍做到了礼仪教化、夜不闭户、路不拾遗和公平公正，百姓皆能安居乐业。但花家舍繁荣兴盛的背后却干着打家劫舍、杀人越货的罪恶勾当。而张季元试图通过革命建构乌托邦家园，但张季元的革命目的本质上和阿Q"敛财、女色和报仇"的革命目的是一致的，和真正的社会主义乌托邦相差甚远。王观澄与张季元的乌托邦只重结果的公平而不求手段的合理，在本质上是反乌托邦的。后来陆秀米也走上了革命乌托邦道路，她的乡愁乌托邦家园图景是："把

---

  ①格非：《〈人面桃花〉自序》，载《人面桃花》，作家出版社，2009。
  ②格非、于若冰：《关于〈人面桃花〉的访谈》，《作家》2005年第8期。
  ③李遇春：《乌托邦叙事中的背反与轮回——评格非的〈人面桃花〉〈山河入梦〉〈春尽江南〉》，《中国现代文学研究丛刊》2012年第10期。

## "存在"与"家园"的双重探寻

普济的人都变成同一个人，穿同样的颜色、样式的衣裳；村里每户人家的房子都一样，大小、格式都一样。"甚至要求享受的阳光一样多、屋顶的雪一样多，笑容与做梦都一样。但秀米革命目的是感性而个人化的，在本质上是个人乌托邦冲动的意识形态化，这种一厢情愿的乌托邦设想无疑是经不起现实考验的。

《山河入梦》中，谭功达继续着母亲秀米的乌托邦实验，试图实现天下大同的桃源梦想，这种带有共产主义色彩的乌托邦家园理想，最后在现实面前以失败告终。然而令谭功达欣喜的是，郭从年的花家舍公社似乎实现了他的天下大同的梦想，花家舍公社丰衣足食、人人自主、自由劳动、共同享受劳动成果，是共产主义社会的初步尝试。但花家舍公社存在着"101"监督制度，郭从年充分利用了人性之恶，让每个人都成为可能的告密者，即通过"铁匦"制度让人与人之间相互揭发举报，从而相互监督，最终达到自我监督和社会自治的目的。这导致了花家舍人"如履薄冰、战战兢兢"，人人心存恐惧。由此可见，郭从年所创建的花家舍乌托邦社会，实际上和人人快乐自由幸福的共产主义理想有较大的差异。这种放纵人性之恶的社会管理模式最后遭到了谭功达的否定，小说结尾时谭功达在幻觉中表达了自己的乌托邦设想：没有死刑、恐惧、罪恶和耻辱，没有贪污腐败，遍地紫云英，江水不泛滥，烦恼不再，婚姻自由。这种乌托邦想象是对郭从年花家舍乌托邦实验的纠偏，但显然也是谭功达濒死前的一种浪漫错觉。

以上乌托邦实验都属于现代性乌托邦实验，现代性信奉进化论，相信历史是进步的和道德的，因此为了社会历史进步可以牺牲固有的阶段性伦理秩序，但从个体伦理来看，牺牲固有的道德伦理甚至牺牲某些人的利益，则是非道德的。而"进步、现代性、历史哲学和乌托邦都试图清除几千年来的善恶标准，以历史责任取代道德责任"。但进步与道德是不同的两件事，"道德责任就是坚信某些行动是目的本身而不仅仅是达到目的的手段……"[①] 如果道德判断完全从属于历史必然性的实现，那么普通的道德价值就不复存在了。也就是说，王观澄、张季元、陆秀米、谭功达、郭从年

---

① 景凯旋：《牧师与弄臣：科拉科夫斯基的"东欧经验"》，凤凰网文化读书，https://culture.ifeng.com/c/7ulKIGHzFth。

等人的现代性乡愁乌托邦，都执着于历史的进步论，他们可以忽略现实生活中的伦理道德，采用非伦理手段达到历史进步的目的，其本身是与乌托邦的核心理念即社会主义①相背离的，同时也与中国传统文化设想的"大同世界"相背离，以至走向了抑善扬恶的"旁道"。以非道德甚至恶的手段获得乌托邦实现的物质条件，使王观澄、谭功达等人的乡愁乌托邦实验陷入了无以摆脱的悖论，但这种悲剧最根本的原因还在于马克思、恩格斯所指出的"历史的必然要求和这个要求的实际上不可能实现之间的悲剧性的冲突"②，因此在生产力并不发达的历史阶段，激进甚至疯狂的乌托邦实验并不适宜在乡土社会中进行，否则只能是悲剧性的。

改革开放和经济转型后，中国现代化进程加速，中国社会也逐渐过渡到后现代社会，格非的《春尽江南》《隐身衣》《月落荒寺》等长篇小说均以后现代社会为背景。后现代社会的乡愁乌托邦发生了重大的变化，已经完成原始积累的资本开始渗透其中，从而形成了"资本乌托邦"。比如《春尽江南》中张有德投资建成的花家舍水上乐园，被其命名为"伊甸园"，其本质上是醉生梦死的销金窟，他借乌托邦之名，行淫秽色情之实，最终使乌托邦被异化为资本赚取最大利润的工具。绿珠等人在龙孜（西藏）的"香格里拉的乌托邦"，试图在物欲横流的时代建造一个"诗意栖居"的孤岛。但正如谭端午所言，它本质上就是另一个花家舍，同样是资本控制下实现私人欲望的场所。同时在消费主义时代和后现代社会中，人们还把乡愁包装成各种商品出售，乡愁成为一种消费式的"仿真体验"，"或者与文化旅游产业结合，成为产业经济发展的润滑剂而被消费掉"③。因而乡愁乌托邦也随即被产业化，而产业化的结果便是不断地复制，复制是利润产生的有效手段，于是乡愁乌托邦便成为毫无个性特色的被商业意识形态所固化的商品符号。

加上后现代社会崇尚文化与个性的多元化，这加速了共同体的散失，

---

① 王杰：《乡愁乌托邦：乌托邦的中国形式及其审美表达》，《探索与争鸣》2016年第11期。

② 朱立元：《美学大辞典（修订本）》，上海辞书出版社，2014，第31页。

③ 廖高会：《时间维度下乡愁意蕴的嬗变与叠加》，《理论月刊》2019年第12期。

## "存在"与"家园"的双重探寻

并与逐利资本鼓吹消费自由的文化策略合谋,加剧了个体的碎片化与原子化,致使认同感逐渐丧失,而乡愁乌托邦需要共同的情感认同为基础,但后现代社会并没有为其提供相应的条件。因此,无论从何种角度来看,《春尽江南》中的以资本为主导而缺少合理制度保障的乡愁乌托邦实验都是不可行的。

由于以上乡愁乌托邦探索都行不通,格非转而把乡愁乌托邦家园的建构寄托于艺术审美。在《隐身衣》中,主人公"我"与志趣相投的古典音乐发烧友组成了联系紧密信誉良好的"共同体"或"乌托邦"。这种审美乌托邦在后来《月落荒寺》的结尾有着集中叙写。杨庆棠在中秋之夜于圆明园外的正觉寺举办了一次高级别的音乐会,这正是乡愁乌托邦家园建构的一次实验。音乐会上,当德彪西的《月光》钢琴曲响起时,皎月升空,月色溶溶,美妙的旋律令人如梦似幻,此时人群静默,时间停顿,出现了被音乐净化的世界:所有的对立与障碍顿然消失,形成了寂然忘世的轻灵境界,人与人之间充满善意,留下一种无差别的自由、安宁和欢愉。这种乡愁乌托邦境界与佛教的"净土世界"、儒家的"大同世界"和道家的"天人合一"极为相似,或者说格非在此把中国传统文化中有关乌托邦世界的设想皆融于一体。有学者指出:"在中国文化传统中,音乐具有神圣而重大的社会功能,是实现文化认同的关键性文化机制。"[1] 格非把古典音乐《月光》、正觉寺(荒寺)和中秋圆月、古槐树等意象并置在一起,通过音乐的召唤与净化及其达成的认同,似乎找到了通往乡愁乌托邦家园的正途。

但是依靠音乐等艺术建构的"审美乌托邦"是只属于少数人的"乌托邦",因具有鲜明的贵族化倾向而远离了大众。况且这种乌托邦以"审美共同体"取代了"伦理共同体"或"制度共同体",因而天然地存在着伦理或制度不足的缺陷,缺少了稳定性和恒久性。格非在《隐身衣》中,借助白承恩律师之口,对这种审美乌托邦进行了反思和批评,白承恩认为,音乐艺术修养高并不意味着道德品质好,德国纳粹分子中有很多人具有精深的音乐修养,却照样杀人如麻,希特勒与贝多芬之间的距离并不像常人

---

[1] 王杰:《乡愁乌托邦:乌托邦的中国形式及其审美表达》,《探索与争鸣》2016年第11期。

想象的那么大。很显然,"审美乌托邦"所建构的共同体并不能规约参与者的人性与伦理道德,正如《月落荒寺》和《隐身衣》中的"审美共同体"成员由教授、老板、个体户、律师、公务员、黑社会头领等组成,有的堕落腐化、有的罪行累累、有的附庸风雅、有的沽名钓誉,他们只是更加高级的"乌合之众",这种不可靠的"审美共同体"并不能建构真正意义上大众化的乡愁乌托邦家园。尽管如此,审美乌托邦仍然能在一定程度上满足少数个体对精神家园的需求,成为少数人诗意栖居的精神寄托。

  如何建构现代社会大众所向往的乡愁乌托邦家园,是格非长期思考的问题。在《望春风》中格非把视野完全转向乡土空间,他在一次探访故乡时,发现故居已经变成了杂草丛生野兔出没的场所,这使他深受刺激,乡愁乌托邦冲动油然而生。于是格非像艾略特《荒原》中那样发出了追问:"在水源干涸之后的荒漠之中,在被遗弃的荒原上,大地还有没有可能再复苏?"①格非试图在现代"精神荒原"上重现希望与生机,同时也抒写他郁积日久的文化乡愁。学者王春林指出,《望春风》"在不无残酷地书写中国乡村沉重冷峻现实的同时,格非却也不无浪漫地写出了自己真切而浓郁的文化乡愁"②。《望春风》讲述了儒里赵村从20世纪中叶到新世纪长达半个多世纪的变迁史,真实地描绘了传统乡土在现代性冲击下走向解体的过程。但同时,格非有意识地在近似废墟的儒里赵村完成了家园的重建,即小说最后部分让"我"和春琴回到赵村重过田园农耕生活。格非说,在《望春风》中他要给那些生活在苦难中而看不到希望的人提供一些安慰,他要创建梦想能部分实现的乌托邦,而非科幻式的乌托邦。③实际上,格非经历了长期的乡愁乌托邦家园的探寻,蓦然回首发现了可以安放乡愁的乡土大地。值得强调的是,格非在《望春风》中建构的乡愁乌托邦家园不再是个体的或少数人的乌托邦,而是面对大多数中国人建构的集物质、文

---

  ① 格非、王中忱、解志熙、旷新年、孟悦、李旭渊、吕正惠、森冈优纪、叶纹:《〈望春风〉与格非的写作》,《清华大学学报》(哲学社会科学版)2018年第1期。

  ② 王春林:《文化乡愁与乡村的冷峻现实——关于格非长篇小说〈望春风〉》,《当代作家评论》2019年第2期。

  ③ 格非、林培源:《"文学没有固定反对的对象"——格非长篇小说〈望春风〉访谈》,《当代作家评论》2016年第6期。

## "存在"与"家园"的双重探寻

化和精神于一体的家园,这使得格非的乡愁乌托邦在一定程度上回归了社会主义本质。

纵观格非小说创作,很少脱离传统乡土社会这个大背景,这是他探寻乌托邦家园的出发点和基础。正因为此,才会有不绝如缕的乡愁缠绕于其探索"存在""家园"的笔端。在经历了启蒙现代性的探索之旅之后,格非重新把乡愁乌托邦家园的建构锁定在乡土空间,试图建构"新乡土乌托邦世界"。正如格非所言:"《望春风》不是专门写当代乡村社会的,我更多的是描述20世纪50到70年代的乡村社会,这个空间和我们当下所处的'伪空间'是截然不同的。"①20世纪50年代到70年代的中国乡土空间还没有真正意义上的现代化和城镇化,还保持了完整的传统乡土伦理秩序,同时社会主义各项政策与运动也在这个阶段的乡土社会中轮番实践,但儒里赵村并没有被极左政治运动所裹挟,赵德正作为共产党培养起来的乡村干部,他能把传统乡土伦理秩序与现代政治秩序有效地融合。格非对20世纪50年代到70年代的儒里赵村流露出赞同与肯定的情感倾向。格非指出,最后"我"与春琴重返乡里,也是要返回20世纪50年代到70年代的乡土空间。②由此可见,《望春风》中的乡愁乌托邦家园是建立在传统乡土社会深厚的沃土之上的。这种以传统乡土文明为基础融合现代文明的"新乡土乌托邦",正是格非对二十多年前《嗯哨》中古典乌托邦的回应与超越。

总之,格非存在着显明回归传统的乡愁乌托邦情感冲动,这种回归的冲动并非保守与退缩,而是面对现代性和全球化的可能危机而采取的应对策略,它融合了传统伦理秩序与现代社会治理模式,同时满足了回望式传统乡愁和前瞻式现代乡愁的情感需求。马克思曾指出,"东方社会以血缘关系为基础的公社的组织形式和文化",可以和西方现代技术和现代管理相结合,"从而在新的历史层面上实现社会现代化的非西方方式的发展"。③正因为如此,格非推崇的传统乡土文明与现代政治文明相融合的"新乡土

---

① 格非、林培源:《"文学没有固定反对的对象"——格非长篇小说〈望春风〉访谈》,《当代作家评论》2016年第6期。
② 同①。
③ 同①。

乌托邦"便有了实践的可行性。这种乡愁乌托邦为现代中国人的精神困境提出了相应的解决方案，并尝试着回答了当今之世是否存在回乡之路的问题。

本文系 2018 年教育部人文社会科学研究一般项目《新时期乡土小说中的乡愁叙事研究》(18YJA751019)的阶段性成果；2019 年度中北大学人文社会科学研究培育发展基金课题《新时期批判家跨界小说创作现象研究》的阶段性成果。

第二届签约文学评论家作品

# 眺望的青春
## ——蒋韵小说《你好，安娜》创作论

/马桂君

当下的长篇小说创作，经典现实主义似乎边缘化了。表面看可供我们言说的艺术空间和表现方式不断被拓展着，历史的、玄幻的、线上的、线下的，由此而生的独语至呓语、拼接至混搭、谐谑至消解等书写方式不一而足。但是言说空间和形式的拓展，并不和文本对现实的追问和精神呈现成正比。严肃的现实主义，因其主题观念及结构的要求，对创作主体而言，运用虚构的权力及描摹的方式都有限定，如果没有强烈的故事性和宏大深邃的命运结构支撑，文本很难避免松散疲弱的形态，尤其在对精神空间的呈现上，言说更容易流于浮泛空洞。

蒋韵的长篇小说《你好，安娜》是一部关于精神世界的现实主义作品，如何具体地表现精神世界的存在形态，是一个现实的问题，作者通过精神理念与形式创新的对接，将现实主义中的浪漫诗意内涵形神兼备地传达出来。因为小说的主题关注点在精神上，先天就带有了一定的浪漫主义倾向，加之作者将人物和故事以青春的姿态呈现，全书的风格可以概括为罗曼蒂克的灵光再现。小说在一开始就把统领性的主题点出："列车突然变得安静了，天地突然变得安静了。一切嘈杂，人声喧嚣，退到了很远很远的地方，留下个明亮的，静若处子的舞台，供传奇登场。"苍白黯淡的现实成了背景，生命要以自身的光彩来诠释传奇。

本书的主题大致就是人如何在现实中眺望传奇。现实中哪个生命不渴望传奇，尤其是年轻的时候。而现实与传奇的中间通道就是罗曼蒂克。蒋韵是一个秉持现实主义的作家，她的文字都是写实的，而她关注的现实更多在于人的情感和精神世界，写实地表现精神的形态使她的文本自然带有浪漫主义的色彩。《你好，安娜》以现实主义为基底，凭借浪漫主义的色彩从各种对现实主义的限定中突围出来，表现出独特的文字质感和精神力度，并在文本形式上与时代的形态保持了同步，最终实现了形式和内容的统一。

## 多元融合的文体形式

小说在文字层面给阅读者的一个直观印象是：诗歌一般的语言，作者像写诗一样使用短句来表达。从语言学角度看，短句属于中国语言文学的特有形式，尤其在古典文学时期。长句则是伴随新文化运动以来"欧化"趋势而生成的现代风格，因丰辞迭构产生华美繁复的语言效果，继而营造严密深刻的阅读体验。短句因为自身的形式限定，先天就失去了铺陈、叠加等其他句式的功能优势。如果说长句、复句对应的运算法则是加法、乘法，乃至乘方，短句对应的则是减法运算。巴赫金说语言的现实和基本单位是对话和言谈。实际上，简短的单句已经足够独立表达意义，但是短句在长篇小说里面并不会被大量使用，这是因为容量的关系。短句在叙事中使用起来比长句更加困难，因为能被纳入的词汇，必须要精练到一语中的的程度。

在《你好，安娜》的文本中，关乎心灵的大部分文字表达使用的都是短句。例如，"她不怕死，她怕死得难看……她觉得那里有一种谦卑之美，在大千世界面前的谦卑。她在难过时会对自己说，安娜，你要努力啊，努力使自己，病成一幅画。"① 与文中短句相匹配的是简单朴素的文字，既没有惊世骇俗的创新，也没有佶屈聱牙的古奥，更没有网络词汇的时髦。蒋韵只是用最平常不过的词语，呈现着不平常的精神话语。淡笔写浓情，似乎是不着痕迹实则用尽全力。"夕阳还没坠落，但黄昏的天空，永远有一种辉煌的哀伤，像是对白昼的凭吊。"这是以女性为经验主体进行思维和

---

① 蒋韵：《你好，安娜》，花城出版社，2019。

言说的文字，全书也因使用抒情化的短句和平淡的词语，氤氲着清冷洁净尚未被既定表达改造的女性气息。

短句在一定程度上避免了作者固定风格的标签，因为短句对于意义而言是最低限度的包装。零度叙事未必是所有作者追求的方向，但是剔除创作主体的痕迹，实现人物按生活逻辑的生长确是艺术创造的法则。王安忆在论小说创作的时候提到"四不"原则，包括：不要特殊环境特殊人物，不要材料太多，不要语言的风格化，不要独特性。其中不要语言的风格化是这样解释的："风格性的语言是一种标记性的语言，以这标记来代表与指示某种情景。它一旦脱离读者对此标记的了解和认同，便无法实现。所以，风格性的语言还是一种狭隘的语言。它其实缺乏建造的功能，它只能借助读者的想象来实现它的目的，它无力承担小说是叙述艺术的意义。它还是一种个人的标记，向人证明这就是某人，它会使人过于强调局部的、作为特征性的东西，带有趣味的倾向。"[1]

独特性的语言优势在于本身的标记性色彩炫目夺人，但是雕饰过度会导致语言本身的体量增大，使语义重心产生偏移，本义的提炼在一定程度上被增加了障碍，因为太多的语言冒险增殖会稀释意义的浓度。文字传递的意义不仅包括表面的意味，因此平实的语言对于意义的建设，实际上的作用更大。在《你好，安娜》的文本中创作主体使用抒情性的诗化表达，简洁淡然，淡然到让人警惕平庸的生活下面有火山在运行。简约的文字策略更能凸显平静之下汹涌的暗流，海明威的冰山理论正是对此的解释："一座冰山的仪态之所以庄严，是因为它只有八分之一露出水面。"[2] 正是因为隐藏的八分之七，使留白的部分成为一个敞开的阐释空间，意义得以随阅读者的期待视野多向展开。确实，在一个干涸的内陆城市里，存在着比呼啸山庄更强烈的精神动力。人物内心巨大的不平静被平静地控制着，作者通过举重若轻的诗化书写，传递出无声处隐隐的歌哭。尚未被撕裂的生命，或许只有这样的生命才可以抵御各种现实的撕裂，上升为一个时代的个性标记。她们和自我还没有分开，生活和精神呈现出单一纯粹的形态，所以

---

[1] 王安忆：《写作小说的理想》，载《王安忆研究资料》，山东文艺出版社，2006。
[2] [美]海明威：《死在午后》，金绍禹译，上海译文出版社，2011。

不需要迷乱的复调和繁复的句式，多声部地表现内心的混乱层次。

在《你好，安娜》中，书信穿插这一形式使文体互渗成为可能，并且实现了文本叙事层次的拓展。写信给了大众随时可以进行小规模创作的机会，并延伸了个人的隐性书写权力。在书信兴盛的时代，散落的民间写作遍地开花。安娜在决绝之前写了两封信，无法在现实中传递的情感都通过文字实现了自由表达。潜在作者此刻化身为写信者，由全知叙事视角转变为限制叙事视角，更真实地表现安娜内心的情感脉络；而且书信的形式自然带有文艺的特征，说是矫情也并无不可，但是不可否认矫情确实超越了日常的语言交流层面，面对留白的信纸，想象中的表达对象，安娜可以用非常规的语言诉说被禁止的感情。书信这部分的文字，狭义的对象是彭，实际上是开放的，每个人都是阅读对象，包括书里面的其他人物。

在视个人情感为小资产阶级不正常情调的政治限定下，写信给了一个少女表达情感的空间。信中的那些话，在现实中无论如何没有可能说出，包括对母亲，她最后也只能小声说我爱你。通过书信的形式，小说真实呈现了在没有温情可资习得并表达的年代，人们心中依然葆有的爱意和温暖，并未因压制而消失，反倒竭力在狭窄的缝隙间流淌出来：很多没有勇气当面说出的话，借助文字可以恣意表达，所以素心给白瑞德留下解释的信后消失，导演若干年后可以在信中对三美袒露心声。

潜在文本是《你好，安娜》最重要的一个形式特征，涉及小说、诗歌、戏剧等形式。潜在文本在主文本有限的容量之下，引入了另外的时空维度，拓展了文本的表达层次，使两方面的人物故事产生对照和互文。作者在小说的开头和结尾引用经典作品和戏剧，让艺术和现实交互作用，因为艺术是精练化的现实，现实则是催生艺术的源泉。《玛娜》是素心唯一的一次倾诉，唯其是以创作的形式，才给了她敞开心灵的自由和勇气。而作为艺术的受众，文中的人物在现实的直接成长之外，还添加了另外一个间接成长的维度——艺术。文学艺术和戏剧创造了本来不存在的人物和心灵，为青春提供着隐秘的成长材料，并由此改变着世界。

小说中两个主要的潜在文本——《安娜·卡列尼娜》和《完美的旅行》，用在开头和结尾，起到类似戏剧《雷雨》结构中序幕和尾声的功能。《雷雨》的序幕和尾声将宗教仪式引人激荡的戏剧中，使观者从现实的冲

## 眺望的青春

突走进艺术的世界，暂时脱离现实的平庸刻板，进入另一个时空的情境，实现净化和熏陶灵魂的作用。托尔斯泰笔下的安娜，带着异域的热情，在社交和生活的舞台上展现着美丽，并最终以死定格。对于平凡生活中的女孩们来说，安娜的生命轨迹就像一束光，照亮了她们暗淡的生命，也提供了一个审美的灯塔。现实中稀缺的诗意和传奇，书里面有详细的表现，所以书籍对于她们来说就是理想生活的摹本，诱惑她们走进去。

小说文本中加入戏剧，除了能以戏中戏的叠加功能来深化主题之外，还延伸了文本的语言形式。因为戏剧所使用的语言及制造的审美效果和叙事完全不同。在戏剧中，如何地戏剧化都不过分，将戏剧化的情节和语言加入叙事中，加深了文本的抒情性，使创作整体上的诗性意味愈加浓厚。《完美的旅行》通过戏剧化的形式和语言，完成了主体对不完美现实的改写。在戏剧演出后，观众的掌声和泪水代表着对美好毁灭的歉意虽迟到但是终究到达。

手稿小说《天国的葡萄园》，记述了刻骨铭心的记忆、纯洁坚韧的爱情。文字创造的世界在安娜和素心的心里感天动地，可惜现实中了无痕迹，没人知晓，好像那些震撼心灵的人物从来没有来过这世界。现实因此更加令人失望，更加令人鄙弃，愈加促使她们转而将思想感情投射到作品中，渴望实现彼岸的超越。她们不能容忍美好和诗意被消弭，所以一定要记住并传递下去，即使冒着极大的风险也在所不惜。最终像《湖上的悲剧》一样，安娜用死来续写爱情的故事，将浪漫主义践行到底。

潜在文本形成了显在文本的深层结构。《安娜·卡列尼娜》中安娜带有献祭意味的死，与文本中女孩的生命形成互文式对照。一个牺牲的形象，对照现实中的三个牺牲者。安娜·卡列尼娜因为"热情"，或者更准确说是生命力的驱使，以牺牲的形式诠释了抗拒的力量。蒋韵早期小说《我的内陆》里面也有一个重要的潜在文本——《青春之歌》，艺术化的青春生命在普通女孩的心中是不凋的花朵，不落的果实，她们甚至投入地再现了那一幕，并刻录在记忆里。电影、小说里面的人物总有激情冲击个人的局限，到达了作为观众的普通女孩们不能到达的地方——那是人生的困境更是绝境，但同时又是胜境。世界的丰富性就在于总有她们仰望才可见的地方，总有和她们精神同步的灵魂存在，于是她们平凡的生命里充满了神秘和崇高的血液。普通的女孩,她们是最忠诚的观众,看别人用生命上演的激情戏剧,体验一样的惊心动魄。能够不惜代价执着地向往另外的生活,前提是个人的带入,即将审美客体和精神主体融为一体。在理念中每一个自己都是安娜,每一个自己都是林道静。

将文学艺术带入现实生活,并成为理想的一个重要参照,需要年轻人有一颗超越现实的心,即对过往的时代抱有激情,对不一样的生活充满幻想,想知道曾经的人们经历了什么,他们思考过什么。现实中的经验不足以提供自我的诸多样式,幸运的是文学提供了一部分。《安娜·卡列尼娜》《天国的葡萄园》,以及彭背诵的《欧根·奥涅金》,这些文字对少女的吸引,说明了与文字相关联的思想魅力,是人类的心灵先天就渴求着的东西,越是被限定越是难以得到就越是向往。艺术是对自由的一种召唤,思想艺术明明可以在此岸世界抵达,而在特殊的年代中,却奢侈成了彼岸世界的召唤。因其在现实中的缺失,宝贵程度堪与生命匹敌,诱惑她们为了理念中的完美,可以放弃此岸的生活,也因为此岸的生活如此枯槁,距离文艺化的理想实在遥远。

## 青春传奇的浪漫主题

《你好,安娜》以浪漫主义的诗性诠释现实中的精神存在,走进了传奇的个人通道。在特殊的年代里,内陆城市的工业产业与社会气氛共同作用,使生命和人性都变得面目全非,呈现刻板冷峻的形态,于是她们青春的背景一派贫瘠坚硬,可供学习借鉴的情感历程大部分在书里面。就在被工业化榨干的、无诗意的城市,青春的生命如同荒凉底色上盛开的花朵,以精神世界的丰富性和理想主义照耀了灰暗的城市背景。浪漫这个词汇的本义是传奇,意指精神存在以其浪漫主义的色彩超越了现实成为不寻常,其关键点在于浪漫主义。小说的叙事发生在激越的时代,年轻人可以顺应历史成为"风云人物",而书中这几个人选择了在主流之外逆行,徜徉在文学艺术的天空下,在心灵世界艰难跋涉,各自都犯过错,且代价沉重。"那时,她们总是为这些遥远的、另一个世界另一个时空的人物悲伤着,或者欢喜着,那是她们的诗和远方,是她们精神的家乡。她们对那个世界的爱,远胜过爱她们自己真实暗淡的人生"。执着于超越凡俗的诗意理想,精神显示出改造现实的巨大动力,于是主体性突破时代的限定,让各自的生命走上了不同的轨道。

社会理性下的生命伦理基于一般法则和基本道德观念,指向的是理论原则,试图规范个人的情感选择走向更符合社会时代的要求。而个人的生命体验和价值选择是在道德观念之上的,从先天的喜好出发到个人经历的生命轨迹,没有规则和规律可循。平原虽然比较肥沃,但是她们的故事不发生在那里。她们自己也知道无法成为自然之子。彻底的自然之子,意味着要放弃主体的意识,将自我投入到无限的自然中去,直到物我合一、物我两忘。对于安娜和素心、三美,则不能融合在自然里,做到顺其自然终老山林。因为那是一种老年式的生命形态,而她们永远是青春之神。主体意识是标志人与其他生命区别的主要印记,人之所以能超越自然形态的生命,就是因为精神价值的存在,这是她们唯一鲜明的骄傲徽章。融入自然不是她们的审美理想,标记自我才是。

以浪漫主义对抗现实主义,表现在艺术上自然地带有理想主义的倾向。"苦难她们也不怕,她们预设的苦难,也是俄罗斯文学里的苦难,有西伯利亚的底色,比如,发配到那里的十二月党人以及追随他们而去的妻子,那苦难,浪漫而且有贵族气——精神贵族"。对苦难的设定也是理想主义的必经之路,比较而言,幸福是普通生活的理想状态,远不是理想本身,理想必须经历强烈的曲折和艰辛,覆以沧桑和苦难的高贵外壳,才可以抵达。今天的人们,理想降低为只求生活的平稳和内心的平静,根源在于人们丧失了生命本身的动能。这是人类的一种退化,人们无暇或者无力支撑尖锐动荡的精神世界,无法在精神世界里收获历险的快乐。

伊利格瑞的观点是用感性来对抗理性,即发挥女性的优势,以貌似非理性的方式来反抗既定的象征秩序,形成新的理想价值,并以一种浪漫主义的方式寻求个人的自由解放。女性的生命形式因为主体体验的多元,显得热烈丰满富有光彩。安娜,能把柯罗的森林放置在卧室的墙上。素心,她有把平凡东西神圣化的才能,通过燃烧自己内心积蓄的热力和诗情。在贫瘠的乡村,还有一个喜欢花草的落魄女人,在破碗里面养了一棵抽出淡黄薹芽的白菜心。

超越性的个体精神赋予了现实生命浪漫主义的色彩，与之伴生的是理想主义的内在要求。从理论的角度看，浪漫主义是属于文艺思潮的概念，理想主义则是人生态度的一个概括，并上升为对人生意义的价值判断。如果说理想主义是对日神的期待，而浪漫主义则散发着酒神的微醺气息。个人的价值理念和精神取向便是在二者的纠缠中生发弥散，形成各自的精神气质并决定命运走向。

安娜的决绝和素心的受难都属于理想主义的情怀，理想主义与实用主义相对，是超越生活层面，超越既有历史坐标限定，眺望并期许不可知的未来。虽然理想主义需要经由自我实现才能得以实现，但是理想主义的基本要求是抛弃自我主义。叙述和寻找因果关系是同一种理想主义的表现症候，安娜给自己的死以合理的铺陈，也制造了向彭祖露内心的机会，并借此使艺术理想在现实中兑现。素心则是给自己的受难设置了难以跨越的因果联系，在忍耐中体味痛苦的噬咬，与十字架上代人类赎罪的耶稣一样。面对残破的现实，她们看到了孤独地死其实与自然地生属于同一本源，这种体悟使青春的变奏出现了意外的交响。一代代的女性，其中很多都是默默无言地走过没有情感希冀的春夏秋冬，而她们要跳出这样的轮回，于是，生命如同绽放的花朵般在一夜之间经历霜雪，凝结成冰的坚决。世界展示给了她们存在的本相，而生命的高峰体验，也在这样的时刻降临：自我和生命的价值都得到了庄严的确认。

确认浪漫主义中包裹着理想主义的内核，那么接下来的问题是，在物质化的生存状态下，浪漫主义的理想自我有可能生成吗？所有个体意识和精神理想的源头都是自由身份的获得，自由身份直接关联的是自我意识。"就现代哲学的视阈而言……确立了'心'之于'身'的主宰地位。"[①] 于是自然的世界，主要是传统的农耕文明，无法承载非固化的个人的寻求，漂泊的命题成为现代人的宿命。人们失去土地，拖着沉重的肉身，需要与社会建立一个契约——生产关系，让自己生存下去。在特定的历史语境下，在安娜、素心和三美她们的意识中，生存不是要思考和面对的问题，或者

---

① 田宝祥：《由"心"到"命"：清华简〈心是谓中〉之义理分析》，《吉林师范大学学报》（人文社会科学版）2021年第3期。

说她们对生存的要求非常低,因为那是时代的共性,她们的生活重心在理想情怀上。

浪漫主义始于破坏和重建之间,所以相对固化的经济社会里,浪漫主义失去了存在的土壤。正因如此,《你好,安娜》对当下部分的书写,没有了浪漫主义的气息,更失去了传奇的味道,归于日常叙事。鉴于文学不能"失去温度,失去生活的气息、人的气息"[1],进入小说的后半部分,文本的现实带入感增强,生活的纹理表现得更为细密:丽莎如何返城谋生、教育孩子、照顾母亲;三美买房子的过程、参加同学聚会;素心和白瑞德如何隐秘又不失甜蜜地"过日子"等。可是,人间的烟火气总是与此书的格调不能相容。在文本后半部分的现实叙事中,属于女性孤高灵魂清冷俊逸的味道消退了,孑然独立的面影消失在日常书写的琐碎中。

传奇只有半部,是因为属于传奇的时代已经过去。在那个时代的严苛土壤里,生命想呈现自身的理想形态,只有一个出路,就是努力从坚硬中挣扎出来。在多元的物质时代里,生命的形态不被限定,诡异的是自由往往是最大的不自由,物质欲望理所应当成了主宰,因为最触手可及的东西已经丰富到眼花缭乱,不需要费力仰望遥远的彼岸。传奇已经谢幕,并不再登场。因为传奇只适合在芳华时代上演,凡俗的世界里面没有传奇;戏剧辉煌悲壮的高潮部分已完结,剩下的是平庸的现实。

## 空灵纯净的审美向度

艺术创作的理想表征是形式和内容的统一主题内容的表达,必须要借助一定的语言形式方能实现。从语言学的角度说,创作是一种对既成语言的反抗——通过创造属于自己的表达形式。《你好,安娜》创造了属于作者自己的语言形式,很大程度上要归因于所表达的主题。作者要呈现的是只属于青春的生命形式,所以使用了诗化的短句式,私人化的书信、超越现实的戏剧等潜在文本。青春的生命又是以飘逸的姿态划出各自的精神轨迹,

---

[1] 邵宁宁:《近十年现代文学研究的文献学进展及学术史反思(2009—2019)》,《吉林师范大学学报》(人文社会科学版)2021年第1期。

所以小说的文字风格如蝉翼般纤细通透，整体的审美气氛空灵纯净。

通常意义上的诸如绵密细致和多重触角的文字表达，适合表现复杂纷乱的对象，而纯粹透明的灵魂与沉重的现实功利泾渭分明，不适宜用众声喧哗的复调形式来呈现。刘小枫分析了一些现代经典作品后，看到情爱纠葛中人成为欲望的囚徒，得出拖累精神的原点在于"沉重的肉身"的结论。悖论的是欲望也是生命热力的来源，然而当欲望指向理念层面上的爱的时候，情况就不太一样了，纯粹的爱意味着主体的付出，使对方获得爱。因为没有世俗欲望的拖累、打扰、羁绊，《你好，安娜》里面的女孩肉身是轻逸的。那么如何写实地描摹她们思想精神的质地和纹理？可供创作主体使用的真实材料是什么呢？混乱的矛盾冲突，钢铁一般的意志，还是苦难艰辛的生活，抑或是深刻的理性，她们都没有，她们只有这一生，于是，不惜代价病成一幅画，或者用一生的自虐来向过往解释。她们从身体到情怀，都是单向度的、纯粹的。至此，文本的形式和内容实现了高度统一，因为灵魂是极重又是极轻的，用纤细、抒情、诗意的文字表现最恰当不过。

所以说"厚重"在这部作品里面，不是必要的审美价值维度。巨大跨度的时空线索并不是现实主义层面的精神理想架构的必需要件，有质感的精神命题亦可用淡薄轻灵的文字来表达。因为形式和内容互为表里并高度统一，是艺术创造的成功法则，那么描摹精神形态的文字，也要求与对象一致，应该是轻薄飘逸的。最后的罗曼司，给美好的挽歌辞，就应该这样似轻却重。理念意义上的轻重需要读者自己在天平上放相应的砝码。作者不选择虚构一个更具冲突性的故事，是基于现实主义的观念，无论拥有何种形式理想主义的人，都是平凡世间的人，她们在不经意中，暴露了内心的强大特质，才脱颖而出。沿着情节驱遣文字的权力实际上更多在于人物，而不在于作者，因为人物诞生之后就有了自己的生活逻辑和性格走向。

诗意的风格和单向的审美维度亦是文本要呈现的独特生命形态的表征。回到文本现场，三个女孩都有自己不符合大众期待的生命走向。社会给女性创造的机会不多，最常见也是平常女人都可以抓住的伟大创造——结婚生子，这三个女孩都放弃了。对于平常的女性来说，生育是最直接的社会价值实现方式，也几乎是每个女性既定的生命发展轨迹。在孕育的过程中，她们成长成熟，在平庸冗杂的日常中靠默默付出获得悲哀的价值认同。然而传统语境下设定的女性，温柔、隐忍、现实的付出，都被文本中的三个女孩颠覆了，她们有自己的选择，用诗意、用决绝创造了不一样的生命形态，走向了神性的彼岸。她们遥遥地向书里理想的生活致意，因为那里有现实之上凡俗人生仰望的浪漫传奇。

　　素心选择的是受难的姿态。承担的是比女性生育之痛更强烈漫长的痛。以疼痛作为过往记忆存在的见证，她视拥有疼痛为最深刻的忏悔方式，接近受难，并沉浸在受难的崇高之中难以自拔，以至于对白瑞德给予的温情挽留都要拒绝。她不是古怪另类，而是遵从了自己内心的选择，知道可以要什么，不能接受什么。温柔富贵乡不能拯救她的灵魂，对于强大的主体精神而言，客体和外力根本起不了作用。她在自我放逐中用体验疼痛来强化记忆，坚持不赦免自己的罪。因为那个年少执拗的她，连给自己解释都不会，更不会给自己平衡内心的机会，只是义无反顾地承担了所有的罪责。既然无法进入天堂，那么就沉沦地狱来修炼。她才是极致的完美主义者，无私到不怕牺牲，愿意付出任何代价。

　　义无反顾的决绝姿态和轻灵飘逸的精神飞升，是故事里女孩们的专属标签。比较而言，小说中男性人物的精神力量要稍显逊色一些。或许是因为他们在现实中有更多的用武之地，而女性因为在现实中缺乏战场，则要更多地依靠精神实现对平庸生活的突围，甚至不惜以死于青春来留住它。小说没有批判男性，因为不需要评判当年的彭有没有勇气，女孩们的选择是基于自己的内心与精神理想，和对象关系并不太大。彭只是适时地出现，携带着爱情极具破坏性的功能，完成了他的角色任务便退隐，再出现已经是沧海桑田之后。当年导演的纯粹决然，换了新的时代语境，他的所作所为也顺理成章。三美并没有谴责谁，她只是不愿意相信自己的付出和等待有如此的结果。女性珍爱的是精神理念中的自己，爱情只是为她们提供了一个展示美好的舞台而已，在那里主角和观众都是自己。

## 结语

　　以现实主义的方式来诠释精神世界就会带上浪漫色彩，遑论展现理想主义为核心的自我空间。理想主义的人生观体现在文艺上，一个趋向是以积极姿态克制感伤唯美气息，包含有向现实主义转化的浪漫主义，属于积极浪漫主义；另一种趋向是理想主义出现极端、狂热一类的情绪，则通向的是现代主义。如果可以计算的话，理想主义应该属于浪漫主义中的一部分要义。浪漫虽然一贯和感伤、唯美、颓废相伴相生，但是浪漫主义在抒发个人情感的时候，同时必然是在表达主观的理想，而且通常要借助一些诗性的途径，比如描述风景，赞颂自然，使用个人化的自由表达形式，都表现出主体对现实的抗拒，试图超越平庸现实的心理向度。

"幸福还不是最高的伦理价值，美好才是。"① 纵观《你好，安娜》全书，最后可以得出的结论是：她们不是普通的生命，而是超越了世俗生活层面的神性载体。她们的爱指向了忘我、牺牲，以超越性的精神对抗现实的功利性，呈现了严苛时代稀缺的生命力度。有人不惜用死作为青春永恒的祭祀，来强调决绝、义无反顾的精神力量。她们的青春，没有臣服于既定的社会法则，而是保持了一种眺望的姿态，进入由现实走向传奇的个人通道。

---

① 刘小枫：《沉重的肉身》，华夏出版社，2007。

# 后人类视角下的科幻文学

/毛郭平

科学技术已经全方位渗入到人类生活当中，影响乃至改变着人们的生活方式与思维习惯。生物基因工程借助于基因技术干预生物的遗传，使得生物可以按照人类的需求进行生殖培育：比如通过改变农作物的基因，提高农作物的抗虫害、抗病毒能力；借助于胚胎遗传病筛查技术，可以预防或者提前治愈新生患儿的疾病。但是，基因工程也会在生理、伦理层面给人带来诸多潜在的风险。比如转基因农产品是否会带来生态环境的恶化？基因工程运用在人类身上，是否会对人类自身的发展造成毁灭性打击？当前数字技术的推广，同样也是把双刃剑。一方面，大数据让处于不自知状态的人们更好地认识到自己的习性、喜好，从而真正理解希腊德尔斐的阿波罗神庙中的"认识你自己"这一箴言；另一方面，数字技术在对人全方位算法的基础上，实现了对人的全景式监控。总之，科学技术在给人类带来福音的同时，也打开了潘多拉的盒子。面对此种状况，人类再也无法像从前那样能够明确自己的生物属性和主体性，从而被学者称之为"后人类"。关于后人类的文学叙述在科幻文学中较为集中。本文尝试从后人类的视角对科幻文学进行解读，探讨科幻文学中的后人类存在样态，分析科幻文学叙事中的意识形态，在此基础上探讨科幻文学与现实的深层关系。

## 科幻文学中的后人类的生存样态

文艺复兴以来，"宇宙的精华，万物的灵长"这一观念是人类中心主义形象的精确表达,它建构了人在这个世界上的绝对中心地位。但是,随着科学技术的不断发展,特别是科技开始全方位融入人的生活之后,原先所构拟的人类中心主义及其所衍生出来的哲学观面临着种种挑战。比如,陷入数字化与算法化程序中的人类,原本会以为网页上所推荐的商品或者对话框所弹出来的各种信息是随意性的或者是经过人们的自主选择,其实算法程序已经把人们的网页浏览记录在后台进行了计算,然后根据计算结果再把相关信息推送给人们,简言之,人们在智能设备上所看到的一切不过是算法程序精心推送的结果。由此可见,人们的主体性只是算法精心塑造的后果,换言之,人类的主体性不过是算法的傀儡而已。科学技术还消弭了人与其他生物之间的结构性差异,如果不是因为伦理等因素的制约,人类同其他生物或者器物一样,可以不是生育的自然形成,而是被有意制造的结果,最终可能是人与其他生物、非生物无法"在有机和无机、生育的和制造的、肉体和金属、电路和神经系统之间"找到明确的区分线。可以说,跨物种的存在这一现实,使得以普遍生命力为中心的平等主义成为后人类中心的核心命题。尽管科技一直在改变着人类的生活,也被当成是人类生活中的工具或手段,但是,科技从未像现在如此大规模、深层次地对人类产生深远影响。"后人类"这一概念,即是试图对这一现象进行命名的尝试。面对后人类问题,有学者就从哲学的角度强调,当务之急是要反思自文艺复兴以来一直被奉为圭臬的"人文主义"。也有学者从政治学的角度指出,当前首先要解决的是如何保留人性,如何延续人类的物种经验等问题,而要做到这一点,就需要警惕那种由科技形塑且可能会带来恶果的政治体制。后人类在强调人类生活方式以及思维模式更新的同时,还坚称不能与之前人类生活模式彻底断裂,因为后人类这一概念的提出本身就抱有维护人类自身、强化人类属性赓续的初衷。这样,后人类并非只是一种静态描述或者一个修饰性的前缀,因为它既强调人类生活方式的差异性变化,同时也意味着人类生活方式前后的一贯性,这就为我们观照科幻文学提供了一种新型的视角。

科学技术在改变了人类生产生活方式的同时,也造成了人类在认知方式和情感体验等方面的变化。呈现这一变化最直接也最重要的文学类型便是科幻文学。科幻文学尽管有软科幻与硬科幻之分,但科学技术是科幻文

## 后人类视角下的科幻文学

学的最重要基因这一论断并不怎么会受到质疑。科幻文学是立足于科学技术的基础上并对人类未来社会前瞻性的描绘与批判，故事情节往往是通过一个高度集权、标准化、同一化的世界来实现。反乌托邦小说《美丽新世界》，描绘了一个借助科技发展且高度等级化的"美丽"世界。在这个世界里，人类是在一个叫"中伦敦生育与培育中心"由三百位受精操作员按照技术流程在专门的培育器中制造出来的。人类还在胚胎的时候就会按照金字塔式的等级被分别制造：阿尔法和贝塔是社会的上层，而伽玛、德尔塔和埃普斯隆则要经过波卡诺夫斯基技术进行干预。如果说以前是一个胚胎能够成长为一个正常体格的人的话，那么经过波卡诺夫斯基技术干预过后，一个胚胎可以分解为九十六个，分解后的胚胎又会被送进"命运规划室"中，按照社会需求进行命运规划。胚胎成长为婴儿之后，又会在专门的新巴甫洛夫培育室经受书本与噪音、鲜花与触电两百次相同或类似的重复教育，以便他们的认知能力、情感体验都是相同或类似的。他们长大后认同自己的地位与工作，没有任何烦恼，还会快乐地生活。整齐划一是社会的特色，因为这些人在外貌与内在情感、心理等方面都是同样的、符合标准的。当然，为了使得社会永久稳定，就需要防止这些由科技培育出来的人产生变异的可能性，解决办法就是发明一种叫"苏摩"的精神药物。这种精神药物使人镇定，同时还可以让人产生幸福美好的幻觉，不会有任何的烦恼或者不满。总之，《美丽新世界》中的人，已经无法感知痛苦，缺少遗憾，毋需陷入烦恼的泥淖中，不需要有爱情、婚姻，与传统的人相比，他们显然是健康富足的，但是他们的身上已经缺乏了基本的人性的东西，因为他们是标准化的产品，缺乏了思考的能力，满足于自己的阶层，沉溺于快乐当中。由这些人构成的社会自然是"和谐安定"的。这部小说寓言（预言）式地揭示了人类在科技的帮助下所面临的反乌托邦情形。如果从当下的科学技术来审视人类的生活，我们确实能够看到人类无论从肉身层面还是从心智角度，较之于先前都发生了明显的变化。人类健康状况的改善、幸福欲求的增强无不说明了科学技术的积极作用。正如镜子有两面，科学技术也有它的负面效应，比如医学鉴定胎儿性别、精神药物的泛滥，都给人类社会带来了风险。科学技术是推动人类社会变革的重要因素，但是它会不会让社会的发展像脱缰了的野马那样随意驰骋？会不会让人们对于美好生活有着更加疯狂的奢望？这便是科学技术对人类社会发展潜在的隐患的忧虑，也是这类小说对科学技术与人类关系的终极思考。

　　如果说《美丽新世界》将故事设定在未来的2532年一个反乌托邦的后人类生活场景的话，那么山西籍作家杨红光创作的科幻小说《云播智慧》则将故事设定在距离当下较近的2032年，那时的人类与当下人的生活并无多大差异，只不过科学技术在人们生活中的融入度更为紧密：人类头戴"读脑设备"就可以用意念控制外界的物品，具体来说，就是在所有的物品上都装上芯片，"读脑设备通过读取人的意念，无线传输给物品中的芯片，芯片接收到驱动指令，从而让物品实现位移"。如果说这种显性的科技植入会给人带来便捷乃至幸福感的话，那么还有一种隐性的技术植入则让人恐惧，人们在体验先进科技的同时会在悄无声息的情况下在头上被植入三根仿生学的头发，这几根头发会与其他的头发一样共生长。但是掌控这些头发的公司会借助被植入者的眼睛和耳朵实现与被植入者共同在场的效果，并可以通过远程控制让被植入者完成某些指令。这些科技的头发基本没有"排异"性，被植入者也会误将他人的指令当成自己的真实想法或者情绪感知。小说中描绘的同样是一个科学技术在生活中起主宰作用的时代，不过这个时代的人尚有一些人类中心的观念，比如他们在制造产品的时候，考虑到产品可能会对人造成伤害，便在产品中植入"善意程序"，但问题是，有些人会将善意程序改组，让它变成杀人的工具。在这样的时代里，人类的行为、情感是自己的真实的选择还是别人的傀儡，已经纠缠不清了。这同样可以视作是后人类的生存境况。

　　当然，科幻小说并不总是沉湎于大地的，有时也会将视角转向天空。那时的人类所面临的是如何生存，如何面对没有任何道德观念的外星文明以及可能的星际战争。《流浪地球》中的故事肇始于天体物理学家，在对太阳进行精确观察并建立完整科学的太阳数学模型之后的一次科学推演：太阳将会在百年后的一次"氦闪"之后变为一颗巨大但暗淡的红巨星，与此同时地球将会在氦闪中不复存在。为了避免这种悲惨的后果，人类开始了逃亡的历程：先是制造了地球发动机使地球停止自转，然后全功率开动地球发动机使地球飞出太阳系，在飞向比邻星的过程中有计划地使地球重新自转，最终进入比邻星的轨道。故事开始于地球即将流浪之际，那时的

## 后人类视角下的科幻文学

人类不得不适应为寻求新的家园而出现的各种变化。在地球停止自转之后，人们只能深居在地球的深层洞穴中，并慨叹人类这种返祖的景象。而死亡的威胁和逃生的欲望，成为人类心上的头等大事，一切行为或者想法都是围绕着这一中心进行的，因此，其他的行为对于人类而言都是无关宏旨的，也很难引起人们的关注。相应地，逃离太阳系之前人类创作的那些作品及其所表现的情感，对于流浪时代的人类而言是不可思议的，这就是后人类时代的精神世界。还要注意的是，后人类将会面临两种主要的星球文化：以共生为进化基础的生态圈和以生存竞争为进化特征的生态圈。而后者则是多数科幻文学倾力表现的方面，即后人类会不可避免地面临着星际战争。在《流浪地球》中，地球在与吞食帝国的战争中被打败后，地球人被吞食帝国饲养起来当作食品，而且被饲养的人在饲养过程中被要求保持绝对的快乐，否则就无法被吞食帝国当成高档食品。当人类将视野面向太空的时候，人类无法在科学技术面前保持绝对的自信。人类掌握的科学技术越先进，就越发增加对自身命运的担忧。

其实，科幻文学作品中所揭示的后人类生活，是人们对当下科学技术未来走向的一种预评估。人的生物性特征、人的意识情感以及虚拟空间，科学技术都参与了建构，并直接造成后人类的出现。对此，我们需要强调的是，科学技术本身并无所谓善恶是非的问题，而对其之所以有褒贬，是因为科学技术难以离开它的使用者。从这个意义上来说，原本属于对人利用科学技术的目的、手段和方式的综合性评判，被悄悄地置换为对科学技术的片面理解。因而，科幻文学作品中在揭示了科学技术影响之下后人类的生存状况的同时，其实也伴随着关于道德、政治、情感等问题的思考与探索。

## 科幻文学中的意识形态力量

科幻文学中的科学技术成为建构作品的核心推动力量，是情节发展的推进剂，如果缺少了科学技术这一根基，那么科幻文学的特性就会泯然。《美丽新世界》故事得以展开的依据就是因为生物基因技术以及神经病理学在人类生活中的广泛使用，《流浪地球》则是依据天体物理学来推算人类的未来并展开一系列行动，《云播智慧》则是立足于数字技术与仿生技术来设计人类社会的竞争，等等。科学技术是科幻文学最典型的外壳，也是这类文学的鲜明特征。不过，基于科学技术之上的幻想使得科幻文学与其他的文学类型一样，会呈现人类生活方式，传达人们对于社会的情感、理解与认知，生成人的存在价值以及意义等观念，这就使得科幻文学带有了意识形态的力量。在科学技术得到普遍推行的社会里，人们的生产生活方式很明显地与之前有了较大区别：科技在造就一些新的生活方式的同时，也会让一部分原先的生活消逝，这就是社会转型期存在的必然现象。处于转型期的人们也会跟着发生相应的改变，他们会缅怀已逝的岁月，只是这种缅怀是与当下生活体验的比较中生成但又彼此交融在一起的。科幻文学也会很自然地捕捉到这一现象，并试图深刻化揭示人的未来。由此，人类到底是怎样的一种物种，人与其他生物之间是怎样的关系，人类所组建的社会是怎样的制度等等，这是科幻文学中探讨的重要话题，它们可以凝缩为政治、审美、伦理、道德等意识形态问题。

　　科幻文学中呈现的社会样态往往带有悲观主义的色彩，主要表现是，强调危机是未来社会的常态，人们无从找寻到自己的出路是其基本的政治意识。西方马克思主义对后工业社会的人进行审视的一个重要维度，即是从人类在科技面前被严重异化并变成单向度的人这一现实层面进行思考。他们认为，科学技术是作为一个系统在社会中发挥着统治作用，基本路径是在科学合理性的基础上，建构起社会的合理性，从而形成了科学技术对人类的合理性控制。对此，马尔库塞指出："统治不仅通过技术而且作为技术来自我巩固和扩大；而作为技术就为扩展统治权力提供了足够的合法性，这一合法性同化了所有文化层次。"质言之，就是人们屈从于为扩大舒适生活、提高劳动生产率的各种技术装置。在技术合理性之下，为了适应科学技术所设定的各种生活，人们除了正常的劳动时间，还不得不把自己的闲暇也被充分利用起来，局限在"特殊的活动范围"内，结果是失去了对自己生活进行反思的可能性。这样，本来可以使人解放的科学技术却变成了人类解放的桎梏。即便科技成为捆绑在人身上的枷锁，西哲也试图找寻如何回到人类自身的渠道，马尔库塞就指出通过"感性的解放"来完成对科技极权的反抗。感性的解放是通过想象的力量来完成，想象在诗歌、

## 后人类视角下的科幻文学

文学和艺术中"对现实加以变形""一旦超越了现实的限制,想象的事件就犯了社会道德的忌讳,它就成了反常的和颠覆性的东西了",这样,文学艺术就成为实现反抗的有效途径。按照马克思主义关于意识与存在的关系,我们不难看出马尔库塞的"感性解放"观念在具体实践上是否具有可操作性。无论如何,西方马克思主义在人类社会发展的困境中找出突破之口的尝试仍是值得肯定的。如果说,后工业社会中的人处于异化状态尚能有一些自知且有一定的"人类中心主义"的话,那么在后人类语境中,科学技术则促成了人与机器的同质性,人所面临的问题已经不再是异化的问题了,因为人与其他物种的界限此时已经荡然无存了。福山曾借用科学技术的发展与人的关联指出了后人类社会人的属性的消逝:达到相当复杂程度的机器就可能会拥有同人类一样的意识,这势必会对人这一概念产生致命的影响,其结果就是将人当成"一种硅和晶体管合成的复杂机器,像碳和神经元一样简单"。《美丽新世界》描绘了一个极权社会,这个社会通过科学技术加以全方位监控,就连思想也被预先规划好了,最可怕的是人都是在实验室培育出来的。这里的每个人表面看来都在健康快乐地生活,没有经历苦难挣扎,都在享受着快乐。只是快乐本身也是由科学技术制造出来,也受到科学技术使用者(主宰者)的监督,但是,谁来监督这些监督者,成为小说潜在的质询。但有一点可以肯定的是,小说试图揭示人类的希望的缺失、明天的渺茫,所有的人都是按照科学技术所设定的程式在行尸走肉般活着,仅仅是生物性地存在。尽管作品中还乐观地描绘了这个美丽新世界的对立面——"野人"社会,这个社会或许会让人类摆脱地狱般的境遇,如马尔库塞那般为我们找寻到突破美丽新世界的出口,但是赫胥黎却在《美丽新世界》出版二十七年之后写了《重返美丽新世界》,赤裸裸地击碎了我们的美好幻想。在《重返美丽新世界》里,赫胥黎认为《美丽新世界》并非遥不可及,相反人类社会正在加速地朝着美丽新世界方向迈进,且丝毫没有停下来的征兆。在作品的最后,作者悲悯地哀叹:"失去了自由,人就不能成为完整意义上的人,……或许现在威胁自由的力量实在是太强大了,没办法长久地抵抗下去,但不管怎样,我们的责任就是尽自己的能力进行抵抗。"如何抵抗,在赫胥黎那里只剩下一声呐喊了。后人类的时代,科幻文学为我们描绘了更为等级森严的社会,科学技术对人类全面控制，人们不可能逃逸。《云播智慧》中人类对机器中的善意程序更改，借以摧毁商业领域的有力竞争者；《流浪地球》中利用太阳裂变的科学研究，用于满足个人掌控世界的欲望等等，这些都有点像我们当下一些科技新闻报道，比如高科技武器精准杀人、病毒肆虐的政治图谋等等，它们与科幻文学一道，共同强化着人类关于未来的惶恐与不知所措，在人们内心种植了一种"恐惧的政治"。

每一时代的审美方式往往能体现这个时代的审美风尚，同时还印证所处时代的意识形态。具体来说，根据这些审美方式所提炼出来的美学概念，往往是处于那个时代的人类在与社会主流意识形态的互动中形成的观念话语，这些话语也就具有两个层面的意义：一是美学概念"与适合于那种社会秩序的人类主体性的新形式都是密不可分的"，即美学话语体现着人类的主体性表现形式；一是美学概念是社会主流意识形态在话语形式层面参与建构的结果，即美学概念是主流意识形态的表现。当然，正如福柯话语理论所涉及的，话语不仅仅是社会建构的结果，同时还参与社会的建构，因而，特定时代的美学概念是最能体现所处社会的主流意识形态的，但同时这些概念又在自觉或不自觉地强化这些意识形态。比如日常生活的审美化这一论题的出现，既可以看作是审美领域对已有社会空间与生活场所的突破，是资本主义生产方式在审美领域的全新呈现方式；同时又可以将日常生活的审美化当成是对那些曾经与大众日常生活隔离的高雅文化的一次进攻，它意在消解高雅文化与低俗文化之间的僵硬壁垒，从而实现日常生活向审美高地的进发。科幻文学的审美方式也具有了后人类的特征，它并没有试图在审美类型中区分出雅俗高低，因为这个时候的人类已经与其他生物并没有特别明显的差异，他们的审美趣味已经摆脱或者正在摆脱以人为中心这一范围。《美丽新世界》中的人的审美方式就是服用"苏摩"，并按照苏摩的服用剂量来达到不同的精神境界，"半克苏摩就能享受半个假期，一克苏摩就能度过周末，两克苏摩就能神游东方极乐世界，三克苏摩就能来到永恒的漆黑的月球世界"，这种审美娱乐方式，不再是人与人、人与自然、人与社会的关系并由不同的关系所生成的审美感受，而是关乎药物对精神的刺激达到了何种程度。之所以会这样，是因为这里的人的出生已经不再靠传统的属于人的属性的生育方式，而是在实验室如同其他生物那样被培育出来的，这就先从根基上改变了人的生活基因。同时，由实验室培育出来的这些人都被预先安排并安稳地从事固定的工作和纯粹的享乐，根本没有时间来进行思考，这就改变了审美在感性层面给予人的影响。如果硬要将这种享乐方式也当成审美的话，它只能算是一种感官刺激。波兹曼认为赫胥黎这部作品的主旨是要揭示这一窘迫的现实："人们感到痛苦的不是他们用笑声代替了思考，而是他们不知道自己为什么笑以及为什么不再思考。"人们不再思考是因为所有的时间和精力都被严重挤压，人们也就缺少了追问人的价值和意义的愿望。正如《流浪地球》中的人们被死亡的恐惧所震慑，他们所有的注意力全都集中在死亡的威胁与逃生的欲望，而那些距离他们已有四百年的电影和小说所呈现的画面——男女主人公为了爱情会痛苦或哭泣——着实令人惊奇并难以言表。所以，在他们的精神生活里，无审美、零道德就是要遵从的基本准则。刘慈欣归纳了两条宇宙社会学的公理："生存是文明的第一需要。文明不断增长和扩张，但宇宙中的物质总量保持不变。"这当然有达尔文适者生存的意味，但是，科幻文学中的人类无不面临着生死大限，如何活下去或许会变得比所有的命题都更加重要，那么，审美的问题、道德的准则想当然地都悄然褪去了颜色。所以，后人类并非不要审美，而是其所面临的境遇没有给审美留有足够的闲暇。从这个意义上来说，科幻文学中的审美形式存在与否只不过是其所处时代意识形态决定的结果。

科幻文学中的政治、审美是后人类生存境遇的必由之路以及这种境遇下意识形态的表现形式，但是政治样态及审美类型也在强化着后人类的生存境遇与意识形态，两者之间的复杂关系也使得科幻文学在表现相应意识形态的时候前后存在着抵牾。《云播智慧》中，中国的大道公司与A国的风格公司之间有着残酷的商业竞争，因而无论大道公司还是风格公司都必须要在资本的框架内展开运作。A国的风格公司为了赢取更大的利润，争夺更广的市场，注重研发消费者"情感体验"，这就是一种商业意识形态，用美学的方式加以表现。但是，坚守中国文化的大道公司却始终强调"不上资本的当，不以追求利润为第一需要，而是以构建人类社会美好未来为第一需要"。这显然与资本的要义不匹配。

## 科幻文学的补偿性机制

科幻文学所揭示的诸多意识形态，是人类现有社会意识形态的衍生与发展。人类社会作为一个共同体会遵循必要的伦理、道德，会有其特定的地球文明，只是地球文明内部并不是所有的人都会认同这种价值范式、文明类型。同样将人类文明放置在整个宇宙中来审视的话，可能就沦为一个点状化的文明，这样的文明体系是否具有兼容性、共性，是否会在星际宇宙间达成某种共识？等等类似的问题必然会引发人们的进一步思考，这或许是科幻文学中的重要母题。考虑科幻文学所涉及的其他主题，可以认为科幻文学具有明确的问题意识，即试图依托科学技术的发展，探究科学技术对人类生活正在产生以及可能产生的影响，并试图在遵循科学技术发展的逻辑层次上对现实问题做出前瞻性的、想象性的解答。在这个意义上，科幻文学对人类经验的完善遵循了补偿性机制。补偿性机制在科幻文学中体现在三个方面：警示性、想象性满足和反思性。

科幻文学中的画面场景多是触目惊心的：由实验室培育出来的人只依靠感官的刺激而活（《美丽新世界》），孤立无援的人类与地球一起在宇宙中流浪（《流浪地球》），依托克隆技术生产出来的武康十七代都重复着同样的生活（《百年守望——克隆之殇》），解决了千年虫危机的人不得不面临着万年虫、十万年虫、百万年虫的问题（《祸害万年在——千年虫，万年毒》）……类似的场景具有明显的警示性效果。文学会直面现实生活中的各种问题，科幻文学更多呈现的是科学技术带给人类的负面影响。其实，科学技术在深刻地改变着人类的生活方式和心性，然而，多数人只是沉浸其中，并不怎么考虑它的弊端，往往是采取进化论的方式来看待科技，正如新科技、高科技这样的命名就暗含了这样的内涵。当下，新的多媒体环境成为全球化信息的娱乐产业工具，随处可见人们掌控着各种电子智能设备，却不曾想到早已被各种设备所掌控；在貌似休闲娱乐中却为各种视频当着忠实的消费者，深层次的问题是，"各类信息文本以直观化的图像和视频呈现在人们面前，断裂开了人们用以思考和体悟的空间。以短视频传播为例，其囿于自身时长的限制，在适应人们快节奏消费的同时，通过片段化的内容呈现将感官刺激瞬时化"。在诸多感官刺激中，人们逐渐习惯了关于世界的信息"茧房"，也被暗示性地将自己定位在潜意识或无意识的层面，其结果就是人类思考的贫瘠。与此同时，习惯于科学技术融入日常生活中的人类，就会把这样的生活当成是理所应当的，还会将那些不适应这种生活的人当成是落伍的、多余的、"流众"。而科幻文学将科学技术对人的影响加以极端化地呈现，突出科学技术给人带来的弊端，就会给读者带来"陌生化"的效果，让人们真切地感受到科学技术并不完全是有益于人类社会的，其还存在着将整个人类摧毁的危险，因此，科学技术恰如达摩克利斯之剑始终悬置在人类的头顶，究竟是美好的未来还是可怕的厄运哪个先到都说不准。《美丽新世界》中科技改变了人类的自然形态，也试图用科技改变人的心理。作品以反讽的方式表达了科技（"苏摩"这样的精神药物和感官电影）对于人类心理改变方式的担忧。这为我们反观当今人类的生活提供了资源，也易于引起当下人的警醒。赫胥黎曾坦言："《美丽新世界》的主题并不是科技的进步，而是科技的进步对人类个体的影响。"恩格斯曾指出劳动在从猿到人转变过程中的重大意义，即不仅生成了人的肉身，同时还促成了人的心理的生成。其实，现代科技也在改变着人的自然属性，还改变着人的心理。这都需要我们审慎地面对科学技术的各种效用。

科幻文学在发出警醒的同时，往往会尝试着找寻困境的突破口，这为陷入绝境的人类提供了一种想象性满足。《美丽新世界》中文明社会里的人没有个性，没有感情，没有烦恼，等级森严。这种沉闷的气氛似乎没有打破的可能，尽管人类培育室可能会发生失误从而违背美丽社会的初衷，但并不能影响美丽社会的根基。作品找到突破口的方式就是为美丽新世界设置了参照物，即野蛮社会。尽管两个世界的交集不多，但是野蛮世界的存在就从根本上动摇了美丽新世界的独尊性，也就为避免陷入美丽新世界之类的反乌托邦社会提供了可行性。《地火》中的刘欣本意是要用气化煤理念将地底下的煤炭通过控制性地燃烧变成煤层气，从而革新煤炭工业的生产方式、改变煤矿工人的命运，结果在实验的过程中整个大煤层无序着火，陷入了生态灾难当中。如同鲁迅要在坟上平添一个花环一样，刘慈欣也在《地火》中加了花环：灾难发生的一百二十年后，人类彻底掌握了气化煤,彻底改变了煤矿工人的命运,并借用一个初中生的日记表达了对时代的思考:"我们不必留恋所谓过去的好时光,那个时候生活充满艰难、危险和迷惘;我们也不必为今天的时代过分沮丧,因为今天,也总有一天会被人们称作是——过去的好时光。"《云播智慧》中的大道公司坚持人性本善论,认为人心之所以会险恶,是因为资本泛滥造成的。为此,他们试图通过建设康养庄园来唤回人心,使得人心得以复苏。总之,科幻文学在揭示人类将面临科技所带来的可能困境的同时,总会设置一个光明的尾巴。这种叙事策略当然还是与人类中心主义的原则密不可分,既要体现科幻叙事中对于科学技术的极端化倾向,同时又要对科技的极端化保持足够的戒心和耐心,并将技术极端化的根源归结在人类自身。因而,在后人类场景的叙述中,其底色仍旧为人类中心的情怀。所以,科幻文学在用理性推测科学技术的未来面向的时候,同时又在非理性地向往一切都会按照人类的愿望前进。

科幻文学给予人的警醒是直接的,输送给人的乐观情绪也是明显的。但是,科幻文学带给我们的思索却是耐人寻味的。从后人类的视角来看,科幻文学虽然消解了人类中心主义观念,却是建立在对人本身思考的基础之上的,主要问题指向是:在科学技术高度发达的未来,人的局限性如何有限地克服。从这个意义上,科幻文学就是要从人类共同体的层面思考人类的未来命运以及伦理价值等。笛卡尔的"我思故我在"高扬人类的理性,但是,理性真的会将人类带入美好未来吗?造成对理性质疑的最明显的例子就是科学技术,科学技术是遵循着理性的原则不断发展的,但是科学技术带给社会的后果却可能是非理性的。其实人类的行为既受理性的影响,也受到非理性力量的指引,所以,理性并不能解释人类的所有行为,"理性可以解释均衡,但不能解释非均衡;理性可以解释许多常规的小决策,但无法解释非常规的大决策;理性能解释'遗传',但不能解释'变异'"。对人类的理性力量抱有审慎态度,本质上是对人类中心地位的质疑。为此,科幻文学总是从人类理性的规划出发,结果却是面对一个违背人类意愿的未来。正如生物医药的发展,它确实在减低病痛与苦楚使人健康生活方面发挥了积极作用,但却会使人类丧失多少美好的品格。《流浪地球》中的人与人之间缺乏了应有的爱情与亲情,一切都是冷漠的;《美丽新世界》

中的人类在药物的帮助下将信仰当成真正的知识，无法真正地认识到自己的问题；何夕的《假设》中就指出，童年时代的人类因为没有掌握足够的科技，所以他们的内心会有天堂的存在，会对一切都抱有憧憬和崇敬；当人类掌握了科学技术之后，天堂却在科学技术面前消失了。《云播智慧》中面对现代科技的无序发展，人们只能在传统文化中去寻求解决方略。科幻文学建立于科学技术之上，预测科学技术的必由之路以及它可能带来的危机、混乱和痛苦，从而给当下的人类以深刻反思，让人类在奔向未来的路途中提供一些可能的选择。

科幻文学在表现后人类的生存样态的基础上，揭示后人类生活中的意识形态力量，从而给当下以深刻反思。科幻文学前瞻性地对当下的科学技术未来之途表明了批判立场，从而具有了较强的现实主义色彩。特别是通过警示与安慰旨在引发人类对自身的重新理解，确立人在社会、宇宙中的坐标，科幻文学让人类在整个世界图景面前筹划着却又自省地走向未来。或许止庵说得对："在'舒服'与'受苦受难'之间，人们很容易做出自己的选择。虽然《美丽新世界》写的是非人世界，它却仿佛植根于人性之中，更像是我们发自内心对于未来的一种期待。"

# 1946年丁玲创办《长城》杂志释考

/杜 鹃

丁玲兼有作家与编辑的双重身份。关于丁玲的编辑活动，已有许多研究者关注和研究了其主编的《红黑》《北斗》《解放日报》（文艺副刊）及《中国》等杂志，但1946年创办的《长城》月刊并未得到重视。丁玲创办、编辑《长城》的工作在她的传记中有所提及，《中国解放区文学史》《建国前中国共产党报刊研究》等也有一些史料性叙述，均较为简略，如《中国解放区文学史》中对《长城》的研究主要涉及创刊时间、编辑方针、代表作品及代表作者等方面[1]，相对简单。整体而言，目前研究者对《长城》杂志的创办及内容表述模糊，甚至出现讹误。本文依据《长城》杂志及相关史料，拟补正上述语焉不详和讹误之处，进而推进丁玲编辑思想研究。

## 《长城》（文艺月刊）由哪家机构创办

关于《长城》（文艺月刊）杂志，许多版本的丁玲传记或评传中均有提及，但关于创办机构表述不同，主要有三种观点。

一种观点认为《长城》由全国文艺界协会张家口分会主办。如：李向东、王增如在《丁玲传》中写道："7月，全国文协张家口分会创办《长城》，丁玲出任主编，在7月20日出版的创刊号写了《"海燕"行》。6

---

[1] 刘增杰：《中国解放区文学史》，河南大学出版社，1998，第107页。

## 1946年丁玲创办《长城》杂志释考

月26日，国民党空军上尉参谋刘善本驾驶 B-24 轰炸机执行任务途中，毅然弃暗投明飞往延安，丁玲把他比喻为飞向自由和平的海燕。丁玲想把刊物好好办下去，但由于战事吃紧，张家口失守，《长城》只出了两期。"①这里对丁玲1946年主编的《长城》进行了简略介绍。

另一种观点认为《长城》由华北文联创办。枚举数例，如宗诚的《风雨人生——丁玲传》中这样叙述："丁玲、陈明还与成仿吾、沙可夫等同志筹组华北文联，陈明担任文联秘书，再次发挥他的组织才能，丁玲负责主编大型刊物《长城》。生活节奏快速转动，每天都处于兴奋当中。"②丁言昭的《丁玲传》写道："7月，主编华北文联文艺刊物《长城》。"③杨桂欣的《丁玲评传》："7月，华北文联成立，丁玲主编文联的综合性文艺刊物《长城》，写短论《海燕行》和《编后记》，同时发表在《长城》创刊号上，指出：'刊物取名《长城》，是中国人民在和平、民主、独立的目标上团结起来，保卫革命胜利的意思。'"④石潇纯的《缘定今生辙——丁玲和她的编辑生涯》中写道："丁玲、陈明、成仿吾、沙可夫等筹组张家口文联，陈明担任文联秘书长，丁玲负责主编大型刊物《长城》。这是一个文艺的综合刊物，主要发表理论批评和创作翻译等稿件。……"⑤在其附录《丁玲编辑工作年表中》又写道："1946年7月，华北文联成立。主编华北文联综合性刊物《长城》，写短论《海燕行》和《编后记》，同时发表于7月20日《长城》创刊号。"⑥还有其他，不一一赘述。

第三种观点认为《长城》是晋察冀边区文联创办的杂志。《丁玲全集》第十一卷中丁玲在《东行日记（一九四七五月十五日——五日二十九日）》五月十五日的日记中写道："李冰亦同伴返回安国，他是沙可夫、艾青派

---

① 李向东、王增如：《丁玲传》，中国大百科全书出版社，2015，第350页。
② 宗诚：《风雨人生·丁玲传》，中国文联出版公司，1988，第206页。
③ 丁言昭：《丁玲传》，复旦大学出版社，2011，第273页。
④ 杨桂欣：《丁玲评传》，重庆出版社，2001，第243页。
⑤ 石潇纯：《缘定今生辙——丁玲和她的编辑生涯》，湖南人民出版社，2005，第139页。
⑥ 同⑤，第245页。

来创办《长城》。"①编者给《长城》的注释为："晋察冀边区文联主办的杂志"②。

丁玲、陈明也曾论及此事。陈明在回忆录中说："于是，大家筹备成立文联，出版刊物，丁玲这期间经常出去演讲，也写文章，编辑出版一期《长城》。"③丁玲在《致中共中央组织部》的信中写道："一九四六年到宣化采访材料，与逯斐、陈明合写三幕话剧《窑工》，同时在华北局领导下，同时筹组华北文联和主编文艺刊物《长城》。"④丁玲和陈明均未说明《长城》具体是哪个机构创办。

《长城》（文艺月刊）究竟是哪个机构创办的？笔者通过查阅相关史料，认为"华北文联"和"晋察冀边区文联"是不确实的。理由如下。

一是，《长城》杂志中明确写道，"编辑：中华全国文艺协会张家口分会[长城社]。"如图（这幅图来自《长城》创刊号的刊物说明，位于"征稿简约"之后）所示：

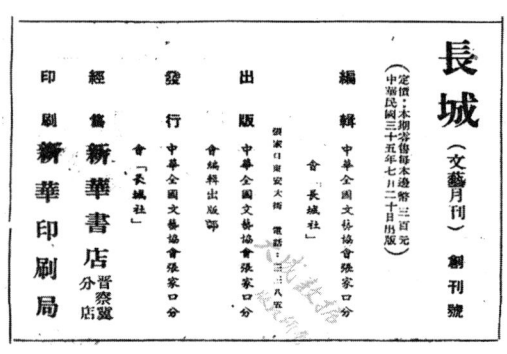

二是《解放日报》关于《张市成立文协分会》的报道："全国文艺协会张家口分会，于本月廿四日假华北联大礼堂举行会员大会。正式宣告成立。是日到会有作家、诗人、木刻、漫画、音乐艺术家及来宾百人。会议通过帮助与奖励文艺创作、组织群众业余文化活动、出版文艺刊物、丛

---

① 张炯：《丁玲全集（第十一卷）》，河北人民出版社，2001，第330页。
② 同②，第330页。
③ 陈明：《我与丁玲五十年——陈明回忆录》，中国大百科全书出版社，2018，第90页。
④ 张炯：《丁玲全集（第十二卷）》，河北人民出版社，2001，第95页。

**1946年丁玲创办《长城》杂志释考**

书等提案十六件。选丁玲、沙可夫、吕骥、丁里、艾青、萧三、成仿吾等二十三人为理事。"①其中,出版文艺刊物的提案为后面创办的《长城》(文艺月刊);而《晋察冀日报》关于《边区文联正式成立》的报道中写道,"本报讯:边区文化界抗日救国联合会——文联成立代表大会,已于本月十六日上午隆重举行开幕典礼"②。晋察冀边区文联成立于1941年,主办《长城》是误谈。

三是《延安文艺档案·延安文学》(第三十一册)③、《晋察冀文艺史》④《二十世纪中国文学编年》⑤等史料著作中介绍到《长城》,明确指出,《长城》杂志是中华全国文艺界协会张家口分会主办的一个大型文艺刊物。1946年7月创刊,由丁玲主编。通过查证,尤其是刊物的说明,再加上这些史料著作,可以得出结论《长城》是由中华全国文艺界协会张家口分会所创办的机关刊物。

那么,丁玲研究中经常被提及的"华北文联"是怎样的机构?姜德明认为"所谓华北文联,那是1948年8月,晋察冀边区文联和晋冀鲁豫边区文联合并以后成立的华北文艺界协会,地点不在张家口,在石家庄的冶河镇,刊物主编是欧阳山"⑥。这里有一处疑问,华北文联是哪个团体?晋察冀边区文联和晋冀鲁豫边区文联合并以后成立的是不是华北文联?

《中国社团党派辞典》中明确指出:"华北文艺界协会,简称华北文协。第三次国内革命战争时期解放区的文艺团体。1948年8月8日,由晋察冀边区文联和晋冀鲁豫边区文联联合组成。该会提出今后文艺工作的任务:'必须更多更好的反映人民解放战争,反映土地改革,反映生产建设,并学习描写工业的主题''大力推动普及工作,文艺与广大群众的联系。'

---

① 《张市成立文协分会》,《解放日报》1946年5月4日,第2版。
② 《边区文联正式成立》,《晋察冀日报》1941年6月20日。
③ 王巨才主编《延安文艺档案·延安文学·延安文学组织》,太白文艺出版社,2015,第529页。
④ 王剑清、冯健男:《晋察冀文艺史》,中国文联出版公司,1989,第44页。
⑤ 卓如、鲁湘元:《二十世纪中国文学编年:1932—1949》,河北教育出版社,2013,第1136页。
⑥ 姜德明:《余时书话》,四川文艺出版社,1992,第1136页。

……同年 12 月创刊机关刊物《华北文艺》。"① 还有 1948 年 9 月 24 日《人民日报》关于《华北文艺界协会成立纪事》的报道:"会上正式宣布两区文联合并,成立统一的华北文艺界协会,并通过其章程,选出理事……"②

另外,笔者还翻阅了其他相关史料,包括《河北新文学大系》《河北革命历史大事记》及欧阳山等人的回忆文集等,都未见"华北文联"之说,也未找到其具体所指,迄今难明。但可以确定的是,晋察冀边区文联和晋冀鲁豫边区文联合并,有"华北文协"的简称,但并无"华北文联"之称,而《长城》也不是华北文联主办的。所以,"华北文联"这种说法是不准确的。

由此,可以得出结论,《长城》是 1946 年由中华全国文艺界协会张家口分会 [ 长城社 ] 创办,丁玲主编。而丁玲传记中屡屡出现的"华北文联"是讹误,且"华北文联"也不是晋察冀边区文联和晋冀鲁豫边区文联合并之后的简称。

## 《长城》(文艺月刊)的作者及稿件分析

1945 年,丁玲、陈明、杨朔等延安作家,经中共中央办公厅批准,组成延安文艺通讯团,拟经晋绥解放区,步行去东北,沿途采访写作,宣传抗战胜利形势,争取民主与和平,反对独裁与内战。因战事紧张,这些作家在张家口停留,开展了多种文艺工作,大大丰富了张家口的文艺活动,也让张家口文艺呈现了新的面貌和风采。《长城》(文艺月刊)便是其中之一。

《长城》的创办是题中之义。1945 年抗战胜利后,"大批作家、艺术家从延安来到张家口,开展艺术教育,发展工人文艺,进行旧剧改革,开展创作运动……"③ 美国新闻记者柯莱报道称"张家口已形成文化城。……文

---

① 张光宇主编《中国社团党派辞典》,陕西人民出版社,1992,第 104 页。
② 《华北文艺界协会成立纪事》,《人民日报》1948 年 9 月 24 日。
③ 张学新:《晋察冀文艺运动大事记(1937.7—1948.2)》,《新文学史料》1985 年第 4 期。

## 1946年丁玲创办《长城》杂志释考

艺家、诗人、舞蹈家及音乐家络绎而至……"①为了便于组织开展工作，在张家口的文艺团体和文艺工作者便发起成立中华全国文艺界协会张家口分会。创办分会后，为了更好地与革命形势相呼应，提升张家口及解放区的文艺水平，将创办机关刊物提上日程。创办《长城》是中华全国文艺协会张家口分会的重要文学活动及文学实绩之一，丁玲因编辑《红黑》《北斗》及《解放日报》（文艺副刊）等杂志，有着丰富的编辑经验，因此担任编辑部部长，主编《长城》（文艺月刊）。

《长城》（文艺月刊），又被称为《长城》（1946）、《长城》（张家口）。该杂志共出版两期，分别为创刊号（1946年7月20日）和第一卷第二期（1946年8月），后来由于内战爆发，"8月23日中共晋察冀分局向全边区军民发出号召书，指出：蒋介石发动大规模内战，企图进犯张家口……边区文艺工作者纷纷深入自卫反击战前线，进行采访和慰问演出……10月11日我军撤离张家口，边区文联随边区政府迁至阜平县……"②

中华全国文艺协会张家口分会也随之解散，所以《长城》只出了两期。《长城》为十六开本，风格朴素。封面由著名美术家江丰设计，"长城"二字为繁体为白底黑字，第一期刊名下方全为红色，共六十二页；第二期刊名下方全为黄色，共七十一页。丁玲任主编，丁里、艾青、江丰、沙可夫、康濯、萧三等组成编委，程钧昌担任助理编辑，新华书店晋察冀分店经售。"刊物取名《长城》，是中国人民在和平、民主、独立的目标上团结起来，保卫革命胜利的意思。因为才创刊，外面来稿不多，这期发表熟人的作品比较多，我们希望以后尽可能多发表新人的作品。"③

丁玲在《长城》创刊号中发表《编后记》，首先谈道："这个刊物筹备了很久，现在终于出版了。"丁玲所说的"筹备很久"，一是可见对《长城》的重视程度；二是可见《长城》筹备过程较长。这主要与中华全国文艺界协会张家口分会的筹备、成立过程有关。《晋察冀日报》1946年3月

---

①《张市已成文化城》，《解放日报》1946年8月5日，第2版。
②张学新：《晋察冀文艺运动大事记（1937.7—1948.2）》，《新文学史料》1985年第4期。
③张炯：《丁玲全集（第九卷）》，河北人民出版社，2001，第44页。

31日中的报道：全国文协张市分会"1946年3月28日向张家口文艺界提议成立中华全国文艺界协会张市分会，29日张市文艺分会发起人集会，推出沙可夫、丁玲、丁里、江丰、周巍峙五人组织筹备会，负责登记会员及成立大会筹备事宜"①。《解放日报》1946年5月4日第2版《张市成立文协分会》的报道："全国文艺协会张家口分会于1946年4月24日成立。"②随后，《解放日报》1946年5月11日的报道《张家口文协分工确定》："中华全国文艺界协会张家口分会，于日前召开第一届理事会第一次会议，推选沙可夫、丁玲、萧三、吕骥、艾青、江丰、丁里、张庚、周巍峙等九人为常务理事，主任沙可夫，编辑出版部部长丁玲，研究部部长萧三。"③之后，在《晋察冀日报》创办副刊，共一百三十一期。《晋察冀日报》副刊文艺性较强，综合性较弱，不符合张家口分会的综合性要求，创办刊物还未真正实现。直到1946年7月，才创办了分会的机关刊物《长城》（文艺月刊）。从筹备到《长城》创刊，持续了四个月，创办张家口分会机关刊物的提案才得以实现。所以，笔者认为，丁玲"筹备很久"的说法来源于此。《长城》两期具体目录整理如下：

《长城》创刊号及第二期目录

| 题名 | 作者 | 时间 | 页码 |
| --- | --- | --- | --- |
| 蒋家打手 | 毕明 | 创刊号 | 2-3 |
| 从美国希望中国发展玩具业说起 | 萧三 | 创刊号 | 4 |
| "海燕"行 | 丁玲 | 创刊号 | 5 |
| 论赵树理的创作 | 周扬 | 创刊号 | 6-10 |
| 鸡毛信 | 华山 | 创刊号 | 11-23 |
| 编后记：这个刊物筹备了很久，现在终于出版了…… | 丁玲 | 创刊号 | 23 |
| 释新民主主义的文学 | 艾青 | 创刊号 | 24-26 |

---

① 其中写道："边区文联常委会于28日11时举行例会，决议向张家口文艺界提议成立中华全国文艺界协会张市分会，当场推出沙可夫、丁玲、周巍峙分别争取意见。……（又讯）张市文艺分会发起人于29日集会，推出沙可夫、丁玲、丁里、江丰、周巍峙五人组织筹备会，负责登记会员及成立大会筹备事宜。"

② 《张市成立文协分会》，《解放日报》1946年5月4日，第2版。

③ 《张家口文协分工确定》，《解放日报》1946年5月11日，第2版。

# 1946年丁玲创办《长城》杂志释考

续表

| 题名 | 作者 | 时间 | 页码 |
| --- | --- | --- | --- |
| 记李春林：人民代表画像之一：[诗歌] | 李雷 | 创刊号 | 27—28 |
| 看见妈妈：行军散歌之五：[诗歌] | 贺敬之 | 创刊号 | 29 |
| 狐：白的原野：雪早已停止了…… | 谢挺宇 | 创刊号 | 30—36 |
| "古元木刻选"序 | 艾青 | 创刊号 | 37—38 |
| 古元木刻两帧：马锡五调解婚姻案 |  | 创刊号 | 39 |
| 王朝闻塑像二座：毛主席像 |  | 创刊号 | 40 |
| 哈尔滨通讯 | 刘白羽 | 创刊号 | 41—44 |
| 苏维埃文学的杰出作品 | （苏）吉洪诺夫克夫 | 创刊号 | 45—47 |
| 张市文坛零讯 |  | 创刊号 | 47 |
| 皇帝眼中的农民生活 | 徐懋庸 | 创刊号 | 48—50 |
| 北平在烈日蒸腾下 | 洪右举 | 创刊号 | 48—50 |
| 五月之夜 | 王林 | 创刊号 | 51—54 |
| 铁路工人之歌[歌曲] | 萧三 焕之 | 创刊号 | 55 |
| 狗：人物：老二混…… | 秦兆阳 | 创刊号 | 56—62 |
| 保卫抗战胜利的果实 | 可夫 | 第2期 | 2 |
| 历史的号召 | 欧阳凡海 | 第2期 | 3 |
| 胜利永远属于人民 | 于力 | 第2期 | 4—5 |
| 把握战斗的主题 | 康濯 | 第2期 | 5 |
| 赶车（又名"减租记"） | 田间 | 第2期 | 6—24 |
| 张垣文艺零讯（续） |  | 第2期 | 24 |
| 下煤井 | 凤夏 | 第2期 | 25 |
| 民兵在战斗：[画图] | 刘梦天 | 第2期 | 26 |
| 论秧歌剧的创作和演出 | 艾青 | 第2期 | 27—31 |
| 关于秧歌剧的几个问题 | 水华 | 第2期 | 32—34 |
| 这伙人 | 柳杞 | 第2期 | 35—41 |
| 死蝎子活毒 | 王林 | 第2期 | 40—48 |
| 老婆嘴退租 | 束为 | 第2期 | 49—50，69 |
| 素描内蒙古 | 陈学昭 | 第2期 | 51—53 |
| 官场古今录 | 何干之 | 第2期 | 54—57 |
| 堡垒 | 康濯 | 第2期 | 58—69 |
| 英雄查巴也夫走遍了乌拉尔（歌曲） | A·阿列克山德罗夫遗作，朱子奇译 | 第2期 | 70—71 |

《长城》虽然只有短短两期,但从这个目录列表来看,有一些值得关注的地方。一是作者的来源。丁玲在《编后记》中谈道:"因为才创刊,外面来稿不多,这期发表熟人的作品比较多,我们希望以后尽可能多发表新人的作品。"[1] 在创刊号中可以集中看到丁玲、周扬、艾青、沙可夫等延安代表作家的文章,也就是丁玲所说的"熟人",这些都是停留在张家口的延安文艺工作者,是丁玲在延安时期的旧相识。从第二期开始,刊载了一些青年作家的作品,如柳杞等。这些"新人"主要来自在延安学校学习之后,来到晋察冀根据地,开始写作的一些青年同志,还有一些张家口的青年和一些来自暑假文艺讲谈会[2]中的文艺爱好者。可见,《长城》既刊载名家的作品,也重视发现和培植青年作家。二是丁玲提道:"这是个文艺的综合刊物,欢迎文艺各部门的理论和批评、创作和翻译的稿件。"[3] 的确如此,《长城》是一份综合性刊物,诗歌、小说、通讯、报告文学、文学理论、译介作品、雕像、歌曲等都涵盖其中,综合性较强。从刊载内容看,以文艺创作为主,兼顾评介及其他。三是丁玲在《编后记》还谈道:"理论希望是从实践过程中所体会到的规律和经验,这样才能指导实践。创作希望是通过艺术形象正确地反映现实的作品,我们尤其欢迎真正大众化的作品(像你第一期刊载周扬同志一文中所提倡的赵树理的那样的作品)。"[4] 这本杂志践行了丁玲的办刊思想,注重联系现实生活和适应群众的需要,像华山、康濯的小说,田间的长诗,刘白羽、李雷的报告文学,艾青、水华的秧歌剧研究等,深入群众中,广受好评。四是《长城》刊载的文艺评论文章多为对解放区文艺的总结,像周扬的《论赵树理的创作》、艾青《释新民主主义的文学》、沙可夫的《保卫抗战胜利的果实》等文章。首先是践行毛泽东《在延安文艺座谈上的讲话》的要求,通过对解放区文艺的总结,来提高解放区文艺与《讲话》精神的契合;其次是内战爆发,文艺的任务随政治形势而变化,主要是唤起民众,维护和平,推进新民主主义

---

[1] 丁玲:《编后记》,《长城》(文艺月刊)1946年第1期。
[2] 1946年8月中华全国文艺协张家口分会与鲁迅学会联合举办,帮助爱好文艺的青年自修学习。
[3] 丁玲:《编后记》,《长城》(文艺月刊)1946年第1期。
[4] 张炯:《丁玲全集(第九卷)》,河北人民出版社,2001,第44页。

文艺的发展。这与分会的宗旨是一致的，分会会章提道："本会以团结全国文艺界，巩固国内和平，推进新民主主义运动，并保障文艺工作者之权益为宗旨。"五是《长城》刊载的稿件大部分来自名家的约稿，整体水准较高，且许多文章都是首发，成为解放区文艺研究的重要材料，像周扬的《论赵树理的创作》、艾青《释新民主主义的文学》等文艺评论，《鸡毛信》等小说，田间的《赶车》等诗歌。这些文章都成为解放区文艺史上重要的文章，也可窥见这份杂志在当时的影响力。

## 《长城》与丁玲的报刊编辑理念

编辑是丁玲的重要活动之一。她在自传中，写道："我一生当过编辑，编辑过党报副刊、文艺杂志、基层单位黑板报、墙报、油印的小报……"①《长城》之前，她担任《红黑》《北斗》《解放日报》（文艺副刊）等编辑工作，之后主编了《文艺报》《中国》等，有着丰富的文学刊物编辑经验。与这些期刊相比，《长城》（文艺月刊）虽只有两期，但研究价值和意义不容小觑。

《在延安文艺座谈会上的讲话》发表之前，丁玲主编了《解放日报》（文艺副刊），共一百零二期，后由舒群接任主编。丁玲主编的《解放日报》（文艺副刊）不论是文章的质量还是数量，引人注目。丁玲从1941年10月23日发表《我们需要杂文》，到1942年2月《解放日报》（文艺副刊）连续刊载了一系列反映生活阴暗面的杂文，像艾青《了解作家，尊重作家》、丁玲《"三八"节杂感》、罗烽《还是杂文的时代》及讽刺画展等，引发了延安的杂文热。其中，影响最大的是丁玲的《"三八"节杂感》和王实味的《野百合花》《政治家艺术家》，引起毛泽东等领导人的关注。1942年5月，延安文艺整风运动开始，毛泽东发表了《在延安文艺座谈会上的讲话》（以下称为《讲话》）。《讲话》中论述了文艺为谁服务、普及与提高、文学的批评标准等内容，涉及革命立场、态度、革命对象等问题，确定了解放区的文学规范，对1942年后的中国文学产生了深远影响。

---

① 汪洪：《左右说丁玲》，中国工人出版社，2002，第2页。

在延安文艺整风运动中，丁玲在《文艺界对王实味应有的态度和反省》中谈道："《野百合花》是发表在党报的文艺栏，而那时文艺栏的主编却是我，我并非一个青年或新党员。马马虎虎发表了这样反党的文章在党报副刊上，是我最大耻辱和罪恶。我永远不会忘记这错误，我要时时记住作为自己的警惕。"①此时，丁玲对《解放日报》（文艺副刊）一度推行"杂文"热的编辑活动充满了反省。更重要的是，丁玲的《"三八"节杂感》是被批判的文章之一，但丁玲对《讲话》十分认可，在多种场合表达了自己对照《讲话》精神的自我批判意识："毛主席在文艺座谈会的讲话中，提到了许多重大问题、根本问题，也提到写光明与黑暗的问题。每个问题都谈的那样透彻、明确、周全，我感到十分亲切、中肯。我虽然没有深入细想，但是我是非常愉快地、诚恳地用《讲话》为武器，挖掘自己，以能洗去自己思想上从旧社会沾染的污垢为愉快，我很情愿在整风运动中痛痛快快洗一个澡，然后轻装上阵，以利再战。"②之后，丁玲在1944年创作了《田保霖》，得到了毛泽东的称赞："丁玲到工农兵中去了；《田保霖》写得很好，作家到群众中去就能写好文章。"③丁玲受到了鼓舞，"我明白，这是毛主席在鼓励我，为我今后到工农兵中去开放绿灯……"④纵观丁玲《讲话》之后的文谈，清晰可见其对《讲话》精神的高度认可和赞同，并坚定不移地在文学活动中贯彻、落实《讲话》精神，《长城》也不例外。

1946年，丁玲来到张家口之后，积极投身到农村运动中，积极申请参加农村土改运动，深入工农兵的生活中，这为《太阳照在桑干河上》积累了素材，这是丁玲对《讲话》精神的践行。而《长城》是期刊的实践，既有对《解放日报》（文艺副刊）的反思，也有对《讲话》精神的践行。

《长城》创刊后，丁玲在《编后记》中一再强调："理论希望是从实践过程中所体会到的规律和经验，这样才能指导实践。创作希望是通过艺术形象正确地反映现实的作品……"⑤刊物体现了丁玲的这些要求，她运用

---

① 张炯主编《丁玲全集（第七卷）》，河北人民出版社，2001，第73页。
② 同①，第281页。
③ 同①，第285页。
④ 同①，第285页。
⑤ 丁玲：《编后记》，《长城》（文艺月刊）1946年第1期。

## 1946年丁玲创办《长城》杂志释考

《讲话》精神来创办刊物、指导刊物建设。一是立足群众，坚持大众化的创作方向，重视文学艺术的普及性。《长城》刊载的文章，尤其是文艺创作，都是适应群众需求和反映群众生活的作品，如田间的《赶车》、华山的《鸡毛信》、李雷《记李春林》等都是被群众熟知的作品，还刊发周扬的《论赵树理的创作》，鼓励作家向赵树理学习，创作大众化的作品。这些都体现了刊物的大众化的立场。二是坚持文学来源于生活。"革命的文艺，应当根据实际生活创造出各种各样的人物来，帮助群众推动历史的前进。"①《长城》鼓励从生活中汲取的作品，像丁玲、王林的散文，萧三、何干之的杂文、古元木刻、插图等，从内容到形式都反映与生活的联系，反映了人民生活和精神面貌，这也是《长城》的征稿标准之一。三是与时代、政治紧密联系，反映时代，适应时代。萧三的《从美国希望中国发展玩具业说起》从1945年美国鼓励中国发展玩具业说起，认为中国人民才是中国的主人，外国无权干涉中国该发展什么产业。毕明的《蒋家打手》、于力的《胜利永远属于人民》等直击内战的本质，号召人民起来战斗，在中国共产党领导下，一定会取得胜利。

作为编辑活动，《长城》（文艺月刊）体现出丁玲主体意识的变化。作为丁玲在整风之后的期刊活动，《长城》虽只有两期，但编辑个人的主体意识明显削弱，大众化需求着重体现，与政治的结合更明确，更符合群众的需求。从《编后记》《"海燕"行》到刊发的文章都体现出丁玲对《解放日报》（文艺副刊）反思和对《讲话》精神的实践。

所有刊载的文章中，周扬的《论赵树理的创作》值得重视。这篇是关于赵树理评论中不可忽视的重要文章，"周扬将赵树理的创作提升到了一个前所未有的政治高度"②。这篇文章写于1946年，《周扬文集》、《二十一世文学理论资料》（四）等著作中，都选择了1946年8月26日《解放日报》的刊载，两者内容没有任何差异。但明显《长城》的刊载要早于《解放日报》，一方面可见这份杂志对《讲话》的践行，丁玲也一直强调这份杂志欢迎大众化的作品，像赵树理的作品那样。如果说周扬发现了赵树理

---

① 毛泽东：《在延安文艺座谈上的讲话》，《解放日报》1943年10月19日。
② 李扬：《"赵树理方向"与〈讲话〉的历史辩证法》，《文学评论》2015年第4期。

与《讲话》精神的一致性，那么，《长城》作为全国文艺界协会张家口分会创办的刊物，对赵树理作品的肯定不单促进了赵树理作品在晋察冀的影响，更在一定程度上也推动了赵树理与《讲话》精神的契合。另一方面，也为研究丁玲和周扬的关系提供佐证。"据黎辛回忆，在延安时期，丁玲对周扬印象就不好。"①1946年，不仅是丁玲等作家，像周扬也离开延安，来到晋察冀根据地，担任宣传部部长，交集不多，矛盾还未暴露出来，虽然丁玲私下对周扬表示不满。我们看到这篇对周扬很重要的文章发表于《长城》就是一个证实，丁玲认可了周扬对赵树理"大众化"的评价，从根本上说，这并不是对周扬个人的认可，而是对《讲话》精神的认可。两人真正的矛盾始于《太阳照在桑干河上》完成之后。

《长城》是1946年解放区的文艺实绩，但学界对《长城》的重视程度一直不够，仅停留在"提及"的层面，有几方面原因。一是战争原因。由于内战爆发，张家口形势紧张，《长城》仅有两期，刊物时间较短，且战争阻隔了《长城》的传播范围。二是文章原因。由于《长城》刊发的文章，有的被其他重要刊物转载，如周扬的《论赵树理的创作》在《解放日报》和《新华文摘》等刊发，对《长城》的首发也就有所忽略。还有一些作品在后面被多次修改，如田间的《赶车》《赶车传》几经易稿，《长城》刊载的是最初版本，经过三次修改，我们之后看到的都是最后一版。华山的《鸡毛信》，后被改编为电影和连环画等，电影和连环画影响很大，造成了对《长城》的忽视，遮蔽了其重要性。三是地域性原因。在两期《长城》中，以晋察冀根据地的文艺活动为主，地域性较强。四是《太阳照在桑干河上》的遮蔽。丁玲从延安来到张家口之后，主动申请参加土改运动，积累了大量的土改素材，为《太阳照在桑干河上》的写作打了基础。在张家口的文学活动中，学界集中关注了这部小说的创作情况，忽视了其他的文学活动，如《长城》的编辑活动。

"丁玲一直处在20世纪中国革命的中心位置"②。丁玲编辑《长城》的实践活动，不仅是反思《解放日报》（文艺副刊）的结果，也是践行《在

---

① 秦林芳：《丁玲与周扬》，《书屋》2005年第6期。
② 贺桂梅：《丁玲非常重要》，《光明日报》2015年7月28日。

## 1946年丁玲创办《长城》杂志释考

延安文艺座谈会上的讲话》精神的自觉体现,表现出丁玲"强烈的现代知识分子的批判意识和情绪逻辑"[①]。《长城》是丁玲的编辑生涯及编辑思想的重要组成部分。通过对《长城》的考释及分析,可发现丁玲"编辑"的这一社会身份得到了革命实践的认可,这是她经过整风运动改造之后,努力在矛盾中向主流意识靠近,达成一致的结果,《长城》编辑的独特性也正体现于此。丁玲利用"编辑"这一身份,不断地在弥合其个性思想与主流意识之间的缝隙,体现了一代知识分子的复杂性。

---

① 贺桂梅:《知识分子、女性与革命——从丁玲个案看延安另类实践中的身份政治》,《当代作家评论》2004年第3期。

# 网络文学作家新生态研究

/杜海燕

网络文学自 2020 年以来进入全面市场化,付费阅读市场的竞争热度不减,作品 IP 价值开发成为资本投资争夺新一轮热点。热门作品被进一步开发出"书漫影音游"的价值产业链。部分作家通过作品的 IP 价值转化获得丰厚的版权收益,其示范效应带来了网络文学作者和作品两者数量上的激增。在作家群体中,1995 年后出生的作家正成为主力军,平台上的网络作家被人为划分为"新作家""成长期作家"和"知名作家",不同类作家收入悬殊的现象日渐突出。近两年的作品在主题选取、情节设计、人物塑造等三方面呈现出游戏机制影响下的写作新模式,折射了新时代青年心理世界的新特征。网络文学还存在着被市场过度操控引发的系列问题。这些新现象新问题共同构成了网络文学的新生态。

## 作家、读者与平台的新互动关系

### 一、付费阅读与 IP 产业链形成

2003 年,起点中文网率先付费阅读,引起诸多网络文学平台效仿。2017 年阅文集团依托付费阅读板块成功上市,该板块的升值空间引起关注。2020 年网络文学读者数量急剧增加,60% 的作品实行付费阅读。据《2020 年中国网络作品蓝皮书》显示,当年网络文学读者数量突破 4.67 亿人,人

均阅读量同比增长15.6%，达十五部左右。①2021年付费阅读拓展至海外用户，截至当年6月国内读者阅读网络作品的占比为45.6%，海外用户规模达到1.45亿人，2021年付费阅读市场收益接近416亿元。②付费阅读板块成为市场争夺热点。2021年1月今日头条入股掌阅科技，百度、腾讯和阅文同时入股中文在线，2月B站入局，而知乎则将发展重点放在付费阅读板块。

自2020年开始，网络文学"书漫影音游"的IP价值产业链成为跨界投资的新领域。网络文学的IP价值开发除传统影视剧改编外，还包括实体书出版、漫画、动画、网剧、广播剧、有声书以及周边纪念品等衍生品。2020年网络文学拉动的IP市场，收益总额为1万亿元。③2021年仅阅文集团IP运营收益就达17.4亿元，比2020年增长了129.8%。以作品为例，巫哲作品《撒野》改编的漫画于2021年1月在快看漫画平台独家连载，漫剧2021年7月上线，点击量迅速破百万。《凡人修仙传》同名动画2021年上线，共有6.9亿的播放量，追剧人数达到545万。更忠实于原著的广播剧市场异军突起，2020年单部最高收益超过1000万。配音演员现场表演、线下见面会等系列活动，形成了随作品衍生的IP产业分支链条。自媒体也加入IP链的矩阵中，B站有专门介绍网络作家和作品的UP主，抖音、快手等APP有依靠作品造型、角色模仿成名的网红。这些都是网络文学拉动IP市场的分支链条。

网络文学IP价值产业链广阔的盈利空间，已然成为2020以来资本跨界投资重点布局的领域。例如网络文学领军企业咪咕、晋江都自2020年开始，将IP孵化作为业务发展重点；网络媒体腾讯提出了结合阅文、新丽打造"三驾马车"的大IP生态理念。至此，网络文学开启了付费阅读与IP价值产业链跨界开发双热点的新生态时代。

---

① 中国作协网络文学中心：《2020中国网络文学蓝皮书》，《文艺报》2021年6月2日。
② 艾瑞咨询：《2021年中国网络文学出海研究报告》，文化产业参考网，https://neothinks.com/data/4325/，访问日期：2022年2月22日。
③ 中国作协网络文学中心：《2020中国网络文学蓝皮书》，《文艺报》2021年6月2日。

## 二、作家数量激增与年轻化

网络文学 IP 价值产业链让一部作品实现了"书漫影音游"的多效使用,为部分作家提供了丰厚的版权收入;媒体借机造势,将作家明星化,这种名利双收的示范效应,让网络文学新作家和新作品的数量激增。据《2020 中国网络文学发展报告》统计,2020 年网络文学作家累计超过 2130 万人,累计创作了 2905.9 万部作品。①

作家群体不但增量快,还呈现年轻化趋势,"95 后"已经成为作家群体的主力军。据阅文集团统计,2021 年网络文学新增作家"95 后"数量占八成,网络文学"榜样作家"一半是"95 后",新晋"大神级"作家近三成是"95 后"。

审视 2020 年以来的网络文学,作家数量激增现象的背后,还包含了身份来源的广泛性。超过 2130 万的作家群体绝大多数为非专业作家,其职业几乎囊括了所有行业,这种广泛性为文学创作开辟了新天地,提供了艺术表达的多种可能性。

新生态中的网络文学必须处理好文学性和市场化的关系。在 2020 年 2905.9 万部作品中,有 IP 开发价值的作品不到万分之三。2021 年订阅量高的作品,在内容和表达上都有一定的同质化倾向。作家虽然数量多,但在市场化背景下,管理平台根据订阅量要求作者随机修改计划、扩容作品等做法,不利于作者的成长进步,即使知名作家也常出现烂尾作品。管理平台只通过作品数量和更新字数考核工作量,没有对年轻作家的培养计划,这些都不利于网络文学的良性发展。

### 网络作家的分化加剧

无论是付费阅读市场,还是 IP 价值产业链,争夺的都是优质作品。从 2020 年以来 2905.9 万部作品中,被 IP 产业链选择的作品占少数,因而获得丰厚版权收益的作家也是极少数。2020 年作品的 IP 改编量为 8059 部,

---

① 中国音像与数字出版协会:《2020 中国网络文学发展报告》,第五届中国"网络文学+"大会,参会日期:2021 年 10 月 9 日。

其中属于新作家的作品占比不足30%。[1]造成作家数量多但优者少的原因在于少富多贫两极分化的稿酬机制。

## 一、新人的创作强度与收入不成正比

加入网络作家群体的新人，首先选择平台签署合作协议，签约后作者创作的所有作品为平台专有。初期作品按照字数付酬，作家还须保持每天打卡和更新六千至一万字（平台标准不同）内容，期间不能停更或断更，平台根据阅读量考核是否续约。新人完本后方可付酬，标准在每万字三百元至五百元。根据全拓数据的调研，2020年以来，网络文学平台日均更新一千余万字，一部完整的网络文学作品创作平均周期近一年，网络作者平均每日创作时长为4.5小时，超四成作者月收入在两千元以下。[2]由于收入没有保障，多数新人在创作初期选择兼职写作。为快速提升人气，新人普遍选择模仿热门作品，这是网络文学同质性问题的源头。

## 二、成长期作家的创作压力与收入相对平衡

成长期作家拥有一定知名度，除了基本稿酬之外，付费阅读量的提成和读者打赏是收入的重要来源。成长期作家为吸引读者，选材上紧扣读者兴趣点（业内称为爽点），提前写好十章至三十章，以精彩内容吸引读者开启付费阅读。此后作者收入重心在付费阅读提成和读者打赏两个环节。打赏完全由读者主观决定。为讨好读者，作者需要随时关注读者留言，根据读者需求修改后续情节。同时主动建立交流群培养粉丝群，增进读者忠诚度，为作品后期可能衍生的 IP 产品孵化可持续消费群体。2020年，成长期作家平均月收入可达5133.7元；2021年各平台借鉴抖音改进了打赏机制，可使成长期作家群的五分之一者月收入达到1万元，少数达到2万至3万元。

## 三、知名作家的创作水准和版权收入均不稳定

随着影响力增长，部分成长期作家会晋升为"大神级"，即网络文学

---

[1] 中国音像与数字出版协会：《2020中国网络文学发展报告》，第五届中国"网络文学+"大会，参会日期：2021年10月9日。

[2] 全拓数据：《2021年中国网络文学行业市场持续火热，维护版权刻不容缓》，https://baijiahao.baidu.com/s？id=1699722646197527962&wfr=spider&for=pc，访问日期：2022年2月22日。

中的知名作家，这些作家是为平台吸引关注度的核心元素。平台在利益驱动下，为增加付费订阅量，会强迫作家变更作品内容和长度，极有可能导致作品烂尾（业内称为"扑街"），作品的"扑街"对知名作家创作信心具有相当的破坏性，使其难以保持稳定的创作水准，这是当前网络文学发展的隐患。

网络文学 IP 价值产业链的基础点是"优质作品"（非传统意义上的优秀作品），据《2020 年度网络文学 IP 影视剧改编潜力评估报告》显示，2020 年"热度"最高的一百部影视剧中，改编的网络作品达四十二部。[①] 为宣传其"优质作品"，资本集团利用跨界优势，将该作品的知名作家进行明星化包装。在初期，粉丝群由作者创立并维护。随着作家知名度攀升，粉丝群人数快速增加，诉求日益复杂，资本集团派专人管理粉丝群并策划各类活动，将作家打造为明星，为其作品衍生 IP 产品的消费注入持续动力。

与传统文学改编的影视作品不同，网络文学的读者对于作品的理解主观性更强，一部网络作品创作一般持续一年左右，读者通过加入粉丝群讨论内容并打赏作者，成为创作的参与者，这种亲密互动培养出来的"原著粉"，会与 IP 产品开发方产生博弈，若因改编分歧导致 IP 开发失败，作家则无法获得相应版权收入。例如，2021 年烽火戏诸侯的作品《雪中悍刀行》改编成同名电视剧，"原著粉"因不满意其改编而群体弃剧，导致 IP 产品开发方没有获得预想收益。

**游戏机制深刻影响下的网络文学**

2020 年以来，"95 后"作家逐渐成为网络文学创作的主流，阅文集团《2021 网络文学作家画像》中显示，平台作家中"95 后"占比超 36%，新

---

① 中国电影家协会编剧教育工作委员会、北京电影学院中国电影编剧研究院：《2019-2020 年度网络文学 IP 影视剧改编潜力评估报告》，据人民网：http://unn.people.com.cn/n1/2021/0129/c420625-32016929.html，访问日期：2022 年 2 月 22 日。

增作家中"95 后"占比高达 80%。①95 后群体成长过程与电子游戏密不可分，其作品中的人物塑造、情节设计、语言表达等方面，都深受游戏机制的影响。以《2021 阅文年度好书榜单》发布的男、女生频道各十部获奖网文作品为例，所有内容都包含穿越或重生、异世界开挂、做任务提升武力值、赢者成王等元素；所有叙事都围绕做任务—打怪升级—获得奖励的过程展开。②

### 一、主题选取深受胜负规则的影响

胜负规则是电子游戏的核心主题。游戏选取的历史或科幻故事背景，只是吸引玩家入坑的噱头。游戏中所有人物的成长，都需要玩家通过购买装备和打斗晋级；人物之间选择合作与对抗的唯一标准是胜负结果，不存在善恶等道德标准。纵观 2020 年以来的网络作品，无论采用怎样的题材类型，其内容皆围绕胜负规则选取主题。

以 2020 年 IP 改编榜上榜作品《凡人修仙传》为例，主人公韩立通过各种战斗晋级，从资质平凡的普通人飞升仙界。作品中，所有人物晋升仙界的标准都遵守"胜者为王"的唯一法则，传统文学中的苦难遭遇与品德淬炼都被完全放弃。修仙路上，韩立既不用刻苦磨炼品性，又不用结交善缘，他的手段就是买卖丹药、置换武器，通过不断打斗获得晋级。无论凡人界还是仙界的人际关系上，选择合作还是对抗的唯一标准，就是能否有助于晋级。

这种深受游戏胜负规则影响下的网络作品主题，显示了部分当代青年在价值观上奉行赢者为王的竞争原则，人际关系处理上遵从不合作便对抗的极化倾向。

### 二、情节设计反映时间流逝回合机制的影响

时间流逝回合机制，指游戏玩家操控的角色要在规定时间独立完成打斗任务，其他人处于辅助或观看状态。2020 年以来所有网络作品从整体结

---

① 阅文集团：《2021 网络文学作家画像》，《文摘报》2021 年 12 月 18 日。
② 裘晋奕：《2021 年网络文学哪部"强"？这份年度好书榜给出了答案：男读者偏爱科幻，女读者追捧国风》，上游新闻，https://www.cqcb.com/entertainment/2021-12-24/4690263_pc.html，访问日期：2022 年 2 月 22 日。

构到章节划分，都模仿了游戏内时间流逝回合机制：按照晋升品级划分篇章结构；一到三个章节完成一个打斗任务；中心主角完成任务过程中其他人辅助。这种聚焦战斗的情节设计，有利于以战斗的紧张感吸引注意力，诱使读者持续付费阅读。所有人都为主角充当辅助角色的情节设计，严重脱离了客观现实，也不利于展开复杂的立体网状结构，使作品脉络处于一种"易碎品"的危险状态。

以2021阅文好书第一名卖报小郎君的作品《大奉打更人》为例。现实生活中平淡无奇的离职警察意外身亡后，穿越成架空年代的大奉县衙快手许七安，从此开始普通人晋级武神之神奇道路。许七安从武夫升级到武神的阶段，每一到三章完成一个回合的任务。而2021年百度搜索排名第八位，山西网络作家手握寸关尺的作品《当医生开了外挂》，是将系统布置任务和医生治病救人组合在一起（作者本人是医生），整体情节是小医生走向神医的过程，各章节则是完成系统布置的回合任务。两部作品，始终高度聚焦在唯一的主人公，情节设计的逻辑一致，形成分段式"核果"状情节布置，反复性向上发展，直至作品终局。

时间流逝回合机制影响下的情节设计逻辑，反映了在生活中部分当代青年过分重视工作的阶段性奖励、线性晋级激励的态度，反映了个人至上价值观的深入影响。

**三、穿越重生式人物呈现角色机制的影响**

游戏中玩家可以拥有不同的角色，每个角色都有相应的服装造型、武力值和特殊技能，玩家可以同时操控不同的角色。角色还可以复活，并通过购买或接受他人赠予（游戏中称为"金手指"）增加复活次数。游戏的角色机制运用在作品中，是将穿越前后不同时代、不同人物、不同命运的两个角色，通过交叉对比塑造人物形象。角色的复活功能运用在网络文学中，是将同一人物重生前后更换应对方式的对比，塑造人物形象。早期穿越重生尚属小说类型之一，但2020年以来的所有作品，将穿越重生变成网络文学特有的人物塑造模式。

以2021年订阅量第三名会说话的肘子的作品《夜的命名术》为例，主人公庆尘在现实世界（作品中称为"表世界"）遭遇父母离婚后又弃养的苦境，高中学费和生活费只能靠自己打工来维持；而穿越后的世界（作品中称为"里世界")则拥有父亲、师父、哥哥、好友的关爱,并通过战斗晋级成为人人敬仰的"神级"高手。故事开始是主人公从"表世界"穿越到"里世界","表世界"为真,"里世界"为幻;随着主人公身世谜团揭开,庆尘实际是从"里世界"穿越到"表世界"的,由此变为反穿越的角度,即"里世界"为真,"表世界"为幻。此部作品还创造了群体穿越的写法,将穿越这种表达方式发挥到了新高度。

游戏角色机制影响下穿越重生的人物塑造方式,反映了部分当代青年对自身能力的虚拟认知,他们将社会的硬性规则转化为游戏的随意性安排以回避竞争压力,企图依靠虚拟世界的成功缓解现实生活的消极情绪。

## 新生态中网络文学的显著问题

2020年以来,网络文学全面市场化,最大受益者是资本方,一般的网络文学作品则均被管理平台视为普通商品,作家被视为流水线上的码字机器,未受到应有的尊重。而读者和社会文化生态的平衡发展则远被搁置不论。具体到作品,则存在如下两个显著问题。

### 一、抄袭问题日益严重

资本控制的网络文学平台,为实现订阅收益最大化,针对实时热度高的作品,经常要求作家更改写作计划,扩充章节内容。2020年畅销的网络作品都是千章以上的容量,作者完成日更后还要和读者互动,在这种被更新逼着前进的创作压力下,作家为凑字数或节省时间,将借鉴甚至抄袭其他作品视为是正常不过的行为。从2015年唐七公子《三生三世十里桃花》因抄袭大风刮过的《桃花债》对簿公堂,到2021年6月,持续四年的十一位网络小说原创作家状告《锦绣未央》作者周静(笔名秦简)和当当网一案(前后牵扯百余位小说作者、编剧和网友),业内此类纷争不断,反映出网络作品相互抄袭的问题,非但没有妥善解决,反而有甚嚣尘上之势。

更有甚者,某些新加入网络文学的作者为凑作品数量,会利用非实名制写作、新人关注率低等漏洞,使用"小说写作软件"等高科技手段,通过大数据的自动抓取功能罗织同类描写,让"十分钟写下千字""一部作品抄袭几百部小说"成为可能，机器写作暗流涌动。而管理平台的消极态度，也使这个问题日益严重。

网络作家的菲薄收入、兼职身份、作品体量巨大等原因，让其在著作维权的成本面前止步，这是网络作品借鉴或抄袭问题没有减少的另一原因。尽管2021年6月1日最新修订的《中华人民共和国著作权法》完善了网络空间中著作权保护的有关规定，细化了版权管理部门行政执法的职能，但具体如何实现，还在探索中。

**二、题材的同质化狭窄化问题亟须重视**

资本控制下的网络文学管理平台将订阅量的可控性放在首位，抓取读者订阅量高的题材加大同类作品推送数量，造成作品数量增多，题材却更具狭窄的现象。平台一般不会浪费时间和财力孵化新题材、新视角，只围绕热点题材征集作品。平台采用的惯用模式是在知名作家某部作品成热点后，迅速招募新作者写同类题材或同人文，犹如一只大鱼带动一批小鱼，蜂拥而上。这种做法优势在于紧扣热点，将喜欢此类型的读者一网打尽，但长时间看，严重拉低了此类题材作品的文学价值，降低了从作者到读者的文学品位，恶化了文学生态。

平台以作品带来的盈利为业绩指标，在培养作家方面的投入明显不足。即使在知名网络作家的作品日更说明中，也常会出现作者表达自己创作灵感和积淀不足带来的困扰。此外作者的压力还在于，只要写不出来符合市场追捧的作品，知名作家也会被平台淘汰，平台只收割作品，不养育作家。在作家的培养方面，无论是网络文学平台，还是文化管理部门，都应引起高度重视。

综上所述，2020年以来网络文学的新生态表现为作家年轻化、作品数量激增、作品内容受游戏机制深刻影响以及资本过度控制等方面的新现象新问题。从市场化视角看，网络文学仍具备可开发的巨大潜能。从文学发展角度看，如何保障作家权益，提升作家创作水平，规范平台管理，都还没有积累出成熟经验。只有进一步协调好市场和文学发展之间的关系，网络文学才能高质量发展。

# 底层叙事主旋律化的探索
## ——论电视剧《装台》的创作取向

/杨 鼎

中国社会的现代化最初是由底层（无产阶级）革命力量驱动的，底层叙事是新文学的重要组成部分，理解底层社会、关注底层生存在很长一段时间内是中国文学的主要内容。20世纪80年代，在强势的西方思潮的冲击下，传统的阶级和革命话语受到贬抑，文学的阶级界限逐渐模糊起来；然而在新世纪之交，在市场机制的作用下，社会阶层分化明显，底层叙事在新的文学版图中又开始萌生、成形和分化，并且与各种文化立场相结合，呈现出一幅斑驳的图景[①]。

与纸媒文学相比，电视剧受主流意识形态和大众文化的影响较大，新世纪初的底层文学由于与主流价值观存在较大距离，未能同步进入电视剧叙事；时移世易，随着中国综合实力和人民生活水平的提升，平民主义话语与主流价值观之间的距离逐渐趋近，底层叙事主旋律化便成为可能。从这个角度看，电视剧《装台》的出现无疑具有某种标志意义。

## 底层文学的出场语境及文化内涵

新世纪初底层文学的兴起，其社会根源是市场经济环境下社会阶层的

---

[①] 见王春林《新世纪长篇小说中底层叙事的四种形态》，《中国现代文学研究丛刊》2011年第8期。这篇文章认为，新世纪长篇小说中底层叙事的文化立场可以分为四种：文化保守主义、新左派、道德批判和宗教救赎。

剧烈分化现象。这里的"底层",主要包括三类人群:进城打工的农民工、城市下岗工人和留守农村的农民,其中前两类人是底层文学的重点关注对象。这类小说的主要内容是叙述这些底层劳动者所承受的经济贫困、健康隐忧、社会歧视、家庭矛盾、生理压抑甚至各种欺凌剥夺。一些比较优秀的底层小说不止步于底层世界现实苦难的罗列,还将笔触深入到人物的精神层面,写出了主人公的内心的屈辱感、尊严的挫伤、道德的扭曲、理想的幻灭甚至仇恨和焦灼。在 2004 年前后,这类小说蔚为大观,并涌现出一批着力开掘底层世界的小说家——刘庆邦、罗伟章、陈应松、尤凤伟、曹征路等等。一些成名已久的作家,比如贾平凹的《秦腔》《高兴》和《极花》,也将笔触伸向底层生活。

  一种创作潮流的形成,不仅需要相应的社会基础,还要能够得到作家群体的关注。追溯底层文学的文化基因,我们可以发现 20 世纪 90 年代以来"新写实小说"的影子。电视剧《装台》播出之后,观众敏锐地发现该剧与 2001 年的《贫嘴张大民的幸福生活》在取材风格等方面的相似之处。《装台》属于底层叙事,而《贫嘴张大民的幸福生活》是根据刘恒的"新写实"小说改编的市民剧,二者相同点是平民主义的写作立场。有论者认为,新写实小说是新时期文学视线的第一次下移,而底层文学则是文学视线的再次下移①。这一见解是有道理的,它既看出了相似点,也发现了二者文化身份的不同。"市民"张大民未必属于"底层",他只是芸芸众生中的一员,他的烦恼人生也是你我他所共有的,《贫嘴张大民的幸福生活》突出的是普通人的庸常生活体验;刁大顺的底层印记则是非常醒目的,虽然自己一再声称是"搞艺术的",但在别人眼里,他只是个"装台的"或者"臭拉车的"。可以说,底层视角是平民视角的一种极端化形态,叙事视角的这一次"下移",衍生出底层文学的一些主要文化特征。

  首先,新世纪初的底层文学表达出与主流社会及其价值观的强烈疏离感。在底层小说中,底层是社会的受难者,他们游离于主流社会的边缘,与周围的人群存在天然的隔膜。陈应松的小说《太平犬》通过进城农民工程大种和跟随他进城的乡下土狗"太平"的遭遇的类比,把这种阶层分化

---

① 张韧:《从新写实走进底层文学》,《文艺争鸣》2004 年第 3 期。

刻画得触目惊心。在陌生的城市里，从最初人对狗的放逐到后来人与狗的相依为命，小说把物质层面的隔膜向精神层面掘进，让读者体味到契诃夫小说《苦恼》的悲凉感和疏离感，而这种疏离感无疑妨碍了与主流价值观的沟通与交流。

其次，底层文学展览苦难、渲染悲情的写法，悖离了中国"哀而不伤、怨而不怒"的主流文学传统，也遮蔽了文学对中国社会发展方向的展望。新世纪初的底层小说大多遵循苦情模式，以展示苦难悲情代替了叙事向思想情感深处的开掘，作者的哀伤怨怒之情溢于言表，同时也把一种浓重的绝望传达给了读者。其实从历史发展的角度观察，新世纪前后出现的阶层分化和底层苦难，是中国社会转型发展过程中的阵痛，不是中国特色社会主义的本质特征。底层小说看不清中国社会的发展方向，因此也就放弃了叙事主旋律化的探索。

还有就是叙事代入感的减弱。正如上文所说，新写实小说及其改编的电视剧一般不会突出主人公的社会阶层印记，他们的生活经历和体验具有相当的普遍性，而这样的叙事往往有着很强的代入感。电视剧《贫嘴张大民的幸福生活》中张大民所经历的生老病死、婚丧嫁娶、儿女情长、家庭纠葛等很容易激发寻常百姓的人生感触而引起共鸣；底层文学则不然，对作者或大多数读者来说，底层文学中主人公所遭遇的各种深刻的苦难都属于"他者"的故事，可以尽力去理解却很难感同身受。底层文学是"新写实小说"之后叙事视角的再一次"下移"，主人公已经逸出了"市民"的范畴，因而叙事代入感被进一步削弱，其主旋律化改编也就更加不易。

综上所述，新世纪初的社会环境局限了底层小说作家们的认识，也阻碍了底层叙事主旋律化的发展方向。中共十八大后，随着全社会扶贫力度的加强，经济发展的成果开始与底层社会的共享，底层文学中渲染悲情的写法已经难以为继；特别是 2020 年"新冠"疫情在全球蔓延的背景下，中国道路的认同度和中国人的幸福指数大幅提升，这为底层叙事的主旋律化提供了现实依据。从这个意义上看，电视剧《装台》的出场无疑有着标志意义。

## 《装台》：底层人生的冷硬与温暖

电视剧《装台》是根据作家陈彦的同名小说改编的，该小说于2015年由作家出版社出版，属于底层小说的余绪，有着这类文学作品的上述基本特征。在五年之后的今天，它能够以电视剧这种主流文艺形式取得很好的传播效果，其改编策略值得我们研究总结。

首先，这部电视剧淡化了底层人生的疏离感，表达了符合主流价值观的生活感受。小说《装台》中的刁顺子虽然是城中村的市民，却是靠下苦力生活的底层人，不论在秦腔剧团、村里还是家里，都受尽了欺凌、捉弄和轻贱，落了一身病，生活得孤苦而憋屈。电视剧中的"顺哥"虽然忙碌而辛苦，却赢得了剧团领导和装台队兄弟们的信赖与尊重，生活得有滋有味。他还把装台上升为一种人生哲理："其实这人呀，就是你给我装台，我给你装台。"又说："我们给演员明星装台，演员明星给开发商装台，开发商给业主装台。"这种类似于"人人为我，我为人人"的表述，突出了社会分工协作，淡化了阶层分化，是符合社会主义核心价值观的。

其次，电视剧还通过调整主人公的社会身份强化了叙事的代入感。小说《装台》中的顺子身上有着明显的社会底层特征：贫穷、卑微、苦难和精神创伤；电视剧中的刁大顺虽然仍保留着这些印记，但毕竟淡漠了许多，已经开始向"市民"转化——他在城市里有稳定的住所，并且马上要拆迁分到新居；他有着城里人一样的归属感；他的人生理想是像退休老干部一样体面地生活。随着中国社会城市化进程的推进，"市民"成为大多数人群，市民视角的叙事代入感很强，是当下主旋律电视剧观察生活的主要方式。电视剧《装台》通过底层人物刁顺子的"市民化"，实现了底层叙事的软着陆。

还有更重要的一点，电视剧《装台》调整了底层人生中冷硬与温暖两种成分的配比，改变了作品整体的艺术风格。作家陈彦在谈到自己的创作感受时说："最可怕的是，处身底层，容身的河床处处尖利、兀峭、冰冷，无以附着。"[①] 他的小说《装台》中，顺子便处身于这种冷硬的河床中——

---

[①] 陈彦：《因无法忘却的那些记忆——长篇小说〈装台〉后记》，载《装台》，作家出版社，2015，第433页。

## 底层叙事主旋律化的探索

剧团上层的欺压、轻贱和盘剥，雇主的刁难与训斥，装台队民工的嘲讽与算计，特别是家里人的冷漠、鄙弃和经济压榨，所有这些构成了主人公的生活环境：冰冷、坚硬且令人绝望。在小说中，妻子蔡素芬是顺子人生中唯一的温暖，然而这微弱的温暖也最终被恶毒的女儿驱散。小说着力渲染了贫穷的土壤里生长出来的人性恶，勾画出了令人触目惊心的底层社会生态。很明显，这种阴郁的叙事风格是不太适合用电视剧来表现的，为此，改编者通过添加次要人物的方法，调整了情节走向，扩大了暖色调的版图，使得电视剧的整体风格趋于和谐。具体言之，就是添加了煤老板的儿子"二代"这个角色，从而实现了菊花人生的软着陆和性格的转变，为蔡素芬的去而复归和顺子的人生完满做好了铺垫。

从文艺形态上分析，主旋律电视剧遵循的是社会主义现实主义的创作原则，坚持真实性、倾向性和典型性的统一。进一步讲，就是要"把社会主义核心价值观生动活泼、活灵活现地体现在文艺创作之中，用栩栩如生的作品形象告诉人们什么是应该肯定和赞扬的，什么是必须反对和否定的，做到春风化雨、润物无声"[①]。具体到底层文学的主旋律化问题，就是要把底层人生的冷硬质地与温暖体验融为一体，冷硬质地体现了底层写作的真实性要求，而温暖体验则来源于"共享经济与社会发展成果"的现实体验，代表着叙事的倾向性。电视剧《装台》通过刁大顺这个典型人物形象和他生活的城中村、秦腔舞台这些典型环境，展现了底层人生的艰辛与希望、冷硬与温暖交织的斑驳图景。这种写法与20世纪90年代以来聚焦于社会阴暗面与人生庸常态的"新写实主义"和世纪初的底层小说有着根本性的不同，这也从一个侧面反映了时代话语的变迁。

### 小人物身上的"正能量"

小说《装台》中的主人公顺子是时代受难者的形象，他善良、软弱、逆来顺受，甚至有点窝囊，是一个受尽了苦难和屈辱的可怜人。这个人物

---

[①]《习近平总书记在文艺工作座谈会上的重要讲话学习读本》，学习出版社，2015，第26页。

身上虽然浸润了作家陈彦太多的底层关怀和人生悲情，然而不论站在世俗价值还是主流价值的立场上，这样的性格都撑不起正面人物的形象。电视剧中的刁大顺尽管也善良而卑微，却有梦想有个性，敢爱敢恨，有喜有怒，是一个浑身散发着正能量的小人物。

电视剧《装台》的主人公首先是一个吃苦耐劳、积极乐观的劳动者。吃苦耐劳这一特点与原著小说中的描写没有太大差别，他除了精通装台拆台的技术活儿以外，还随时蹬着三轮承揽拉货装卸的体力活儿，依靠自己的辛勤劳作维持着一家人的生计。刁大顺积极乐观这一方面的品质是电视剧所赋予的，用主题歌中的话说就是"生活虐我千遍万遍，我待它如初恋"。他虽然每天辛苦奔波，甚至还要遭受斥责和盘剥，但从没有丧失对生活的信心，相信依靠自己的劳动，最终会过上类似于退休干部一样的体面生活。主人公对待生活的这种态度是具有象征意义的，它使得整部电视剧呈现出积极向上的风貌。

在电视剧中，刁大顺还是一个宽厚善良、富有同情心的"暖男"（剧中靳导演语），他没有因为自己的卑微而拒绝与领导沟通，反而设身处地理解瞿团、靳导，甚至铁扣的难处；他也没有因为自己是市民而看不起一同劳动的民工，想方设法为他们排忧解难。他一直照顾着丧偶的小学老师的生活，并为他养老送终。当他那花天酒地、挥金如土的哥哥刁大军贫病交加走向末路时，顺子的悉心守护成为他人生最后的慰藉。甚至他的三任妻子，都是在人生遇到过不去的坎儿时躲进了他的避风港湾里。剧中的刁大顺深知人生的不易，并且以自己卑微的努力为遭遇艰难的人送去温暖，他不再是小说中时代的受难者，而是艰难人生的救赎者，传播着满满的正能量。

然而，电视剧中的刁大顺并不是一个软弱窝囊、逆来顺受的人，他有着自己对于生活的理解和做人的原则，这一点与小说中的主人公形象相比有了很大的改观。他的谋生方式虽然辛苦，但他从来不认同哥哥刁大军的生活做派，认为那样生活不踏实；自私的女儿菊花想尽办法要把蔡素芬和养女韩梅赶出家门，他虽然说服不了她，却尽力维护身边这些人的周全；蔡素芬的守护是他生活的希望所在，所以不论是菊花的搅闹还是三皮的插足，他始终维护自己的女人，甚至还要为此与三皮决斗。另外，剧中的刁

## 底层叙事主旋律化的探索

大顺也不再是小说中那个消瘦、弓着腰、习惯性咧着嘴的弱者形象,他的故事经过宽厚身板儿的张嘉译的演绎,显得有滋有味。

小人物与正能量的叠加,是 20 世纪末以来主旋律故事常见的叙事套路。由于"新写实主义"和平民主义思潮的影响,令人高山仰止的伟人和英雄的故事在传播过程中遭遇到一定的阻碍,主旋律电影和电视剧往往采用低姿态表达和强化叙事代入感的方式获得认可,影片《毛泽东和他的儿子们》(1991)、《周恩来——伟大的朋友》(1997)、《相伴永远》(2000)等都是通过展示政治伟人们平凡的一面来强化认同。电视剧《装台》把一部底层受难的小说改写成小人物传播正能量的故事,比较成功地实现了主旋律化改编和叙事媒介的转换,对于 21 世纪初就出现的底层叙事而言,是一次有意义的突围。

## 底层叙事主旋律化的现实依据

新世纪初兴起的底层小说能够在二十年后的今天实现比较成功的主旋律化改编,这不是一个偶然的现象。普列汉诺夫说过:"要了解某一国家的科学思想史或艺术史,只知道它的经济是不够的,必须知道如何从经济进而研究社会心理。"[①] 中国的改革开放经过二十多年的发展,在新世纪初进入了深化和阵痛期,阶层分化加剧,社会矛盾集中爆发,底层文学就是这种社会语境的产物。这类小说通过对底层人生苦难和精神创伤的渲染,折射出当时普遍存在的时代苦闷和悲情心理。这个时期的底层小说由于与主旋律叙事存在着较大的距离,是不适合电视剧改编的。中共十八大后,随着全社会扶贫工程的推进,像陈彦的《装台》这样的底层小说其极端化色彩已经弱化,与主旋律叙事的距离在慢慢拉近;特别是"新冠"疫情期间,国内外形势发生了显著变化,主旋律叙事在全社会的认同度大幅提高,于是电视剧《装台》便出现了。剧中以刁大顺为代表的底层劳动者,他们的工作虽然艰辛,但生活的希望慢慢浮现,所以该剧整体上呈现出积极乐

---

① [俄] 普列汉诺夫:《普列汉诺夫哲学著作选集》(第二卷),生活·读书·新知三联书店,1961,第 272 页。

观的风格。

然而，电视剧《装台》的出现只是底层叙事主旋律化的开始，或者是一种探索。德国文艺理论家尧斯认为，艺术作品的接受取决于"期待视野与作品间的距离，熟识的先在审美经验与新作品的接受所需求的'视野的变化'之间的距离"[①]。如果我们把主旋律叙事作为一个期待视域，新世纪初出现的底层叙事作为一个文本视域，十几年来，这两个视域之间的距离在逐步趋近，于是底层小说被主流价值观初步接受。然而，扶助弱势群体是中国社会一项长期而艰巨的工程，体现底层关怀的文学叙事也有一个发展变化的过程；而作为底层意识与主流价值观对话平台的电视剧改编，也必然在探索中不断细化深化。在这一进程中，二者的对话在相互的质疑中不断推进，而改编作品中叙事裂痕的存在也将是长期的。其实，这部电视剧还是存在一些硬伤的，为了结局的圆满，一些人物（比如刁大顺的女儿菊花）的行为逻辑与性格转变的动因不是很充分，这也说明了底层叙事的主旋律化是一个尚未完成的时代命题。

---

① [德] 罗伯特·尧斯：《文学史作为向文学理论的挑战》，载《接受美学与接受理论》，辽宁人民出版社，1987，第31页。

# 简论科马克·麦卡锡小说《路》的史诗性主题

/杨晓丽

传统史诗,即原初意义上的史诗,指以长篇叙事为体裁,讲述源于历史或神话中英雄人物的经历或事迹。如《荷马史诗》等传统史诗最初的功能即"表达古代英雄传说的工具"[①]。保罗·麦钱特称之为"古典史诗",以区别于在现代小说研究领域中经过"现代化"改造的"史诗性小说"。保罗·麦钱特、黑格尔和布鲁姆相继提出现代小说与史诗性关系的研究观点。他们认为现代意义上的史诗概念已不再局限于"叙述体诗歌",而扩大至史诗性的长篇小说,即"史诗性小说"(有"现代史诗""史诗小说",甚至"现代小说"等别称,Leonard Lutwack 则称为 Heroic Fiction),指在基本主题、叙事特征和人物塑造等方面具备古典史诗特征的长篇小说。

相较于古老的欧洲,美国历史不算悠久,但作为一个有着世界影响的大国,美国非常渴望拥有属于自己的构建其建国神话的民族史诗性作品。由于独特的历史发展模式,美国未曾出现孕育自远古的民间史诗,或是现代之前出现的文人史诗(如弥尔顿的《失乐园》),但美国人却在小说领域发现了创作史诗性作品的可能性。从某种意义上说,史诗性小说是美国文学一道独特的景观,以其"主题的民族性、题材的宏伟性、画面的全景性"(王先霈归纳的史诗性三方面)讲述美国社会与文化巨大变革所导致的国民精神、心理不安、焦虑困惑,再现了美国民族在不同时期的生存感

---

[①] [美]科马克·麦卡锡:《路》,杨博译,重庆出版社,2009,第258页。

受和文学追求，呈现出鲜明的时代个性与特点。美国史诗性小说不仅是美国文学的重要组成部分，也是美国不同历史时期社会、政治及文化在文学上的映照和记录。詹姆斯·库珀是美国史诗性小说的早期创立者，其后霍桑、梅尔维尔、马克·吐温、德莱塞、福克纳、索尔·贝娄等人延续着美国史诗性小说创作的强大生命力，从不同角度展现不同时期美国人民成长的史诗性。《红字》的宗教压迫和人性救赎，《白鲸》的求知之旅以及上帝、人类和自然三重关系的象征，《哈克贝利·芬恩历险记》反对压迫、追求自由的密河之旅，《我弥留之际》里冲破重重障碍去送葬的一家人的痛苦际遇等等，无不反映了美国一段段典型历史时期里美国民族的史诗性成长经历。

科马克·麦卡锡（Cormac McCarthy，1933— ）是美国史诗性小说的新一代代表，以其极端血腥与暴力的麦卡锡式边疆神话版本为最大特色。其作品充盈着荒凉偏远、残忍冷漠、人性缺失、秩序紊乱等主题。巴克利·欧文斯认为，美国文化存在着两种边疆神话，"一种崇尚进步与力量，另一种则捍卫荒野以及荒野中理想化了的土著"。而麦卡锡创造的边疆神话则比较另类，多表现缺乏现代法治与文明的自然环境中人性最深层的压抑与原始袒露，奇妙而古怪的结合，书写蛮荒，却文笔自然。《路》（The Road，2006）是麦卡锡的第十部小说，次年普利策小说奖获奖作品，也是公认他最成功的作品。美国《娱乐周刊》将其列为"新经典"榜单中1983—2008年间出版的百部最佳图书之首，压倒罗琳女士的《哈利·波特与火焰杯》和托尼·莫里森的世纪经典之作《宠儿》。美国《新闻周刊》评价《路》是"符合逻辑的麦卡锡创作的顶点"。迈克尔·查邦在《纽约书评》中称"从根本上讲《路》是一部恐怖的抒情史诗"。

## 生命之路

自西方文学艺术之源《奥德赛》始，主人公历经劫难、艰辛跋涉、努力求生的描写便成为欧美文学的一大主题。主人公的故事往往发生"在路上"。希腊英雄奥德修斯于特洛伊战后受海神波塞冬阻挠历经各种艰辛，在"蓝色路上"漂泊十年，终得与家人团聚。美国现代悲剧史诗《白鲸》

## 简论科马克·麦卡锡小说《路》的史诗性主题

中亚哈船长为报仇雪恨追杀莫比·迪克与蓝色大海斗争了四十年,终与之同归于尽。故事主角皆为置身蓝色海洋之路、以勇气抗击艰难险阻的经典形象。麦卡锡的《路》则发生在充满死亡与恐惧的黑白土地上。

自从《骏马》出版以来,麦卡锡的每一部小说,无论是《血色子午线》《穿越》《平原上的城市》,还是《路》,其实都是在讲述一件事,那就是"路",麦卡锡几乎所有的人物和故事都发生在路上,起于路,止于路。《路》是麦卡锡所有故事情节中最简单的一部,讲述一对父子相依为命,一边对抗着残酷的末世般的外部世界,一边竭尽所能地一路走下去。从某种意义上说,《路》就是一个完整的大大的象征和隐喻。它以父子二人的艰难求生之旅,象征着人类的"求生、暴力和救赎"的三重之"路",一条单线路糅合了生命本能、暴力反击和宗教救赎等诸多主题,从某种意义上契合着威廉·布莱克《天堂与地狱的婚姻》里描绘的那条小路:

    曾经温顺的,在一条危险的小路上,
    那正直的人坚定地沿着
    死亡之谷前进。

《路》被视为一部"后启示录小说",从小说的主题构思和人物命运安排来说,的确如此。父子二人一路的求生之旅,不是孤立的个体行为,而是隐喻了整个人类在一种类宗教困境中求生存的史诗般宏伟历程。如果说弥尔顿的《失乐园》是关于亚当和夏娃被上帝逐出伊甸园、以现代人类的形象开始一个种族为生存而奋斗的宏伟历程史诗,那么《路》同样是充满了后启示录式的(父子为象征的)族群为生存而抗争的史诗性作品,不同的是前者是鸿篇巨制诗歌,而后者则是带有科幻色彩的史诗性小说。为了明确小说的后启示录特征,作家完全消除了小说人物的独特个体特征:所有人物都无名无姓、没有任何外貌描写。父亲被称为"男人"(the man),儿子则是"男孩"(the boy),两人合在一起则被简简单单地称作"他们"(they)。二人相依为命,"彼此即是对方的整个世界"。小说取名为《路》,有着非常丰富的内涵和寓意。路是父子二人相依为命跋涉和穿越的一条条无名之路。与麦卡锡之前出版的小说一样,《路》仍然是他讲述了多年的关于"路"的故事。不过这一次,《路》通过其标题直白地揭示了麦卡锡小说的最大也是最重要的象征——"路"。

美国文学史上很少有人比麦卡锡写得更暴力、更血腥、更考验人性,也很少有人比他更温情、更相信人性,更坚守人性。以虐杀和屠戮等"反人性"情节支撑的故事当中,总有渴求善和坚守人性的一面。或许,在麦卡锡的世界里,人性之所以存在,恰恰因为这个世界恶毒的压迫。所以,人性往往要以其微暗的火来驱走反人性的恶毒和残暴。科马克·麦卡锡的小说给读者留下的最为深刻的印象,似乎是近乎蛮荒的背景里,生命的微不足道和脆弱无助,经常如一盏孤独地在风雨中摇曳的"微暗的火",随时会被暴力的代理人掐灭。这一点在他的"暴力与屠戮"小说《血色子午线》中体现得尤为深刻,人生似乎是一场场强者对弱者的杀戮游戏。《路》虽没了《血色子午线》中赤裸裸的关于人性残忍和极恶的近似扭曲的描写,但却描绘了残酷程度更甚于《血色子午线》的生存环境。虽未直截了当地明说,但读者还是可以读出故事的背景:一场全球性的核爆炸或者核灭绝(a nuclear holocaust)后整个世界基本上被毁掉,人类赖以生存的美好家园变成了荒凉废弃、危机重重、无处安身的人间地狱。约翰·康特在同名论文《路》(The Road)中虽质疑故事的核爆炸背景,但将麦卡锡所描述的背景比作艾略特著名诗作《荒原》所刻画的"荒原"。

生命之"路"是"路"的第一个层次,父与子面对的首要问题是在末日世界当中如何生存下去,如何延续生命之路。父亲的责任是确保儿子活着,并且要传递"火种"(carry the fire),传递火种赋予父子的生存以生命的价值与意义,而儿子则要在这末日的奔波中理解生命之路的意义。从物质上讲,父子生活得格外艰苦,经常连续几天没有食物来源,经常找不到干燥温暖的地方睡觉,而且父亲的疾病也愈来愈严重。但从精神上看,二人表现出一种坚守生命的顽强精神。

父亲在小说中扮演了"科马克·麦卡锡式的主人公"一贯的角色:冷峻严肃、沉默寡言、坚韧不屈,然而又胸怀如山的父爱,正如《老无所依》中的老人(警长)、《骏马》中的约翰·格雷迪和《穿越》中的比利·帕勒姆。父亲深爱着儿子,把他看得比自己的生命还重要。他总是确保可以时时刻刻看到儿子安全地待在自己身边。"他只知道,孩子便是自己的命根子。他说过:儿子若不是上帝传下的旨意,那么上帝肯定未曾说过话"。一路走来,父亲潜意识里早已预知自己的生命已不长久,小说一开始他就已遭受着类似肺结核的折磨,但他却有着一个坚定的信念,那就是"我的职责就是照顾好你。这是上帝指派给我的任务"。男人一开始并未想到要放弃生命,他在潜意识里留恋着生命,留恋着任何可以将他跟曾经正常时期生活联系在一起的事物。比如,在一处废弃加油站的服务亭里,他发现了一部电话机。于是"他跨过去,走到桌前,停住了。继而拿起电话话筒,拨下父亲家的号码,那许久以前的号码"。父亲这下意识的动作生动地表现了潜意识中的生命本能。在明白自己已病入膏肓、死亡就在眼前,已经无法再度保护儿子走下去的时候,父亲鼓励儿子"必须继续往前走,他说,我不能和你一起走了。你要继续向前。你不知道路走下去会有什么。我们总是很幸运。你还会幸运的。你会明白的。走吧。没事的"。加缪说过,"在一个人对生命的依恋之中,有着比世界上任何苦难都更强大的东西"。这也正是父亲对生命的理解。

对于尚未成年的儿子来说,灾难并不能让正常的生活诉求终结,他仍然保持着生活的热情。当父亲在加油站服务亭的垃圾桶里收集到了半夸脱机油,从而能燃亮他们那盏小灯时,儿子首先想到的是正常生活中父子们能做的最平常的事情之一——父亲给儿子读故事。"你能给我念故事了,男孩儿说道。是不是,爸爸?是,他回答。我能给你念故事了。"

父子走过的路,虽然艰辛,却充满着坚韧和不放弃。所有的障碍、困难和挫折都无法使父子俩放弃生命之路。这条"路"其实就是被逐出伊甸园的亚当和夏娃曾走过的路,也是挪亚及其家人在茫茫大海漂泊的日子里走过的路。他们都是在赖以生存的旧有世界被摧毁之后,带着坚强的信念一路走下去,同时确保人类作为种族、同时作为一种信念延绵不绝。

## 暴力之"路"

美国曾走在暴力的道路上,暴力也从未远离美国。美国的历史,自欧洲人在北美建立第一个殖民地起,就带有深深的暴力烙印。从那以来,殖民者为争夺殖民地而展开的战争、欧洲移民和美国白人对于印第安人的种族屠杀、美国本土的内战、前前后后两次世界大战的参战经历，直至今日时常发生的街头和校园暴力以及恐怖袭击，赋予美国及其历史和文化暴力的一面。而每一次的暴力事件（从大规模战争到个体发动的恐怖袭击）都体现了美国人人性发展的历程。某种意义上说来，暴力书写是美国文学中"黑暗世界"书写的一部分，从欧文、库珀、霍桑创作时期就是如此，早期代表者无疑是霍桑和梅尔维尔。霍桑的长篇小说《红字》《有七个尖角的阁楼》和短篇小说集《老屋青苔》《重述集》中不乏暴力色彩的渲染，作品中随处可见的行刑台、枷锁、诡异的书房和死亡，都投射着暴力的阴影。霍桑的暴力书写隐藏在新英格兰老式清教徒阴暗的内心角落，掺杂着人性原初状态下的欲望和冲动，以"原罪"的形式出现，又以惩罚和赎罪作为补偿，完成了典型的霍桑式的"罪与罚"。但即使是梅尔维尔也会对霍桑的黑暗产生一丝困惑和困惑之后的震惊："在他（霍桑）作品里面，黑暗的这一面也许是发展得过分的。他把黑暗的各种层次都写了下来，可是他也许连一线光明都没有给我们。不管怎样吧，他这种黑暗的思想，使他的作品有一种阴暗的背景……"梅尔维尔在小说创作的道路上，发展了与霍桑相似的气质，那就是同样将自己排斥在美国文明的影子之外，以雪莱式自我放逐的方式构建其旁观者的身份，来观察美国人的文明、思想、历史及生活方式。《白鲸》号称美国生活的百科全书，揭示的主题纷繁复杂，典型的多声部叙事，同样是一部史诗性的小说巨著。《白鲸》揭示的暴力同样来自主人公的内心生活，亚哈船长试图为人类开拓一条通往未知世界的知识大道，揭开以白鲸莫比·迪克为象征的人类文明之外世界的诸多秘密。暴力则是亚哈船长付诸实施其复仇，同时也是揭秘或求知目的的重要手段。霍桑和梅尔维尔为代表的暴力书写在其后的美国小说史上被继承下来，尤其是被后世的美国南方文学所接纳和吸收。福克纳的构成失意者联盟的"约克纳帕塔法体系"下的南方乡镇、麦卡勒斯的被分割成一个个孤独失败的灵魂和奥康纳的宗教之毒与好人难寻等无不是这种美国式暴力书写的典型例证。

麦卡锡本人作为暴力的观察者和揭示者，对美国发生的种种暴力现象格外感兴趣。《路》作为后启示小说，是要揭示某种宗教与人性的真谛，这真谛隐藏在暴力和残忍的外衣之下。或者说，暴力和残忍是宗教与人性

## 简论科马克·麦卡锡小说《路》的史诗性主题

最终形成的因素。没有暴力和残忍的洗礼，宗教的救世价值和人性的救赎意义就不会真正来到人类之中。

大器晚成的麦卡锡成名伊始，便给文学界的评论家们和读者们一个既困惑难解又难以接受的"主题观"：以对赤裸裸的人性恶的白描式叙事方式，建构一个个接近原始生活方式、野蛮暴力主宰的血腥、残忍、丧失人性的"暗黑"世界。麦卡锡的小说仅仅从主题选择、人物刻画和写作风格等几方面来说，已是典型意义的美国文学暴力书写的重要组成部分。陈爱华称"麦卡锡的小说堪称文学史上描述野蛮行径的集大成者"。暴力叙事是麦卡锡作品令读者印象最为深刻的标签式特色。读麦卡锡的作品是一种挑战，更是一种煎熬，精神、道德、感官的多重挑战。《血色子午线》（Blood Meridian, 1985）是此类小说最具代表性的作品，故事中的法官虽顶着主持正义的法官之名，却行残暴、血腥之举，堪称麦卡锡人物中暴力形象的最著名代表。《路》虽然未像《血色子午线》那样直接描述血腥与暴力，但同样包含了残忍、野蛮的人性之恶：关于人性恶导致的世界的末日景象，以及偶尔描述的人吃人情形。《路》也因此被称为"残酷的诗学"，在这部小说中，麦卡锡再次给世人展示了一种终极的暴力，由人性的自私、残暴和卑劣而衍生的暴力。这种叙事俯拾皆是，以下为其中的几例：

> 整个世界浓结成一团粗糙的、容易分崩离析的实体。各种事物的名称缓缓伴着这些实体被人遗忘。色彩。鸟儿的名字。食物的名字。最后，人们原本确信存在的事物的名称，也被忘却了。比他所料想的还要脆弱。已逝去了多少呢？
>
> 大地上到处都是谋杀。这世界忽地兴起一大帮眼睁睁当着你面就能吃掉你儿子、女儿的人。
>
> 一切都很消沉，脏乱，破败，毫无希望。

《路》中的暴力主要来自外部环境。本身末日般的世界就直接来自毁灭式的暴力，指其中关涉全球政治、军事、社会的恶果，不过麦卡锡并未对此展开阐释和描述。作家暴力叙事的重点在文中普通平凡的个体所展示的暴力，比如，食人现象、盗取他人赖以生存的物资的行为以及滥杀无辜等。当然暴力手段的使用也波及了父子，前者曾数次直接使用暴力，后者则处处站在暴力的对立面，即使暴力的实施者是自己的父亲。

相对于儿子来说，父亲对生存的理解，造就他诉诸暴力的行为，这点类似于东方哲学中所推崇的"独善其身"，即既然我没有能力帮助其他人，那么其他人也不要来拖累我、干涉我，更不要来加害我，否则，我就会使用暴力来反击。父亲在给儿子解释为什么不能帮助别人的时候说，"他要死了。我们不能把自己的东西拿给他，否则我们也会死。"父亲虽然遭受着疾病的折磨，但仍然是一位身材魁梧、有一定战斗力的男人，至少在面对前后几次出现的威胁父子二人生存的那些人的时候，他从不落下风，每次都全身而退，守住了二人赖以生存的小车和各种生存所需物品。当然，几乎每次父亲采取的手段都是"暴力"的，也都是儿子所不能理解和接受的。但父亲坚持这么做，自有他的难处，他本质上不是恶人，他从来不主动伤害他人或主动抢走他人的生活物资。他之所以这么做，一为保护自己尤其是儿子的生存机会，二来也有其自私的一面，这是与儿子最大的区别。这点好似《失乐园》中的上帝和耶稣之间的区别，上帝对于人类过于严厉，甚至曾想以惩罚人类"不守神人承诺、违反神圣约定"为借口清除人类，但耶稣则阻止了上帝的"暴力"，愿意化身人类之子，去拯救人类。从另一个角度来看，父亲则属于维多利亚·林恩·施密特（Victoria Lynn Schmidt）所列出的四十五种经典人物原型中的"阿瑞斯"（Ares）的形象，即"保护者与角斗士"的形象：他做事的原则并非出自维护正义；他竭尽所能保护自己的亲人，为此甘愿嗜血；表现的好像随时随地都在为生存斗争；手段冷酷无情等等。

男人遇事倾向于使用暴力。为了使自己和儿子能生存下去，经常采取近似暴力的方式去反击、去报复，从而使他本人在某些情形中也成为暴力的化身。他试图杀死所有会威胁到他与儿子生命安全的暴力威胁，他命令那位曾偷走父子所有生存物资的行窃者在寒冷刺骨的冬日脱光身上所有衣服，这意味着行窃者极有可能被冻死，成为他暴力的受害者。男人这时表现的是人类残忍的报复性一面。

（贼：）求求你了，哥们儿。我会死的。

## 简论科马克·麦卡锡小说《路》的史诗性主题

（男人：）我打算这样把你弃在路上，就像你把我们弃在路上一样。

男人实际上已经放弃了曾经的宗教信仰，他认为"神圣的格言已失去了所指及其现实性"。临死之前，他语重心长地告诉儿子："从来没有什么先知，他们也不会知道今天这里发生的一切。"这意味着父亲眼里的世界已几近蛮荒，人类为了生存下去，只能靠自己，上帝或者先知都是指望不上的；为了生存，暴力有时候是自我保护的一种必要手段。面对着目睹自己残酷一面而哭泣的儿子，父亲为自己的行为辩解："等我们没东西吃的时候，你就有时间好好想了。"而当父亲看到儿子为此一直哭泣，于是问儿子，同时也是在反问自己："假如没有抓住他，我们会怎么样？"与父亲表现出对他人的冷漠和拒绝救助他人相比，男孩则有着悲天悯人的人道情怀，这不完全是一个未成年人所特有的善良，而是有着丰富的象征，喻指人性善的一面。麦卡锡创作《路》之初，曾把小说命名为《圣杯》，有其圣经内涵。王维倩认为麦卡锡的圣杯其实就是男孩。"在将男孩喻为圣杯的书写中，麦卡锡将上帝的灵性灌注于男孩，还赋予他弥赛亚的身份"。男孩具有的弥赛亚本质体现在他对待其他人的态度上，即使是盗贼，他也希望给予宽恕和救助：

他双眼盯着那贼，你这该死的家伙，他说。
爸爸，不要杀死他。
贼的眼睛疯狂转动。男孩儿在哭。

儿子面对父亲的每一次暴力行为，都表露出了恐惧和反感，不过他能做到的只是哭泣和沉默，用不再主动跟父亲说话来表达这种反暴力情绪。李维屏曾分析了父子之间的这一冲突："当世人在地狱与天堂的较量中堕为禽兽时，儿子却不惧与父亲针锋相对，怀疑和否定父亲的道德选择，恪守底线，秉义向善。"

我们不能过去帮帮他吗？爸爸？不。我们不能帮他。

孩子却一直拉扯他的外衣。爸爸？孩子又喊道。别扯了。

我们不能帮帮他吗爸爸？

不能。我们帮不了。什么都帮不了他。

他们继续向前。男孩儿哭了。他不停地回头看。

父子彼此间的感情很深，真正意义上的相依为命，真挚的情感。但暴力却是横在父子之间不可逾越的一道鸿沟，阻隔了父子百分百的心灵无障碍交流。父亲用暴力确保自身和儿子的安全，包括人身安全、食物安全等等，儿子则以沉默不语、暂时不与父亲交流和流泪哭泣来表达对父亲暴力行为的不满和抗议。最终，坚持以暴力手段安身立命的父亲死了，儿子却活了下来，并且仍坚持反对暴力的人性善的原则立场。

## 救赎之"路"

安·兰德说过"从某种意义上说，任何一位小说家都是哲学家"。麦卡锡的系列小说不仅提供血腥与暴力的故事，同时也在其血腥与暴力的最深渊书写他的救赎哲学。救赎是西方基督教信仰中最主要的主题。生命之路是人类的宿命，要一直走下去；暴力之路是人类偏离上帝造人的初衷，而演化而来的人类的族群自我否定；人类若想延续自己的种族，终有一天靠着上帝的指引，必然要走上一条救赎之路。陈爱华亦认为"父子的艰难旅程不仅是表面意义上的求生之旅和外在形式上的流浪，更是一次精神救赎的过程"。在《路》中，这条所谓的救赎之路指的是摆脱只顾及自身安危而漠视和拒绝给予其他人救助的狭隘人生之路，而转向救助和接纳与自己同命运的受难者的善举。小说中生活在父亲保护羽翼之下的儿子，充当着救赎理念的化身，以其心灵之善象征着末世人类的救赎之路。

乔纳森·爱德华兹认为，"人类的堕落还表现在人人都倾向于'自爱'，只看重自己的利益，这样，便不可能获得上帝之爱，而单凭人自身的努力是不可能获得解救的"。父亲最后的死也暗示了爱德华兹所说的"自爱"的后果，即"自爱"而拒绝救助他人者本身也不可能获得解救，而儿子却时时刻刻想着解救他人于苦难中，有着与他父亲"自爱"精神相反的主张，

## 简论科马克·麦卡锡小说《路》的史诗性主题

甚至不惜与父亲"冷战"。从某种意义上说,父亲有上帝的冷酷和坚守原则,儿子则有耶稣的悲天悯人。

《路》中父子对于蛮荒和文明法则的不同理解,恰似《穿越》里的哥哥比利和弟弟博伊德。弟弟认为哥哥抢劫收留自己的人家是不对的,而哥哥却对此不屑一顾:"也许你应该习惯一些做歹徒的想法。"博伊德:"就是一个歹徒也不会抢劫收留他们、对他们好的人。"暴力不会自动终结,需要反暴力的手段来消除暴力。在麦卡锡的小说里,救赎之道是一种终结暴力的有效方式。麦卡锡先从道德与精神的层面将人类降低至最底层,濒临地狱的边缘,然后给人以希冀,使人得到提升。麦卡锡早中期小说模糊了二元论的任何可能性,所有的二元对立都被消解,善与恶、生与死都不再是传统成对概念的对立两极。在《路》里,恶与死亡的阴影无处不在,但善与生命的冲动也一直在抵消恶与死亡的威胁,使其转化。在小说里,这一转化的驱动力即是救赎。

父亲临死之前,也不再以暴力的心态面对这个即将离去的世界。当男孩再次担忧父亲曾经无情地拒绝救助那个小男孩的时候,他安慰男孩说:"善会找到那个小男孩的。一直都这样。善会再次找到他。"或许他已经明白"你可以避开这个世界的苦难,你完全有这么做的自由,这也符合你的天性,但正是这种回避是你可以避免的唯一的苦难"。父亲希望儿子能一直活下去,发自父爱,也因他知道儿子有传递火种的重任,这火种其实就是善,人性之善。其实父亲清楚自己的暴力行为只能确保二人生存一段日子,但从更高的层次来看,人类若想生存下去,必须依赖这个"善",而儿子身上就有着这种善的火种,他告诉儿子:"你知道的。就在你里面。火种一直都在你身上。我能看见。"

在《路》的结尾,父亲最终没能熬到底,病重而死,男孩成了孤儿。但此时,麦卡锡安排另一个男人和女人来接班父亲角色,目的是传递"火种"。以此种方式最终实现了小说的救赎主题。值得注意的是,通篇不提人物姓名的麦卡锡,虽然仍没有加诸新的"火种"守护者的男人以具体化的姓名,但却命名他为"那个男人",而这恰恰是死去的父亲在整个故事里的称谓。这无疑意味着父亲角色的接班,同时也以新的"父亲"角色(收留陌生人的儿子、帮助收拾物品、给男孩围上毯子、让男孩保留那只枪等等）承担父亲的职责，承继父爱，更重要的是给予男孩一个他父亲所不能给予的"家"。与跟随父亲一起在路上漫无目的地"亡命天涯"不同，这次接收他的是一个家，会有父亲、母亲，还有他们的一对儿女。因此，男孩不是被某一个人接纳，而是被一个完整的家庭接纳。男孩太渴望一个家了。加斯东·巴什拉在《空间的诗学》中写道："家宅是我们在世界中的一角。我们常说，它是我们最初的宇宙。"回到一个有着家概念的群体，哪怕算上男孩这也只不过是一个五口之家，但它却象征着人类的团结和聚合，构建了人类生存必须的"最初的宇宙"。这家人还会继续一"路"走下去，即使没有房子可以定居，然而与家人在一起可以产生的能量相比，这又算什么呢？毕竟巴什拉认为"一切真正有人居住的空间都具备家宅概念的本质"。

李杰在杨博译本里所做代序的标题是"路的尽头，还有希望"，麦卡锡在小说结尾罕见地用了千余字的篇幅为读者描述了父亲死后男孩的未来，同时在这结尾处创造出原本该有的完美人性，像温暖的火光，驱走这部小说大部分篇幅所构建的压抑、无助和黑暗，并最终消解了父子之"路"上的"暴力"与"人性恶"。借此少有的温情结局，麦卡锡的主人公最终完成了其"救赎之路"历程，他们以及他们所象征的人类也必将再次走向光明。"路的尽头，必然还有希望"中的希望，就是人类的自我救赎。

麦卡锡并未在《路》中交代故事发生的具体时间和具体地点，这是典型的麦卡锡式叙事方式，属于"去时空"或者"泛时空"书写。埃德温·阿诺德将麦卡锡的小说称之为"梦"："或许麦卡锡所有的作品构成了一个长篇的'梦'，无论阅读麦卡锡的哪一部作品，都会让读者产生非现实的感觉。我们从来不存于现实世界里，不在当代也不在历史上。"或许说麦卡锡正是通过这种抹掉具体人与物、时间与空间的叙事，达到一种文学理念的高度，即将后启示录式的叙事文本，提升至美国边疆史诗性小说的高度，为美国这个国家、这个民族的过去、现在与未来，塑造出独特的史诗庄严与宏大。

## 结语

　　作为美国文学黑暗题材创作大师的麦卡锡以写作黑暗的方式来写作光明。十余部小说释放出形形色色的人物，或善或恶，或兼而有之，或左右摇摆，它们肩负着不可背弃的责任，驰骋在美国最荒凉、最偏远、最考验人性的边疆地区，塑造出美国主流文学所没有的另类史诗性作品，既拓宽了美国文学的广度，又增加了美国文学的深度。《路》作为麦卡锡启示录式的作品，构成了美国边疆地区灿烂晚霞中最为奇幻的启示性风景，进一步完善了美国史诗性小说的广阔而雄伟的文学世界。

原载《河南师范大学学报》2020年第2期

# 重访"商州"
## ——贾平凹商州系列作品中的地方性问题之考察

/张慧敏

众所周知,贾平凹是中国当代文学最具创造性的重要作家之一,被誉为"鬼才"、中国当代文坛的一棵"常青树"。如果从1973年他正式发表第一篇小说《一双袜子》算起,迄今已有将近半个世纪的创作历程。截至目前,年近古稀的贾平凹已公开出版了十八部长篇小说和不计其数的散文、中短篇小说以及各种回忆录和创作自述、作品序跋、演讲录、访谈录等。这些作品,有的为他带来无穷的争议,也有的则获得巨大的荣誉,无论如何,承认贾平凹的艺术创作已臻炉火纯青之境界,大概并不算太过。大体上说来,他的创作主要建基于商州和西安两地,有论者因此将其概括为"商州情结,长安气质"[1],一方面,商州是贾平凹早期成长的故乡,也是他个人性格和艺术禀赋的生成之地;另一方面,他对于人生和社会的判断与认识,他的文学经验和文学思想的养成又和他四十多年的西安生活经历密切相关。"我的创作基地有两块,一是我的家乡商州,一是我现在工作和生活的城市西安。所有作品里的故事都发生在这两个地方,即使故乡的素材来源于别的地方,但我仍是改造了把它拉到这两个地方。"[2] 借助于商州

---

[1] 程华:《商州情结 长安气质——贾平凹从商州到西安的文学创作》,《商洛学院学报》2014年第3期。

[2] 贾平凹:《文学与地理——在香港贾平凹文学作品国际研讨会上的发言》,《东吴学术》2016年第3期。

的故事和人物，贾平凹创造出一个超越了商州的更为普遍和更为博大的文学版图，而这样的超越，基于他四十年的长安生活，他的文学艺术观念、精神追求和他的文人气质与他在古城西安的生活经历是分不开的。在文学史上也可以发现，很多优秀的作家总要在真实与虚构之间建立自己的文学根据地，譬如福克纳的约克纳帕塔法、马尔克斯的马孔多、沈从文的湘西以及莫言的高密东北乡等。这熔铸了真实空间与想象空间的"第三空间"，是作家创造力与想象力的确证。因此，要更好地理解贾平凹整个的文学世界，就不能不一次次进入他的"商州"。商州，可以说既是贾平凹成功书写和创造的精神故乡，也是他文学诞生的最初地理空间以及后来源源不断的写作实践的不竭动力。

一

虽然贾平凹从 20 世纪 70 年代开始的文学创作就以描写山乡风貌见长，带有强烈的地域色彩，但真正使其立足并扬名文坛的还是 80 年代的"商州系列"作品。[①] 这些作品开始让读者认识到一个神奇的商州世界，也开始让贾平凹意识到他真正的写作兴趣之所在。找到一种独一无二的声音或形式来描述和呈现本土文化与自身的地方性审美经验，这也是自 20 世纪 80 年代以来中国当代小说努力的主要方向。"对于'家乡'或'乡土'的现代迷恋是有关地方（the local）或区域（the regional，汉语中称为乡土、地方）的现代表征的重要组成成分"[②]，不少作家选择返回过去，或回归故乡，在时间和地理的陌异性中寻找灵感，以迂回的寻根来重新进入当下的现实。因此，批评家多有将它们纳入 80 年代的"寻根文学"思潮的范畴之中，"'商州系列'与同时期的李杭育的'葛川江系列'、稍后莫言的'高密东北乡系列'以及之前沈从文的'湘西世界'等共同建构起了中国现当

---

① 主要包括《商州三录》《浮躁》《商州》、"改革三部曲"等一系列小说和散文作品。
② 杜赞奇：《地方世界：现代中国的乡土诗学与政治》，载王铭铭主编《中国人类学评论》第二辑，世界图书出版公司，2007，第 21 页。

代文学史上极富文化意味的中国乡土想象格局"。①然而，在理解这一问题时，如果仅仅止步于认为这些作品只是完美地呈现了商州的地域文化或风俗画卷，依然在外部环境的意义上赞赏其中山川风物、民风民俗之描写的生动细致，我以为，就仍然没有较好地揭示出贾平凹商州文学的丰富性和复杂性。

关于商州系列作品的创作，贾平凹曾自述道："我想着眼于考察和研究这里的地理、风情、历史、习俗，从民族学和民俗学方面入手。"②具体来说则是："我在商州每到一地，一是翻阅县志，二是观看戏曲演出，三是收集民间歌谣和传说故事，四是寻吃当地小吃，五是找机会参加一些红白喜事活动。这一切都渗透着当地的文化啊！"③自然地理之外诸多文化因素的介入使得贾平凹显然绝不仅仅是要提供一幅关于为世人所不知的商州的旅游指南——虽然无论从作者还是从读者两方面来说都有着这客观的作用（贾平凹在其小说《浮躁》序言之一中就抱怨说，"现在已经有许多人到商州去旅行考察，他们所带的指南是我以往的一些小说，却往往乘兴而去败兴而归，责骂我的欺骗。这全是心之不同而目之色异的原因，怨我是没有道理的。"）而贾平凹这里所谓的文化，毫无疑问正是雷蒙德·威廉斯所界定过的文化的意义，也即"一群人、一个时期或一个群体的某种特别的生活方式"，或者说，就是人们日常生活的一部分。县志书写、戏曲演出、歌谣传说、小吃制作以及红白喜事等，这就是活生生的文化或实践，正是这些文化实践赋予生命和生活以意义。在贾平凹笔下的商州中，自然地理与社会历史、风俗民情、传统文化已经融为一体难分彼此，它们一起构成了人物得以存在的"地方空间"或索雅（Edward Soja）所谓的"第三空间"。"第三空间是生活的空间（Lived space），它打断了感知空间（perceived space）与空间实践（spatial practices）的区分。他以第一空间这

---

① 李遇春：《守望及变革——论贾平凹四十年小说创作轨迹》，《湖北大学学报》（哲学社会科学版）2016 年第 1 期。

② 贾平凹：《〈腊月·正月〉后记》，载《腊月·正月》，北京十月文艺出版社，1985，第 423 页。

③ 贾平凹：《答〈文学家〉编辑部问》，载《贾平凹文论集：访谈》，生活·读书·新知三联书店，2015，第 6 页。

## 重访"商州"

个词汇来描述在经验上可以测量和描绘的现象。第二空间是感知的空间,是主观与想象的空间,亦即再现和想象的领域。第三空间或说生活的空间,是一种不同的思考方式。第三空间是为人所实践及生活的空间,而不仅是物质(构想)或心灵(感知)的空间。"① 由此可以进一步说,商州就不仅作为世界上的某一"地方空间"或"第三空间",它还是主体认识世界的一种方式,如作者所言:"我是站在西安的角度上回望商州,也更了解商州,而又站在商州的角度上观察中国,认识中国。"② 因此,当以一个"离去—归来"之姿态出现时,贾平凹是发现并重塑了商州,他在这里看到了不同于他人所看到的事物,一个不同于他人的意义和经验的世界,尤其是其中人与地方之间的情感依附和关联。

因此,在这一系列的作品中,贾平凹从地方文化内部出发对故乡商州地区的自然地理、文化历史及生活变迁等进行深描,通过对风情、习俗、伦理等地方性知识的书写完成了对商州的文学地理学空间重塑。所谓深描,是排除他者视角的解释性呈现与讲述,是从内部视角出发的对所有充满省略、前后不一致、杂乱无章的行为都能心领神会的描述。这种内部视角,尤为贴合切近人类学家在面对地方性知识时所强调的"文化持有者的内部视界",它涉及人类学书写者的思维和解释立场及话语表达的问题。写作者既不能是一个纯粹"族内人"(insider)的身份,否则他的书写即成为地方文化承担者本身的认知,代表着内部的世界观,是内部的描写,也是内部知识体系的传承者;同时也不能是一个纯粹的"外来者"(outsider),否则他只能代表着一种外来的客观的"科学"的观察。那么,人类学家应该怎样才能作出与其文化持有者文化状况相吻合的确切的诠释呢?在人类学家吉尔兹看来,"它既不应完全沉湎于文化持有者的心境和理解,把他的文化描写志中的巫术部分写得像是一个真正的巫师写得那样,又不能像请一个对于音色没有任何真切概念的聋子去鉴别音色似的,把一部文化描写志

---

① [美]Tim Gresswell:《地方:记忆、想象与认同》,徐苔玲、王志弘译,群学出版有限公司,2006,第65页。

② 贾平凹:《文学与地理——在香港贾平凹文学作品国际研讨会上的发言》,《东吴学术》2016年第3期。

中的巫术部分写得像是一个几何学家写的那样。"① 应该说这正是贾平凹面对商州所占据的位置。虽然生于且长于商州，但不同于另外的商州本地人士，彼时的贾平凹已经有了在省城西安读书求学以及工作成名的经历，使他获得了一个相对于商州的他者的视角。因此，他既是商州的一个"外来者"，同时也是一个"族内人"，他不需要通过"移情"的方式刻意去培养一种与本地情境相认同的"地方感觉"，他自己就具备这样一种"地方感"，并且可以反过来对其进行相对客观的考察与审视，从而完成那些近乎作为一种民族志书写的商州系列作品。

## 二

格尔茨认为，一部具体的民族志其描述是否成功，"并非取决于它的作者能否捕捉住遥远的地方的原始事实，并且把它们像一只面具或一座雕塑那样带回家来"，而是取决于作者的讲述或阐释能否唤起一种创造性想象力，说服人们"减少对鲜为人知的背景中陌生行为自然要产生的那种困惑"。② 而文学作品中写"地方性知识"，有时也许并不特别符合所谓事实的"真实性"或"客观性"尺度，却往往能超越于此，表达出情景化的个体经验并解释经验背后更为深邃的文化意义。而"理解文化不只是简单地理解客观'现实'，一个可以在世界的'某处'被现成地发现的'现实'。存在着多种现实，每一个群体都有它可以声称是'真实的'世界观，这些世界观只有通过表征的形式才能得以利用。它们必须被作为故事来被讲述、被书写，作为油画被描绘，作为电影被放映以及作为歌曲被歌唱和作为戏剧被表演。我们需要注意世界通过各种媒体都描述（或再次呈现）的方式"③。贾平凹写商州，不仅对商州的山川地理形势和小镇村庄作客观地

---

① ［美］克里福德·吉尔兹：《地方性知识——阐释人类学论文集》，王海龙，张家瑄译，中央编译出版社，2000，第73—74页。

② ［美］克利福德·格尔茨：《文化的解释》，韩莉译，译林出版社，2015，第21页。

③ ［英］阿雷恩·鲍尔德温等著：《文化研究导论》（修订版），陶东风等译，高等教育出版社，2004，第143页。

## 重访"商州"

记述,就是每一地的历史沿革和民间传说,也多参考当地县志,因此在读者读来颇近似于历史地理通俗读物,但即便如纪录片似的客观纪实的背后,在那镜头后面也有着一双眼睛。当他跋涉、漫游于商州大地之上时,"心中的确装着司马迁写《史记》,沈从文写《湘行散记》时的眼光和文化情怀"①。他对于商州地理与历史文化的熟悉,简直到了如数家珍的程度。譬如在《商州初录》的引言中,作者介绍道:

> 我曾经查过商州十八本地方志,本本都有记载:商州者,商鞅封地也。这便是足见商州历史悠久,并非荒洪蛮夷之地的证据吧!如果和商州人聊起来,他们津津乐道的还是这点,说丹江边上便有这么一山,并不高峻,山峁纵横,正呈现一个"商"字,以此山脚下有一个镇落,从远古至今一直叫"商镇"不改。还说,在明、清,延至民国初年,通往八百里秦川有四大关隘,北是金锁关,东是潼关,西是大散关,南是武关;武关便在商州。一条丹江水从秦岭东坡发源,一路东南而去,经商县,丹凤,商南,又以丹凤为中,北是洛南,南是山阳,西是柞水,镇安,七个县匀匀撒开,距离相等,势如七勺星斗。……②

诸如这样的描述在商州系列的作品中比比皆是。《商州初录》中依次描述下来的黑龙口、莽岭一条沟、桃冲、石头沟、龙驹寨、冯家湾、贾家沟、山阳、棣花、白浪街和镇柞等,无一不是工笔细细描绘出其地势地形和乡民生活,有的地方甚至在别的作品中反复出现,《浮躁》中所写"一脚踏三省"的小镇白浪街即是《商州初录》中的白浪街,而贾平凹本人的家乡棣花街,甚至作为2005年《秦腔》中的主要空间。在后记中,他告诉读者,"在陕西东南,沿着丹江往下走,到了丹凤县和商县(现在商洛专区改制为商洛市,商县为商州区)交接的地方有个叫棣花街的村镇,那

---

① 程光炜:《贾平凹序跋、文谈中的商州》,《文艺研究》2016年第10期。
② 贾平凹:《商州初录》,载《商州:说不尽的故事》,华夏出版社,1995,第2页。

就是我的故乡"①。当然，棣花街在小说中被虚拟为"清风街"，它在《商州初录》中早已被浓墨重彩地加以描绘过，"无论如何我是该写写棣花这个地方了。商州的人，或许是常出门的，或许一辈子没有走出过门前的大山，但是，棣花却是知道的。棣花之所以有名，有各种各样的说法。文人界的，都知道那里出过商州唯一的举人韩玄子"②。韩玄子又出现在同一时期另一篇作品《腊月·正月》中作为小说主人公的名字。还有，他的第一部长篇小说就不但以"商州"命名，也同样在其中每一单元的第一部分中用大量近似实录的笔墨穿插描绘出了商州各地的地域地理、风土人情和历史习俗，使得这部小说呈现出一种文体上的杂糅风格，一方面是近似于《商州三录》的半纪实性的非虚构文学，另一方面是像所谓的"改革三部曲"一样的虚构文学，也就是小说中刘成和珍子的这条故事线索。其实，这种文体上的杂糅与含混本身在《商州三录》中就已存在，譬如，有的论者将其视为纪实性散文，而另一些论者则毫不含糊地将其视为小说。之所以会有这样的问题，一方面在于一般读者常常会依据自身在长期阅读中形成的文体经验来框定对象，而更主要的当然是在于文本中渗透着的作者自身的个体经验，以及组织这些经验的方式。

作为一个典型的人本主义地理学家的段义孚就尤其重视人的经验的视角，经验是跨越人之所以认知真实世界及建构真实世界的全部过程，"经验是一个适用于各种模式的应用广泛的术语。一个人可以通过经验了解现实，并建构现实。……假如我们对一种物体或一个地方的体验是完整的，也就是说，调动了所有的感官且经过了大脑积极的反思，那么它就实现了具体的现实性。长期居住于某地使我们能够熟悉该地，然而，如果我们不能从外部审视它，或者基于自身的经验反思它，那么它的形象就缺乏清晰性。而如果我们只是从外部——通过游客的眼睛或者阅读指南中的介绍——知道某个地方，那么这个地方会缺乏真实意义"③。这也是前述贾平

---

① 贾平凹：《〈秦腔〉后记》，载《秦腔》，作家出版社，2005，第558页。
② 贾平凹：《商州初录》，载《商州：说不尽的故事》，华夏出版社，1995，第84页。
③ [美] 段义孚：《空间与地方：经验的视角》，王志标译，中国人民大学出版社，2017，第14页。

# 重访"商州"

凹之对商州进行深描的恰切位置所在。英国文化地理学者迈克·克朗则指出，人文地理学者在文学作品中找到了注重地区经验的描述，他们意识到，文学作品中的描述同样涵盖了对地区生活经历的分析。他引用波科克的观点说，"小说的真实是一种超越简单事实的真实。这种真实可能超越或是包含了比日常生活所能体现的更多的真实"，"这些充满想象的描述使地理学者认识到了一个地方独特的风情，一个地区特有的'精神'"。[1]而在论及"文化是怎样塑造日常空间的？"这一问题时，他的结论是，"文学作品不能简单地视为对某些地区和地点的描述，许多时候是文学作品帮助创造了这些地区"[2]。因而，文学作品中的空间不能简单地视为是对某些地区和地点的描述，在个体经验的烛照之下，它背后的带有想象力和创造性的意义才是将现实与读者一体相连的关键所在。

由此，在大部分贾平凹商州系列的作品中，他自身的影子随处可在。如在《商州初录》中一开始出现的一群旅行者后慢慢聚焦于的"那一个"旅人叙述者，这个旅人一路从《黑龙口》一直到《镇柞的山》，在《商州又录》中摇身一变而成为商州一个抒情的歌者，到《商州再录》中继而又成为商州历史传说的回忆者和讲述者。甚至在小说《商州》中一开头就专设一条线索将自身安置进去，"有这样一个后生，性情乖觉，不愿披露姓名，但祖籍商州，诞生于鼠年，属十二相之首，相推则为金命……"无论是虚构还是纪实，主体之时时刻刻的存在更加彰显出作为地方的商州的意义。地方本就是存在的空间，是意义和价值的中心。段义孚强调空间可以透过对象物和地方的相对位置而经验到，文艺著作的功能就是使这种经验获得可见度；地方是一种"价值的凝聚"，因此人对地方会产生一种特殊的精神，超出物质和感官并且能够感到对这个地区精神的依恋，也即地方感。克朗则认为文学艺术正是人们表达这种情感意义的一种重要方式。这种"地方感"不仅存在于贾平凹和商州之间，它同时还存在于作品中人物与其活动于其中的"商州"之间，甚至也存在于某些读者与其体验到的

---

[1] ［英］迈克·克朗：《文化地理学》（修订版），杨淑华、宋慧敏译，南京大学出版社，2005，第41页。

[2] 同①，第40页。

"商州"之间。

## 三

 至于商州系列作品创作的动机问题，贾平凹自己多次做过说明，相关的文献和研究也解释得相当全面和细致。从间接的一面来说，在经过将近十年的创作后，彼时的贾平凹发现自己开始陷入一段苦闷彷徨的创作瓶颈期，他需要寻求自己新的突破；从直接的一面来说，则是起因于1982年西安"笔耕"文学评论组在一次小说创作讨论会上对贾平凹1981年前后一些作品尖锐的批评。这次批判事件对他的刺激和影响很大，应该说是直接促发了他的商州之行，"那时我对城市还存在着一定的抵触，心里不畅了，喜欢回故乡。在故乡待了一些日子，乡下的生活唤起了我小时记忆，我醒悟到我的创作一直没根，总是随波逐流，像个流寇。别人写伤痕类的作品，我也写，而我写这类作品，体悟并不深刻。别人写知青，而我又是回乡青年，我得有我的根据地呀，于是萌生了写故乡的人与事。此后，我开始有意识地回故乡采风"[①]。到1985年，在连续发表《商州初录》《商州又录》和《商州再录》等作品之后，商州这个地名已经在全国产生了很大影响，贾平凹也自称开始再次找回了一度迷失的自己，"这一组笔法大致归之于纪实性的，重于从历史的角度上来考察商州这块地方，回归这个地方的民族的一些东西，而再将这些东西重新以现代化的观念进行审视，而做一点力所能及的挖掘、开拓。我觉得这个路子最宜于表现商州，也最宜于表现我"[②]。也就是说，商州系列不仅成就了商州，也成就了贾平凹自己，与此同时，贾平凹也通过商州系列中对商州的发现和创作，不再仅仅是像幼时成长期那样与故乡之间只是简单的生存与依附的关系，而真正实现了两者之间的一种认同关系。如前所述，每个人都对某一地方有一种主观和情感上的依附，也即所谓地方感，文艺作品尤其是能唤起这种地方感的媒

---

[①] 贾平凹：《寻找商州》，载《贾平凹文论集：关于小说》，生活·读书·新知三联书店，2015，第206页。

[②] 贾平凹：《我的追求——在中篇近作讨论会上的说明》，同①，第24页。

介形式。显然的，对于每个人来讲，地方都不仅是某一空间，它还是认识世界的一种方式，"地方也是一种观看、认识和理解世界的方式。我们把世界视为含括各种地方的世界时，就会看见不同的事物。我们看见人与地方之间的情感依附和关联。我们看见意义和经验的世界"①。千言万语一句话，商州对于贾平凹来说，可能是他终其一生都难以离开的精神原乡。

然而，有趣的是，事情到此并没有结束。2020年，贾平凹在一次接受《新民周刊》记者采访的报道中还声称，"我对家乡的感情是又恨又爱"②，爱当然是因为商州这方水土养育了他，恨则是因为在青少年时期因为贫穷而常常吃不饱肚子。爱恨交织大概也是很多人对于自己故乡的一种态度。时至今日，贾平凹应该不会再因为饿肚子而记恨家乡了。因为，今时今日的商州相对于20世纪贾平凹所写商州系列作品中的商州，实在已经不可同日而语了，像中国大多数的城市和农村一样，那里也发生了并继续发生着天翻地覆的变化，而这些变化，在很大程度上都与贾平凹有关，与他之前所写的商州有关。引用该篇报道中的原话："贾平凹没有料到，文学写作的力量也很强大，可以帮助老家发展经济。"这里的"帮助发展"，一方面是贾平凹成名后依靠其文化资本向权力机构进言献策，譬如他作为全国政协委员和全国人大代表之期也参政议政，用政协提案和人大建言，参与国家建设，每年全国两会开会前，贾平凹都会认真做一些调研，提交一些文化领域的议案、建议，支持陕西的社会和经济发展。"我觉得，人大代表是有一份责任的，就是要你给大家说话的，要把最基层的人民的意愿表达出来反映上来，我本来的角色是写作者，地方作协的一个工作者。对我来说，最起码要把地方上的那些文艺工作者的想法表达出来。"另一方面更主要的是地方通过权力机构将贾平凹的文化资本通过文旅形式高度转化为经济资本，在贾平凹的老家棣花镇给他建设文学艺术馆，保护贾塬村的贾平凹住过的老宅，利用他在国内外的社会影响力，招商引资，开发文

---

① [美] Tim Gresswell：《地方：记忆、想象与认同》，徐苔玲、王志弘译，群学出版有限公司，2006，第21页。

② 贾平凹：《我对家乡的感情是又恨又爱》，《新民周刊》第1110—1111期，2020年10月21日、28日。

化旅游产业，发展地方经济。更奇妙的是，在贾平凹文化艺术馆的兴建过程中，根据贾平凹小说里所描述的景观，当地政府在棣花古镇上，复建了清风街（老街）、古驿站、戏楼、二郎庙等古建筑，连同新建设的千亩荷塘，形成了今天的旅游景区。这对于贾平凹和文学来说，都不啻是一个莫大的荣幸和骄傲。尤其在"文学无用论"主导的现代实用主义社会中，文学居然会引发真实现实的巨大改变并生产出一连串实实在在的地理景观。在这里，我们是否都会再次想起王尔德那句著名的名言："生活模仿艺术远胜于艺术模仿生活。"而且，我们是否需要再次认真地思考一下这个命题。

"商州"究竟是怎样形成的。如果说贾平凹在他20世纪80年代的商州系列作品中第一次发现并塑造了商州，如人文地理学家所认为的那样，地方显然是经由文学、电影和音乐这类文化实践而创造，然而，作为地方的商州却并未止步于此，地方在某种意义上也从未真正完成，而是透过反复的实践而不断地被生产；那么，在21世纪以来，由于贾平凹及其文学世界巨大的社会效应，他在文学中借助与想象和虚构完成的个体化的和文化化的商州，被引入复制到现实世界中来，从而完成了"商州"的第二次生产和塑造。我以为这一点恰恰是贾平凹商州系列作品最大的意义和价值所在。它同时也促使我们再次思考文学的功能，文学和真实，文学和现实等一系列历史深处的久远的命题，它们远没有被思索到尽头。最少，我们再不可能回到简单的反映论中去，再不会简单地以"无用"来界定文学的功能。虽然这不过也是常识。对贾平凹和他的商州系列作品的反复阅读和思考，让我们看到，他并非简单地对地理意义上的商州进行描述或再现，而是通过语言来发现或创造一个文学地理学意义上的商州，它尽管带着强烈的个体经验和深邃的文化意义，但依然能对读者和现实世界进行持续不断的影响甚至改变。只有通晓了这一点，我以为我们才能真正理解贾平凹或其他一切事关地方的文学作品。

# 愿文学之花繁盛长春

## ——评"茅盾新人奖"获得者闫文盛、张二棍

/周俊芳

题记:作家的职责,是要写出人的困境、人的苦处。

元旦百花开,文坛有喜讯。第四届"茅盾新人奖"评选结果揭晓,文学晋军再传佳音,十位"茅盾新人奖"获奖者中有两位山西作家,他们是闫文盛、张常春(张二棍)。

闫文盛,1978年生于山西介休,现为山西文学院专业作家。先后获得2007—2009年度赵树理文学奖新人奖·首奖、《诗歌月刊》特等奖、安徽文学奖、滇池文学奖、林语堂散文奖、山西省文艺评论奖一等奖、《黄河》小说奖等。张二棍,本名张常春,1982年生于山西代县,就职于山西地勘局,山西文学院签约作家。曾获《诗刊》年度青年诗人奖、华文青年诗人奖、闻一多诗歌奖、西部文学奖、赵树理文学奖等。

两位有着二十年以上创作经验的青年作家,一个精于散文,一个专事诗歌,都以鲜明独特的创作风格,展露出思想的光芒,绽放出文学的华彩。

## 与天地自然的孤独对话

庄子说:独往独来,是谓独有。独有之人,是谓至贵。是孤独让一个人变得出众,而不是合群。

闫文盛以长篇散文《主观书》盛名于外,洋洋百万言,被评价为"满

怀激情地向当代中国文学灌注了'思'的品质，令人联想到尼采和卡夫卡的写作"（西川语）。《钟山》主编贾梦玮盛赞：《主观书》既是灵魂的追问，也是灵魂的独白。

十五岁那年，闫文盛离开老家，外出读书、远行、写作，当过新闻记者、文学编辑、《都市》执行主编、签约作家，直到如今的专业作家……熟悉文盛的人，都见到过他独自踱步的情形。他不爱热闹，不慕浮华，超然物外，像一位少年老成、孤独的沉思者。

作为一个诗人，张二棍的特立独行更加突出，即便身处闹市和人群，孤独几乎是他的标签。从他诗集的名字《旷野》《入林记》《搬山寄》，就可见一斑。2000年，十八岁的张常春，子承父业，当了一名地质队员。独特的职业经历，成为他创作的宝藏。行走于荒村野店，出没在山林峡谷，看遍世间种种，却无人可以倾诉。整天与草木为伍，替鸟兽惊心，潜移默化形成了他的性格，"一个擅长腹语，懂得自得其乐的人"。

2010年，他以笔名张二棍，开始发表诗歌，厚积薄发，出手不凡，获奖无数，两次被《诗歌周刊》特别推荐，受邀参加第三十一届青春诗会。2017年，鲁迅文学院和山西省作协为他在京举办诗歌研讨会，同年，他成为首都师范大学驻校诗人……

孤独不是写作者独有的，但写作者注定是孤独的。对个体而言，闫文盛是孤独的，对写作而言，他的内心却是丰沛的。中国作家协会书记处书记、著名作家邱华栋评价：闫文盛以灵魂史编年的方式和野心，迄今已进行了长达十个年度的漫长记录……《主观书》在物我之间的悬疑地带展开运思，内在蕴藉深沉，具有非同一般的思想的旋律。"《主观书》是一个写作者隐秘的地平线。"书写隐秘的过程，必然孤独，亦必须孤独。这似乎是写作者的宿命。

张二棍沉默寡言，戴副眼镜，精瘦单薄，身上并无诗人的张扬，更无风花雪月的浪漫。是那种不善交际，隐于人群，存在感很低的人。熟悉了才发现，眼睛里的狡黠，语言上的幽默，交流中的机智，还有着自嘲般的犀利与坦诚。

如诗人、好友刘年在《致张二棍》中所描绘的，"你白眼青天，蹲在石头上，像八大山人画的一只苦斑鸠。"在山野中待久了，就免不了成为大自然的粉丝，悠悠白云飒飒秋叶，皆赏心悦目，不绝的鸟鸣亘古的大雾，都值得留恋。闲暇的时候，二棍会去山林里走一走，会从一座山谷翻越到另一座山谷，会在山泉旁假寐片刻，会采回一筐蘑菇……"这时候，我是开心的。这样的开心，仿佛整个世界携带着它美好的全部，蜂拥而至，馈赠于我。"这是他诗中的文本理想——向天地间有生命、没生命的万物，学习它们的神性与人性。

二棍诗中对自然的描写比比皆是，"只有我知道，一条河流的伤痛／它在五月干旱的人间，一寸寸收紧两岸。现在，它被掠取了澎湃，汹涌，荡漾／哦，这些波光粼粼的字眼。""让我长成一颗草吧，随便的草。南山，北坡都行。哪怕平庸，费再大的力，都挤不出米粒大的花。哪怕单薄，风一吹，就颤抖着，弯下伶仃的腰。哪怕卑怯，蝴蝶只是嗅了一下我的发梢，缄默的根，就握紧了深处的土。哪怕孤独，哦，哪怕孤独，也要保持我的青……"哪怕是描写孤独，也充满蓬勃力量。这是人与自然对话的特质，也是文学的魅力所在吧。

## 小我到大我的人类书写

有人说，在张二棍的诗中能读出疼痛感。但他并不认同，"其实，每个人也没有那么多苦不堪言的事……我，要从小我放射到大我，把一只流浪狗看成自己家的，把一个流浪汉看成晚年的自己……当我们真正地走向他们，这个小我就会真的痛起来。也许诗歌什么都不是，它止不了痛，也扶不了人，更挡不了风雨。我起初写作，更多是把它当成一个人的日记，不过是分了行而已"。

与一些浮光掠影或相对矫情的底层书写不同，张二棍从具象的生存状态中感知生命的体验，从而提炼出美学经验，实现了从"小我"到"大我"的跨越。

"因为苍天在上，我愿埋首人间。"读二棍的诗，总给人力量，虽为苦痛书写，但从不低沉哀婉，那是来自天地的能量，宽广包容，无往不利。

没有一个成功的书写者，仅仅对月独酌，俯首自吟。对生命普世关照，对万物平等悲悯，才能得到共鸣，也才更有文学的意义和价值。

闫文盛执念书写《主观书》，时而冥想，时而质疑，既是自我与天地万物的沟通，更是人类与时间与记忆的对抗，或者妥协。"很难说，写作就是日常生活中的醉吟之诗，写作仅仅是为了完成作者的告白。""在大与小之间，我们如此清浅如朝露。琐碎如尘埃。"写作似乎是自我生活的记录，但好的作品，向来都不尽然是"小我"的表达，一定是关照人类的"大我"体验。

"茅盾新人奖虽然是针对作家整体创作进行奖励，但对我来说，似乎是奖给《主观书》的。"何为主观，闫文盛回答："'主观'的意思在几乎与发现同喻。我希望挖掘以我的思考所能触及的那种宏大的陌生性……"

从2012年开始，经过漫长的耕耘，闫文盛以极大韧性和文字中巨大张力，完成了一次文学的蜕变。《主观书》陆续结出果子：前三卷《我一无所是》《主观书笔记》《灵魂的赞颂》相继出版，后续七卷将逐步推出。部分篇目在《人民文学》《散文》《钟山》《天涯》《大家》《作家》《中国作家》等发表，仅《散文》就以头题发表了五次。这些文字先后获得安徽文学奖·散文类主奖、滇池文学奖、林语堂散文奖、黄河散文奖等。

不可否认，《主观书》的写作，受到佩索阿、尼采、齐奥朗、卡夫卡等人的影响，那些显而易见的偏执，凸显出闫文盛迷人的才华和文学的野心。他坦言：我们如果没有敢于尝试伟大的失败的野心，也就不会有伟大的文学。

他们的野心，或许就是文学之幸！

## 追求诗意的自由表达

诗是什么？有人说，就是分行的散文。

闫文盛从写诗到写散文，无须跳跃，就是水到渠成的表达。他的散文中，带着诗歌的节奏，是诗化的语言叙述，也未尝不是诗歌的另一种文本体验。没有漫长岁月的诗意表达，是很难将散文写作推入一个高的阶段。

很明显，《主观书》不是纯粹意义上的散文文本写作。关于文体，从来就不是问题。南京师范大学文学院教授何平说：闫文盛以罕见的耐心重新发微和发明我们的世界。《主观书》之"书"应该被视作一种独立制造的文类。

闫文盛最喜欢一句："我已经写下了一团一团的废墟，我足以为此歌哭无尽。"他是抱着多么坚定的心意，去书写他的皇皇巨著。对于文学，文盛是充满敬畏，且极具野心。他立志余生将厉兵秣马，去书写包括《主观书》在内的彰显自我写作特性、杂糅各种文体、推动中国文学创新的巨型文学作品。他希望这种写作具有某种绵延不息的风格，具有生命的柔软和刚硬，具有空旷原野上"风的流动"的美学特征，也具有某种天籁般的音乐的静止。

而张二棍在诗歌之余，尝试散文写作，在《黄河》发表《他山》，令读者惊艳。他说试图让自己的文章或者诗歌，"携带着自己的基因、呼吸、心跳、体温，我想让更多的阅读者理解我在思索什么，我有什么爱憎，我的悲伤何来，我的欢喜何往……"

2020年是张二棍的丰收年。他的诗集《入林记》获得赵树理文学奖；组诗《一生中的一个夜晚》获得西部文学奖；组诗《张二棍诗选》获得闻一多诗歌奖，授奖词：张二棍的诗歌关切众生，且都有其特有的体悟、特有的修辞。在他的心目中，有情众生，皆都平等，皆有令人悲悯的命运与生存，且都有尊严……他的悲悯是有我的悲悯，他从来没有置身事外，时常反转向自己。

"可能我穷尽一生，也不过如若一个擎烛昼行的盲者，没有方向感，没有目的地，没有同行者，更没有赞美与喝彩……可有什么关系呢。只要抱有内心的大光明与通天道，此身足可寄！"仿佛与天地相通，张二棍的豁达，不单对文字赋予了诗意，对人生亦披上诗意的霞光。

"忘记名利，喜欢诗歌就去写，写作的过程让人惊心动魄，让人无比迷恋，这就足够了。"得知获得"茅盾新人奖"，他依然随性淡然，在这个灯红酒绿的年代，一些人仍旧写着清心寡欲的诗歌，这本身就足够了。至于获奖，开心是必然的，开心之后，依然需要冷静而严谨地写下去，以对得起每一次的鼓励与荣誉。

喜获"茅盾新人奖"，闫文盛感言：在这漫长而孤寂的写作旅程中，能得到认可和鼓励，对我自然是很开心的一件事。我觉得这些慰藉和理解，会照亮我继续跋涉的道路。

# 浪漫主义者的向死而生与以退为进
——李衔夏中短篇小说印象

/高 璟

广东作家李衔夏是新近崛起的一位"80后"小说新人,他最早以长篇小说《人类沉默史》起步,后来又有过几年诗歌"游牧"期,近两三年来他逐步将重点转向中短篇小说创作。他多年来饱读中外经典名著,且博闻强记,加之思维开阔,语言精熟,可谓厚积而薄发,在国内小说界甫一亮相,便以其天马行空的叙事风格和充满哲学思辨色彩的语言赢得了不少关注的目光,其中篇小说《旗煊》入选2016年中篇小说年度权威选本就是一个力证。对于一个小说新人来说,这无疑是对他创作才华的一种肯定。

通过对他目前已发表的十余部中短篇小说的阅读,我们大致可以得出一个这样的印象,李衔夏是一位既有能力书写现实,也有能力描绘超现实世界的浪漫主义作家。回视当下文坛,我们能很清晰地看到,现实主义作为一种强大而坚实的主流传统对整个文坛的影响。不可否认,在现实主义文学的创作领域,我们收获了许多优秀的作品,在那些作品中我们回望历史,也观照现实,将复杂、真实而广阔的历史事件、时代变化、社会百态都真切地留存在了文字间。但作为"80后""90后"一代的作家,社会大开放与后工业文明赋予了他们丰厚的先天优势,来打破这种既有的秩序,也呼唤他们充分发挥自己的锐气和叛逆精神,去冒险,去开创属于他们这一代人的文学书写空间。在这一方面,李衔夏显然是有野心的,他一面不断地尝试建立自己个性化的语言风格,另一方面也在选材、表现手法等方面努力拓展写作的疆域。当大多数作家都在忙着要把作品写得像某某大师一样的时候,他却在思考另一个问题:我怎样才能写得和他们都不一样,怎样才能创立属于我个人的风格。对于"异质性"的追求,使得他的每一部作品都充满了令人过目难忘的魔力。

李衔夏给自己小说的定调是浪漫主义,他认为现代主义和后现代主义等等都是浪漫主义的发展和延伸,浪漫主义才是古典而又永恒的基本创作方式,那么,下面我们不妨从浪漫主义的角度来理解和分析李衔夏的小说。

## 在不断接近疯狂的状态中捕捉人性的神质基因

"我是西毒,文字流毒四野,创作状态和塑造人物都追求癫狂状态,崇尚极致,集中挖掘人心的黑暗与疮痍……"这是李衔夏在接受某刊访谈时的自述,确实,在他笔下,我们处处可以感受得到这种癫狂与极致。有人说过,诗人是最接近疯狂也最接近神的一种人。李衔夏对人类疯狂状态的迷恋与把握,大概是他在小说家身份之外同时还是一名诗人所带给他的精神财富吧。

纷繁的现实生活常常会带给我们多种复杂难言的感受,但李衔夏却能将这些不可言传的感受通过精准的语言文字进行一遍遍过滤提纯,还原其本真状态,进而使得整篇小说拥有了一种高于故事情节的直抵人心的力量。这种文字背后蕴藏的力量感使得李衔夏的小说读起来似有金属碰撞的铮铮之音,听起来悠远而缥缈,却能深深震撼读者的心。比如中篇小说《旗煊》中那条流淌着白色乳汁的河流,比如中篇小说《心墓》中的那个情欲过剩的女主人公卓秋艳,比如短篇小说《寻我启事》中那个弄丢了影子的男主人公李理礼,一个个异常的人和一件件异常的事,使得小说充满了超现实主义的隐喻味道,虽极尽夸张与变形,其内在的思想性却愈加彰显。

《文心雕龙》中讲到"夸而有节,饰而不诬",在他的作品中,夸张与放大恰好在一个比较适合的尺度,既凸显了人物的鲜明个性,又不至于挣脱理智的束缚而走向虚妄,呈现出一种比现实更加轻盈透明的质感。从这个角度来看,他的小说又有了类似于寓言的特质,掩卷之余仍有绕梁清音。例如,他在短篇小说《血的蒸汽》中,描绘了一个与世隔绝的岛村。岛村的历史源流充满了民间史的味道,而关于岛上最后一个高姓女子的描写也充满了民间传说式的夸张,文中描述说连她打的喷嚏都带着香气。这些情节似真似幻,令读者心生迷乱,但又自愿沉浸于小说所营造的那种独特氛围之中,去理解发生在那个空间里的人和事。

纵观李衔夏的小说,我们会发现他塑造了一个又一个"出格"的人物,他们都特别擅于将爱或恨的情绪推向极致,即使明知是飞蛾投火,也一往无前。但仔细研读他笔下的故事,又发现文中人物的情感发展是那样合乎逻辑,他的每一次剑走偏锋,险中求胜,都显示出一种强烈的自信。他有能力构建一种超越现实时空的新的情感逻辑,这种逻辑通过他的阐释,表现出一种强大的合理性,大多数读者只能无可辩驳地接受他的这些理论和秩序。在李衔夏的"异想世界"里,在癫狂与极致的叙述氛围中,故事就这样徐徐展开,读者也在不知不觉间被带入了无人的秘境。天才和疯子往往是一线之隔,神与魔也往往是一线之隔,李衔夏似乎就是着力要捕捉这条"一线天"后面巨大而迷人的光明和希望,从而萃取人性中的神质基因。

## 死亡是生物最大的想象,也是小说最大的虚构

"我想挖开看看,一个人的心里有没有住着灵魂!"李衔夏在中篇小说《人类灵魂工作师》的末尾写道。的确,李衔夏正是用这样一把思辨的利刃来剖析和雕刻人性的。而人性往往在生死面前最能露出它本真的面目,故而在他的作品中总是反复出现死亡、自杀、坟墓等关键词。这些高频出现的词汇或许会让人想到阴森恐怖的惊悚片,或者悬疑烧脑的侦探片,事实并非如此,他对死亡这个主题的选择与掌控总是出人意料。他擅于向死而生、向生而死,一次又一次把死亡这个命题玩出新的花样,用剑走偏锋、不落俗套来形容一点不为过。

一个故事的终结,大抵是从生开始,到死结束的。然而,李衔夏却往往反其道而行之,从死亡开始切入一个故事。例如,在《心墓》这篇小说中,女主角郭倚云死了,但故事却就此展开——男主人公甘享泽路遇了这支送葬的队伍,并在瞬间爱上了这个刚刚因意外故去的年轻女孩,这是对死人的一见钟情。

在短篇小说《加缪的人间》中,主人公王一土一出场就已经下定了要

## 浪漫主义者的向死而生与以退为进

自杀的决心,并且已经选定了要采取跳楼的方式。但期间却因为他被检查出患了绝症而延宕,这种故事设定既荒诞又有一定的合理性,直到故事终结,王一土头顶的那把死亡的达摩克利斯之剑,依然没有落下。

在中篇小说《人类灵魂工程师》中,李述魂的自杀与孕妇的被害以镜像对照的方式共同构成了推动故事发展的原动力。而在《真空》中,作者写了一对未落地的双胞胎在母腹中的先后夭折,作者将其形象地描绘成是一场强者对弱者的杀戮,而那个强者最终也没能活着来到人世,更主要的是由这两个胎儿的夭亡引出了孕妇复杂的内心情感,一波三折。

在李衔夏的众多小说篇目中,死亡是个被反复咏叹的曲调,它们时而诡谲,时而苍凉,时而无奈,时而激越,时而戏谑,时而决绝,但无一例外,都是推动故事前进的主要力量,而这遍地盛开的死亡之花也造就了作者以死亡为原点的叙事特色。我们都没有经历过死亡,也从来没有死过的人回来讲述自己死后的经历,因此,死亡是生物最大的想象,由此可以推出,死亡也是小说最大的虚构。

死,确实是世间最沉重的话题,有许多作家也常常利用这个元素来推动故事发展,行文中与死亡相伴的往往是绝望与终结。但李衔夏却将死当成另一种生来处理,文中人物那些华美的、盛大的、奇异的死亡方式像行为艺术般充满了哲学意味,同时也生发出了许多美学上的意义。

### 高举女权主义旗帜的男作家

身为一个男性作家,李衔夏的笔下却诞生了许多形象鲜明的女性角色,正如曹雪芹为我们塑造了金陵十二钗正册以及副册、又副册的众多女性一样,李衔夏也试图通过自己的小说作品来塑造一个个另类的女性形象,并借机表达自己对于女性世界的看法。有时,他借文中人物的言行所传递出的女权思想可谓惊世骇俗,仅这一点而言,已是绝大多数男性作家所不及的。

在中篇小说《旗煊》中,他为我们讲述了一对陌生男女因在火车上的偶然搭讪而引发的一段曲折故事。作者在文中为我们着力塑造了一个特立独行的女性形象,我们甚至无法以一个准确的名字来命名她,因为她的与众不同首先在于她那变幻无穷的姓名，因为，每天早上她都会根据自己的心境来给自己起一个新的名字。她有着青春靓丽的外表和一颗自由不羁的灵魂，她带着他辗转流浪于山南海北。她游走在暗夜里，施展身体的魔法，操控着每一个想靠近她的男人，她对两性，对爱情，对人生都有着自己独特的见解。这个吉卜赛女郎一般的女人令人着迷，令人疯狂，也令人疑惑，而到故事最后，她更是以一种神秘的方式在火车上消失得无影无踪。作者倾尽心力将所有关于自由的想象都赋予了这个女子，他就像皮格马利翁一样，精心地创塑着她，使得这个人物形象既真实又虚渺，既熟悉又陌生，充满了浪漫主义的魅力。

在中篇小说《心墓》中，他为我们塑造了另一个带着神秘气息的女主人公卓秋艳，她那敢爱敢恨、自由不羁的灵魂也给人留下了深刻的印象。她命运的轨迹起伏跌宕，每一个情节的转折处理都超出了读者的预料。

在短篇《我跟你说他》中，李衔夏采用第一人称视角以一个年轻女子的口吻在她亡母的墓前倾吐了自己多年来的内心隐秘。文中作者对女性心理世界的体察可谓细致入微，贯穿于全文当中的一次次情感剖析也丝丝入扣。我们很难想象，这居然是出自一个男性作家之手。

在李衔夏为我们塑造的一系列特立独行的女性形象中，有的即使只是故事的配角，也绝非随波逐流者，更多时候，她们是故事的主导者，以一种坚强、独立的姿态示人，她们身上充满了矛盾的特质，时而贞洁似水，时而放荡似火，时而孤绝，时而体贴，时而叛逆，时而隐忍，时而冷酷，时而温暖。作为一个女性读者，每读到此，总有一种后背发凉的感觉，他怎么可以如此这般地切近女性心理世界呢？或许他具有一种类似于"通灵者"的天赋，可以轻易地进入他人的内心世界，包括女性。这种"异秉"是男性作家普遍稀缺的能力。我们读到过太多太多带有沉重男权思想的"直男"作品，许多中外文学大家都概莫能外。能以尊重的态度、欣赏的眼光来打量女性的男作家实在是凤毛麟角。

透过这一个个鲜活的人物，我们触摸到了一个个向往自由的女性那高贵的灵魂，而发生在她们身上的那些关于思想解放甚至性解放的故事，也彰显出了作者对女权主义的独特理解。姑且不论这种理解是对是错，单单看作者对于他笔下那些女性人物既怜惜又激赏的态度，就不能不令人动容。

马克思写过一句话，大体意思是：一个社会的文明程度往往可以从这个社会对待女性的态度来判断。由此可见，李衔夏在小说中表现女性是站在整个人类文明的高度去思考和感触的。

## 机智与精巧的语言充分发扬了小说闲笔的妙用

李衔夏在一篇创作谈中，将"短篇"二字巧妙地拆解为"竹矢与扁豆"，这个独特而形象的比喻生动地阐释了他对于短篇小说的理解，并展现出了他那令人惊叹的机智，像这样的机智与神来之笔在他的作品中随处可见，但又不至于油滑，或许这些看似灵机一动的妙笔恰好来自作者周密的思虑与反复的润饰。小说是"闲"的艺术，越是闲庭信步、漫不经心，越能引人入胜、通达妙境。很多大师级的小说家都讲究小说中的"闲笔"，作为小说新人的李衔夏也特别看重"闲笔"，在他的小说作品中阐释和论述的内容往往占有很大篇幅，而且所谈的观点也基本都是原创，他似乎是在用小说来写论文、杂文。

"这个岛就像是在江水中打坐的和尚，从前我以为他是心怀悲悯的玄奘，却不承想，原来竟是手沾血腥的法海。"在短篇《血的蒸汽》中，民风淳朴、与世隔绝的小岛上居然发生了一起难以破解的强奸案，作者用这样一个比喻来为全篇小说定下了基调。

"上天真会开玩笑，当我想要寻找自己的时候，却不得不先去寻找父亲。""父亲是每一个孩子的专属的神。寻找父亲的过程也是寻找神的过程。心中一丝稀薄的念想越来越清晰，找到了父亲，也就找到了我自己。"在短篇《寻我启事》中，既有对现实的夸张描写，也有对生命的不懈追问，像这样充满哲思的句子，李衔夏的每一部作品中都可谓俯拾皆是。

在中篇小说《年轮水波荡漾》中，作者讲了一个家族故事，两个舅舅是文中的主要人物，"我想写的其实是当流氓老了会如何被生活和时间击败"，李衔夏这样介绍这篇喜剧感与苍凉感兼具的小说。文中的二舅虽不贪杯，但对于饮酒有过一个经典的论述："白酒红酒的浓烈，就好像人生的白红两事，白事谁都不想遇到，红事虽然在心理期待上是越多越好，但真多了，谁也受不了。"这类的句子显然是作者本人的金句，而并非引自他人。

这种机智的语言其实是李衔夏诗人身份的文本佐证,那种一闪而过的灵光大抵只有诗人能够捕捉到,并精准地表现出来。李衔夏的"闲笔"值得读者反复咀嚼,这其实是他渴望将自己的小说作品从一次性艺术上升为多次性艺术的创作追求。

## 浪漫主义者的最高情怀就是孔子提倡的从心所欲而不逾矩

下面我想重点谈谈眼前的这篇名为《大踏步撤退》的中篇小说。

毫无疑问这是一篇非典型性的李衔夏作品。他摒弃了许多运用起来已经得心应手的叙事技巧,亦不再刻意塑造个性化人物,而是聚焦于平凡时代的百姓日常生活,比之于他的那篇讲述两个舅舅简史的《年轮水波荡漾》,这篇更具柴米油盐的人间烟火气。这种由现代主义、后现代主义、浪漫主义出发,向写实主义的回归,何尝不是一种大踏步地撤退,而这种撤退,无疑是作家对自身创作实力的一次自我检验。

在这篇小说中,作者为我们展现了一个"80后"男青年极为真实的生活境遇。求职、辞职、恋爱、回乡、考公务员、结婚、买房、学驾照……他所遇到的一切问题烦恼、喜怒哀乐无一例外地带有一种普遍性色彩,因而使得这篇小说更为写实,这让我想到了刘震云的《一地鸡毛》及其同时期的城市小公务员系列小说。

那么,长于现代主义手法创作的李衔夏为什么要做如此之大的大踏步撤退呢?对此,我个人百思不得其解,忍不住向作者本人求教。"我想双管齐下,一种表达想法,一种表达生活。"他不假思索给出了这样一个答案。这或许跟李衔夏的阅读经历有关,他曾说,与前卫探索相比,他更看重文学的品质。这或许也是他把自己定位为浪漫主义小说家的一个重要原因吧。

这是属于李衔夏的另一种自信,凭借他多年来对于中外古典及现当代名著的广泛阅读,他完全有能力驾驭各种风格和题材。进可攻,退可守,于他而言,并非难事。比如他对逻辑和细节的严密把关就是写好现实题材的一个非常关键的品质。

## 浪漫主义者的向死而生与以退为进

在故事开始，他这样描写坐在回乡的大巴车上的男主人公李红兵："四年求学、四年扎根，八年的抗争，他输给了一座大都市、一败涂地、落荒而逃。"我们已经看过太多的成功者、失败者与城市的纠葛，那么撤退者又会是怎样的一番人生际遇呢？接下来我们就看到了这个略带落寞、失意与不甘的男主人公在带着女友撤退回小城之后充满了烟火气息的百姓故事。

本来撤退是因为女友意外怀孕，他们打算回乡结婚的，但不料迁户、领证却屡出状况，导致他们不得已只能放弃这个胎儿，一种深深的无力感弥漫开来，人在时代和社会中的渺小性凸显出来，这对准夫妻的关系因此受到了一次严峻的考验。而父子关系也因为先买房还是先考公务员，以及该买房还是该炒股而屡次出现剑拔弩张的紧张态势。相比较结婚生子的水到渠成，主人公考取公务员的这段经历可谓惊心动魄，尽管李衔夏并没有刻意去制造波澜，但事件本身所具有的种种不确定性已裹挟了足够的戏剧性与紧张感。很少有作者会费如此多的笔墨来忠实记录其中的精微划痕，但李衔夏不走寻常路，偏偏在这个话题上做了较长时间的逗留，为我们细致呈现了整个过程当中的一波三折。

总之，这篇小说带给人一种绚烂归于平静后的朴实之感。但作者在文中对于自我与城市的关系还是做了许多的思考，并在文中完成了主人公对于家乡小城从嫌弃到接近再到接纳的情感变化过程。如果只着眼于这一点，我们会发现作者在坦承自己的心路历程。不难看出，文中有太多的自传性质的痕迹，故而我们可以将这篇小说作为窥探作家心灵的一扇窗口。这个文本兼具的散文性或许也是李衔夏有意为之的一种尝试吧。他以自己的方式打通了虚构与非虚构之间的界限，表现出他一贯自由行走于文字世界的风格。由此我想到，也许在李衔夏看来，浪漫主义并不仅仅是现代主义和后现代主义的那种夸张和荒诞，随心所欲地表达，本身就是一种浪漫情怀。像雨果《巴黎圣母院》的浪漫主义不是情节的变形，而是在于里面花费了巨量笔墨，多角度全方面描写壮丽的巴黎景貌；像张承志《北方的河》的浪漫主义是在于里面破天荒地容纳了中国北方所有的河流。李衔夏口中的"双管齐下"背后似乎潜藏着一个雄伟的想法，那就是通过浪漫主义的广阔胸怀，整合现代主义和现实主义两大潮流。他不是在撤退，而是在以退为进。

　　综上所述,李衔夏的浪漫主义小说无论是内容上还是形式上都在做着向死而生、以退为进的努力。这种悖论的统一,表现了李衔夏力图把正负两极推向极致,从而形成两极之间无限宽阔的艺术空间。好的作家是可以做到收放自如的,他有多严肃,就有多活泼;他有多激进,就有多保守;他有多高深莫测,就有多平易近人;他有多阳春白雪,就有多下里巴人;他有多么老成持重,就有多么稚气未脱……将这些互相矛盾的词汇复合叠加之后,我们或许可以大致得出一个对李衔夏作品的整体印象了。然而,或许依然不足以完全概括出这个充满无限可能性的新生代作家。来日方长,让我们随着他的创作步伐不断去完善对他的认知吧。

# 现实主义影视创作的可能走向和必然趋势

/薛晋文

新时代以来，现实主义影视创作逐渐掀起高潮，然而，面对纷繁芜杂的创作现象，我们有必要在正本清源中回溯马克思现实主义思想的流变轨迹，有必要厘清现实主义的基本内涵和真谛，有必要为现实主义影视创作的可能走向和必然趋势提供学理支撑。我们常说实践是检验真理的唯一标准，简要回顾现实主义的发展史，或许对于解决本文提出的问题有好处。从马克思、恩格斯于1844年8月前后开始合作撰写《神圣家族》为标志，现实主义文艺思想就真正获得了确立。①在大约一百七十多年的发展演变历程中，现实主义不是僵化的概念和教条，而是随着各国社会历史条件的变化而不断丰富发展。在马克思现实主义思想的基础上，苏联根据社会历史革命的需要，经过列宁和斯大林两代人的丰富发展，提出了"社会主义现实主义思想"，推动了苏联文艺的繁荣发展。最具典型意义的是马克思现实主义思想在中国的发展，毛泽东在1942年的《在延安文艺座谈会上的讲话》中提出了"革命的现实主义思想"。随着中华人民共和国的建立，现实主义思想不断向纵深推进，他在1958年又提出了"革命的现实主义与革命的浪漫主义"相结合的现实主义思想。随着改革开放的大幕拉开，我们又提出了现实主义的"二为"方向、"以人民为中心的创作导向"，直

---

① 参见张越《一脉相承，不断发展——综论马克思、恩格斯、列宁、斯大林、毛泽东对现实主义创作方法的认识》，《抚州师专学报》1993年第3期，第60页。

到今天习近平总书记倡导的"现实主义精神和浪漫主义情怀",这些都是马克思现实主义思想在中国丰富发展的重要收获和成果。

如今,站在一百多年的历史长廊中,探讨现实主义影视创作具有非凡的意义和价值,历史的实践至少有这样几点启示值得我们总结思考。一方面,马克思现实主义思想没有过时,很长一段时间以来,一些影视创作者认为马克思现实主义思想已经过时。一些伪现实主义创作时有出现,它们或乔装打扮,以现实主义之名行伪现实创作之实,其中的隐蔽性和迷惑性难以辨识;它们或扭捏作态,对现实主义进行虚假认同和刻意攀附,认为迎合和谄媚低级趣味的皮相生活就是现实主义;它们或蜻蜓点水,取一点现实的皮毛肆意放大而津津乐道,致使文艺创作出现了高原多、高峰少的被动局面。另一方面,现实主义创作依旧是民族影视的主流。在视听媒介时代,现实主义影视无疑是民族文艺的一支主要生力军,在讲述中国故事、传播民族文化、演绎时代内容方面具有独特的优势和地位。随着新时代的到来,现实主义影视艺术创作应该强势回归,应该成为一股不可遏抑的时代潮流,这是创作界和理论界的一致共识,是影视艺术守正创新的主流和源流,也是在新时代背景下传承马克思现实主义思想的题中应有之义,现实主义理当成为新时代影视艺术创作的最强音。

在搞清楚了马克思现实主义思想的源流和对影视创作的启示之后,我们必须面对一个问题,现实主义创作的原则到底是什么?简而言之,主要是指文艺家在文艺创作实践中对于客观现实生活的一种忠实反应态度,以及文艺自身严格反映现实生活的一种根本遵循方法。这就要求创作者既要严格效忠于现实生活,又要艺术地反映现实生活,现实生活和文艺家构成一对有趣的作用力和反作用力的关系,现实生活作用于文艺家和作品,同时,文艺家和作品又对现实形成强劲的反作用力。正如有学者指出的那样,"现实主义以严格地忠实于现实,艺术地真实地反映现实,并反转来影响现实为自己的任务"。[①] 现实主义既应该突出现实性、时代性和人民性,又特别强调真实性、艺术性和思想性,可以说,人民性存在于现实性和时代性的土壤之中,思想性植根于真实性和艺术性的血脉之中。总之,文艺创

---

① 何直(秦兆阳):《现实主义:广阔的道路——对于现实主义的再认识》,《人民文学》1956年第9期。

作只有和现实和时代相结合,才能找到群众基础和拥有长久生命力。同时,文艺作品拥有思想性,其真实性和艺术性才能成为常青树。

## 现实主义影视创作内容的走向与趋势

马克思现实主义思想十分看重文艺创作内容的真实性,强调文艺创作的出发点是唯物主义的现实生活,而不是概念化的带有唯心色彩的观念生活。他们要求文艺家应该按照现实的本来面貌再现现实,正如恩格斯严肃指出的那样,"我认为,我们不应该为了观念的东西而忘掉现实主义的东西,为了席勒而忘掉莎士比亚"。① 可见,文艺家面对客观现实生活不能撒谎和说假话,更不允许矫情和做作,真实性的潜台词就是要求对生活忠实和负责,文艺创作的谎言不仅是丑陋的行为,而且也是不负责任的行为。换句话说,面对客观社会生活,文艺家不能作假和掺沙子,正如人的眼里揉不进沙子那样,因为人民群众渴望真实而严肃、忠诚而负责任的文艺作品。由此推理,真实是文艺作品的生命线,虚假是文艺作品的罪魁祸首,因为,"电影艺术的伟大不在于有巨大的布景和豪华的服装。贫民窟和街头就是他们的摄影棚,光辉灿烂的太阳就是他们的弧光灯,普通农民和工人就是他们影片中的男女主人公"。②

再往深处说,之所以强调文艺创作内容的真实是现实主义的命根子,有几点规律我们不能忽视。第一,文艺是生活的艺术性反映,文艺应随着社会历史实践行走,离开社会实践,抛弃社会生活,就无所谓文艺的存在和创作,文艺也就失去了存在的意义和价值,影视艺术同样如此。第二,真实是由文艺家创作和创造出来的真实。文艺家天生具有主观能动性,具有在生活万象中去粗取精和去伪存真的本领,创造的真实既不是概念的真实,也不是拟态的真实,而是将审美真实悬浮于客观真实之上,既离不开客观真实的地心引力,又独具文艺自身运行的特性和规律。第三,文艺反映的真实具有反作用力,人民群众借助艺术欣赏和鉴赏,既可以检索和还

---

① 陆贵山、周忠厚:《马克思主义文艺论著选讲(第三版)》,中国人民大学出版社,2003,第190页。

② [印] B·加吉:《印度电影的现实主义》,《世界电影》1957年第8期,第64页。

原生活真实，又可以影响生活、介入生活和改良生活，所以这样的真实具有促进客观现实健康有序发展的神奇功能。

回顾中国电影发展史，我们不难发现，真实的艺术力量在社会历史发展中发挥了不可代替的重要作用。比如，20世纪30年代，左翼电影时期，以夏衍、郑伯奇为代表的进步电影文艺家，真实反映"九一八事变"和"一·二八事变"前后的中国社会生活，创作了《狂流》《春蚕》《渔光曲》等一批现实主义的精品力作，以真实的电影艺术激发了国民的民族意识和爱国意识，产生了巨大的社会变革力量。再如，中华人民共和国成立后的"十七年"电影时期，在反映社会真实和历史真实方面佳作迭出，诸如《我们村里的年轻人》《柳堡的故事》《上甘岭》等作品，是将审美真实悬浮于客观真实之上的代表作，具有真实、朴素和有力的现实主义品格。又如，改革开放初期，以《牧马人》《芙蓉镇》《天云山传奇》为代表的谢晋电影，对十年动乱时期的社会历史生活进行了真实而严肃的追问，在贴近生活真实的同时，尖锐地批判了社会矛盾和阶级斗争问题，引发了几代人的共鸣和认同。此外，新世纪前后的《天狗》《我不是药神》《我不是潘金莲》等电影作品，因为直面基层社会的真实弊病，具有警世恒言一般的震撼力量。一百多年来，中国电影发展的历史轨迹表明：只要我们准确把握和理解现实主义，忠诚反映社会历史生活，我们的电影事业就能繁荣发展，我们的电影创作就会硕果累累；倘若不提倡真实反映现实，尊崇虚假反映现实，我们的电影事业就如同乌云蔽日，甚至会在虚假繁荣中误入歧途。

从历史和实践的轨迹不难发现现实主义影视内容创作的可能走向和趋势，这是我们加强现实主义影视创作的重点问题，也是难点问题。

其一，创作者走进现实生活的急流险滩是确保内容真实的必然要求。今后，影视艺术家应当更加端正创作姿态，深入体验伟大变革时代的社会生活、深切体察个体生命的酸甜苦辣、深情讴歌中国故事和中国精神。历史地看去，影视作品反映现实的广阔程度与深入生活的广阔程度往往成正比，应敢于介入社会矛盾尖锐复杂的现场，应重新扛起影视艺术改良现实和影响现实的旗帜，一流的影视作品总是善于引导人们面对现实、凝视现实、思考现实，以真实的内容唤起他们改造现实的信心和力量。总之，要做到影视内容的真实，创作者要重点在反映现实的深广度上下功夫、做文

## 现实主义影视创作的可能走向和必然趋势

章,将"现实的心灵化"和"心灵的现实化"有机结合在一起。创作者要真诚地走向生活的一线,剧作家要用双脚去写剧本,这是确保内容真实的起码要求;导演要潜入到生活基层去捕捉真实画面,创作要满怀生活是衣食父母的感恩之心,用满含深情的双眼,去深度把握中国生活的现实变迁。例如,在当今影视创作界,我们应该提倡一种"高满堂精神",这种精神就是"柳青精神"在新时代的继承和发展,他们共同回答了艺术反映真实的重要意义和价值。鉴于此,创作者应摒弃知识分子身上存在的优越感,打破想当然地编织社会现实的创作惯性,正视并缩小自身生活与中国现实的差距。这样,既体现了影视创作者反映生活真实的能动性,又为他们创造性地反映生活提供了广阔的空间。

其二,影视作品应深刻揭示个体、阶层与现实生活之间的复杂关系。这应该是确保影视艺术内容真实的内在要求。我们常说,人是各种社会关系的总和,社会真实和生活真实本质上而言就是社会关系的真实,而社会关系的主体是人,是每一个烙印着社会阶层的个体生命,影视创作抵达社会关系和个体生命的真实程度,直接决定着马克思现实主义思想的实现程度。有学者曾经饱含深情地指出:"现实主义精神不仅仅是一个创作方法的问题,在电视剧创作中提倡现实主义精神,深化现实主义精神,就是要求艺术家及他们的创作关注现实、直面现实、关注人的生存状态,关注现实生活中人与人的关系。"[①] 可见,倘若要实现影视创作内容的真实,创作者要特别注重在揭示和反映社会关系中去满足观众的精神诉求,而非依托单纯的娱乐和搞笑技巧,去迎合或麻醉国民的灵魂世界,我们要真心实意俯身去倾听他们的心声,将心融入人民群体为其个体生命的命运代言,用艺术的良心去唤起人民内心的体认与共鸣,用质朴感人的故事去表现人民的喜怒哀乐。例如,电影《我不是药神》之所以引起如此大的舆论反响,缘于主创认识到了文艺和社会阶层的复杂关系,捕捉到了艺术和现实生活敏感神经之间的内在联系。这些创作实践告诉我们,影视艺术的真实性离不开和人民群众的真诚拥抱,离不开和火热的时代生活默契握手,只有拥

---

① 王伟国:《思想的审美化——王伟国自选集》,北京广播学院出版社,2004,第154页。

抱人民和时代，影视创作才有可能创造性地表现生活真实，任何影视创作的真实，离开了时代和人民群众，就没有真实可言，创作者自己宣称的内容真实，其实是一堆经不住社会历史检验的谎言。

其三，影视艺术重建荧屏或银幕形象的主体性责无旁贷。这里的"主体性"主要是指人在社会实践中的权益和责任，以及实践生活中表现出来的自由程度、幸福程度或苦难程度，这是衡量一个社会文明程度和落后程度的主要标尺，也是衡量一部文艺作品内容是否真实的主要标准。一流的现实主义影视艺术，或者说充满现实主义情怀的作品，既要敢于赞美现实和批判现实中人物的主体性，又能借助主体性的时代精神去引领中国社会的文化精神建设，去烛照当代人的精神家园，这需要创作者日积月累锤炼审视生活和把握生活的哲学和美学高度。同时，不回避当今时代的现实苦难和精神磨难，比如，创作者应客观正视当今时代落后人物身上的"国民性改造"问题，能够以当代性的视野去发现和揭示国民性的新变化和新特征，敢于把新时代国民的劣根性大胆表现出来，通过暴露和揭示其危害性去警醒社会的建设与发展，而不是以浅薄的调侃和把玩一笑而过，更不是去掩饰和美化他们的缺陷。譬如，电影《我不是药神》中对反面角色张长林"主体性"的拷问颇有力度，既批判了其主体性中膨胀的铜臭性欲望，又通过张院士的一句末路反思催人醒悟，依托一个反面典型人物对当代国民劣根性进行了透彻批判。倘若说，影视文艺是引领国民精神的灯火，那么，银幕或荧屏主体性的重建是今后现实主义影视创作的可能走向，只要拥有一批又一批，一代又一代健全的社会主体性，我们在新时代实现中华民族伟大复兴的梦想就能变成现实。

## 现实主义影视创作方法的走向与趋势

从马克思、恩格斯当年和斐迪南·拉萨尔的信件原文中不难发现，马克思现实主义思想首先是作为文艺创作的一种方法而存在的，这种方法有其特定的核心思想，那就是借助典型人物和典型性格的塑造，依托典型环境的捕捉和反映，借助带有本质性的细节等方式，最终抵达艺术性和真实性的和谐一致，这是对文艺创作独特规律的生动概括和规律认识。正如他

## 现实主义影视创作的可能走向和必然趋势

们反复强调的那样,"要求文艺创作广泛而深刻地描写社会生活,正确处理环境和人物之间的关系,通过对特定环境中的现实人物的真实描写,揭示现实生活的某些本质方面,即在典型环境中显示出社会与历史的真实,从而使作品具有深刻的思想意义"。[①] 由此看出,我们应在正本清源中传承和弘扬马克思现实主义思想,更加重视影视艺术情感性、形象性、视听性的特征,将人物塑造的个性化和典型化做到极致,摒弃内容和形式、思想和方法、生活和语言脱节的创作弊端,打通影像画面呈现方式与思想意蕴之间通体融贯的壁垒,实现"有思想的艺术"和"有艺术的思想"的和谐共振。

事实上,作为方法论层面上的马克思现实主义思想,不是僵化不变的,而是在丰富和发展过程中不断指导各国的文艺创作健康发展。就当前而言,我们的一批现实主义影视作品,正是秉承这样一种辩证发展的现实主义精神,赢得了观众的广泛赞誉和肯定,彰显了现实主义创作方法的独特功能和魅力。这些作品在人物塑造的个性化和典型化方面精心雕琢,比如,电视剧《情满四合院》和《嘿,老头!》,以及电影《七月与安生》《我不是药神》就是典型代表,小人物的真性情和真感情能够在荧屏上长久立得住,尤其是后者倾力塑造的小混混黄毛特别引人注目,可以说几度令人潸然泪下。它们在情节的生动性和丰富性方面颇费思量,譬如,备受瞩目的电视剧《初心》《换了人间》《北平无战事》,叙事情节的发展做到了水到渠成和瓜熟蒂落,有一种社会历史的必然性和逻辑性贯穿其中,而不是拼盘性的随意机械组合。它们在生活的鲜活性和真实性方面用力最勤;再如,电视剧《我的前半生》《阳光下的法庭》《最美的青春》,能够看出编剧亲自用双脚丈量过生活的沃土,剧情延展的语言、细节和场景,都携带着生活的气息和泥土的味道,倾注了艺术家真挚的情感和态度,于是生活的生动性自然而然就出来了。

然而,一些劣质的伪现实主义影视剧却与现实主义的创作方法背道而驰。比如,部分医疗剧就经常为观众诟病,人物塑造基本上与献身于党和

---

① 陆贵山、周忠厚:《马克思主义文艺论著选讲(第三版)》,中国人民大学出版社,2003,第213页。

国家的医卫事业关系不大，在挂着医疗卫生的羊头，卖着三角恋和多角恋激情的狗肉，不是病人和医生脉脉含情，就是护士和患者家属轻易来电，将医疗卫生事业做了杂乱情感的外套，而非将情感当作医疗事业发展的外套，人物的个性化和典型化，基本上与医卫行业的改革发展事业没有多大关系。这种社会实践和情感生活本末倒置的错位观念，影响和感染了一批现实主义电视剧创作的风气，是对现实主义创作方法的严重误导和伤害。例如，一些留学题材的电视剧，人物塑造和情节展开中，看不到主人公在留学生活中的奋斗和突围，看不到个体的命运感和超越性，看不到他们背负的责任和使命，有的只是贵族家庭背景笼罩下的穷奢极欲，人物的妄自尊大和价值迷失显而易见。种种创作现象表明，由于我们对现实主义创作方法的认识不够，给现实主义影视剧创作带来了不小的阻挠和困扰。

基于上述实践创作中正反两方面的经验和教训，我们今后应当加强现实主义影视创作方法丰富和发展的力度，有几种趋势和可能值得探索和思考。

其一，典型人物的激动性、震撼性和穿透性是未来现实主义影视创作的着力点。影视艺术本质上是人的艺术，画面影像贯穿了人以及人和自然社会之间的实践关系。就此而言，抓住了典型人物实际上就抓住了影视创作的牛鼻子，多数影视创作中的典型人物，着力最多的就是人物性格的鲜明性和丰富性，而人物的社会历史本质属性和思想穿透性普遍比较疲弱。实际上，在影视人物塑造中，典型人物的思想穿透性要比人物的鲜明性更重要，因为，"根据马克思恩格斯列宁这样的观点，我认为典型人物的共性主要应理解为典型人物对一定历史时期社会生活的透视力"。[①] 环顾新世纪前后国内的一些现实主义影视创作，就典型人物而言，类似于电视剧《渴望》中刘慧芳那样令人激动和感动的民族性典型人物不多见；类似于电视剧《新星》《亮剑》中李向南和李云龙那样震撼性的典型人物比较难产；类似于《篱笆·女人和狗》《希望的田野》中茂源老汉和徐大地那样具有穿透力的典型人物不多了。为什么这些典型人物成了不可多得的经典形

---

① 童庆炳：《现实主义——文学的康庄大道》，《北京师范大学学报》1983年第2期，第32页。

象？而且多少年后都能穿越时空而不朽？重要原因之一是"在这个人物身上具有一种生动的、揭示生活复杂性和矛盾的现实主义的魅力"。[①] 仔细审视，你会发现，这些典型人物是在社会历史生活中变化和发展的典型，他们丰富、典型和生动的性格内容，不是孤立的存在，而是一定时期社会历史本质的高度集中概括，反映了社会螺旋式发展中的波澜和曲折，彰显了各个历史时期的社会情绪和时代特征，抵达了特定社会生活本质规律的最高认识高度。这正是当下国产现实主义影视剧的欠缺所在，也是未来做大最强现实主义影视艺术的必由之路。

其二，构建中国式的现实主义影像呈现方法迫在眉睫。一定程度上讲，现实主义影视是民族影视家族中的重要组成部分，如何构建民族自己的现实主义影视呈现方法至关重要。比如，在镜头语言方面，审视新世纪前后的现实主义影视作品，普遍没有早期电影和电视剧对镜头语言民族表现方法的考究，像《早春二月》《城南旧事》这样的作品，镜头语言的呈现方法具有浓郁的民族趣味方式，而当下的一些创作对此似乎不再讲究和重视。为此，构建中国式的现实主义影视表现方法，应该在镜头画面中创造转化和创新发展中国审美意境的表现方法，可以在可见的"镜内之象"方面精挑细选，可以在不可见的"镜外之象"方面进行精耕细作，从而实现"有形的"镜头表现对象和"无形的"镜头韵味和美感的通体融合，能够让深邃悠远的韵味之美、含蓄蕴藉的意境之美、意与"镜"浑的情性之美，[②] 在影视艺术表现手法中实现创造性转化和创新性发展。比如，《我不是潘金莲》中导演大量采用的"圆形画幅"，就是植根于中国传统的意境画风土壤之中，以民族性表现手法反映基层现实故事的范例，应该说，影片是一部中国式现实主义影像呈现方法的探路之作，具有千百年来似曾相识的民族韵味和美感。一切艺术创作的方法和规律，不应脱离特定的民族传统和社会生活。倘若这样的影像呈现方法能够蔚为大观，那么，我们完全可以以此去表现和反映其他民族的社会历史故事，那时，中国式现实主义影像

---

① [法] 季·夏隆:《法国电影走向新现实主义》,《电影艺术译丛》1956 年第 9 期,第 28 页。

② 胡经之:《文艺美学》,北京大学出版社,1999,第 268—276 页。

呈现方式就具有了走出去的资本和话语权,是民族电影走向世界电影的显著标志,也是我们从影视大国走向影视强国的内在要求。在中国式现实主义影像的构建版图中,不应只包括镜头语言的革新,还应该包括音乐、造型、美工等表现方法的创新,我们的多民族音乐灿若群星,是现实主义电影创作的宝贵资源。就像当年的印度现实主义电影崛起那样,果断摒弃爵士乐的欧风美雨,大量引入了自己的印度民族音乐,使得印度现实主义电影的面貌焕然一新,确立了印度民族现实主义电影的地位和传统,"当意大利影片像一阵清新的微风吹进了乌烟瘴气的印度制片厂时,有一些富有想象力的、正直的印度导演便着手研究民族形式和尝试摄制一些具有民族形式的影片"。①不论是印度早年的现实主义电影《流浪者》,还是今天的《摔跤吧!爸爸》,都是印度式现实主义影像表现方法成就的优质作品,同样能给为我们的现实主义表现方法构建带来许多启示。事实上,《我不是药神》就有模仿印度电影的痕迹,在有意无意地学习印度电影的视听表现风格。例如,片头曲就是吸收自印度神曲《燃烧的爱火》,视听风格上也注重融入幽默诙谐的元素,但内容和主题又富有现代生活气息,片中大胆借鉴印度歌舞抒发人物的内心世界,同时,创作者有意借助声画分立或声画对位等呈现方法表现深度的人性情感,这样的借鉴和探索对于中国式现实主义影像呈现方法的形成多有裨益。

其三,典型环境的典型性、广泛性和历史性是影视创作中的薄弱环节。当前,我们的一些现实主义影视创作,偏好表现"积极环境"中的社会生活,从播出的作品看去,好人好事的故事比较多,概念化的英雄赞歌比较多,粉红女郎和浪荡公子的上流社会环境比较多,对于中产阶层、小资情调、白领圈子等城市中央环境的表现也比较多。然而,对于"消极环境"中的社会生活表现数量和质量都上不去,以致城乡接合部的边缘环境、工厂车间的机械呆板环境、农村空心村的边缘萧条环境、城乡社会矛盾集中区域的环境表现均不尽如人意。比如,最近热播的留学题材电视剧《归去来》引发了褒贬不一的争议,故事发生在上流社会的特权基层中,有论者认为反腐是本剧的核心内容,其实是一种错觉,这里的反腐惩恶只是故事

---

① [印] B·加吉:《印度电影的现实主义》,《世界电影》1957年第8期,第64页。

的外套,故事的主体实际上是在表现上层社会家族式的恩爱情仇故事,是一个"阴谋与爱情"的老套故事模式。遗憾的是从这样的消极环境中,我们既看不到故事环境的广泛性,又看不到社会趋势走向的历史性,镜头下作为幌子的反腐点缀元素,到底和当下社会现实的反腐有多少必然的本质的联系,我们着实看不出来,没有重点讲清楚社会问题的来龙去脉,缺乏历史感和广泛性,所以从社会历史的观点看去,这样的环境设计和艺术创作不具有典型性。相反,电视剧《人民的名义》的环境就具有典型性和历史感,揭示出了腐败问题的前因后果,让观众看到了反腐的社会历史作用,看到了时代变革发展的必然趋势,这样的作品应该说准确理解了典型环境的内涵和真谛,因为,"恩格斯关于典型环境的理论贯穿了鲜明的历史的观点,即把作品的环境放到一定的历史联系中去考察,看它是否揭示出历史发展的前因后果"。[1] 由此可见,未来现实主义影视表现方法的发展,不仅应该再学习和再认识典型环境的深刻含义,而且要在表现积极环境的同时,加大力度表现和挖掘消极环境的典型价值,从而矫正典型环境创作中的失衡现状,增强典型环境的历史性和广泛性,方能真实全面地反映社会历史生活的变化趋势。

## 现实主义影视创作思想的走向与趋势

从马克思和恩格斯关于现实主义创作的思想中不难发现,文艺创作应广泛而深刻地描写和反映社会生活,借助人物和情节的展开,最大限度地揭示社会的本质和规律,从而使作品具有深刻的思想内涵,这应是一切现实主义文艺的使命和责任。就现实主义影视创作而言,要求创作者充溢着炽热真诚的现实主义情怀,秉承现实主义的精神立场,站在时代变革的最前沿,以艺术的责任和良知去影响社会的发展和进步,并以此为最高的价值归宿。同时,要求创作者积极回应变革时代个体生命的情感困境和人性

---

[1] 童庆炳:《现实主义——文学的康庄大道》,《北京师范大学学报》1983年第2期,第34页。

诉求，做到"具有较大的思想深度和意识到的历史内容"，①重点在作品的思想浓度和艺术价值方面获得进步和提升。具体而言，"较大的思想深度"实际上是指对社会历史内容认识上达到深刻的程度，来自影视艺术家对他所反映的"历史内容"的深刻洞察和准确把握，既是一种艺术功力的把握，又是一种艺术规律的体现，重点是在深度和厚度方面下足功夫。"意识到的历史内容"主要是指在无产阶级世界观指导下，深刻地反映历史的本质规律，达到艺术对历史的本质的认识，也就是说艺术要全面地、准确地反映出主要人物所生活于其中的各种社会历史关系。总之，影视艺术作品正确地表现"意识到的历史内容"是前提和基础，正如马克思所言，这样"就能够在更高得多的程度上用最朴素的形式把最现代的思想表现出来"，②立足这一基础，表现"较大的思想深度"才有可能，前者是后者的基础，后者是前者的升华。此外，这两者之间的融合，还必须通过生动、丰富的影视故事情节表现出来。所谓故事情节的生动性，是指影视作品中情节的发展符合生活逻辑、合情合理、逼真可信、生动形象；所谓影视情节的丰富性，是指情节的发展曲折、交错、富有变化，影视故事细节描写丰富多彩，不单一化和雷同化。当下一些影视电影作品之所以"隔靴搔痒"式地反映社会现实，源于艺术家缺乏面对现实生活的勇气、批判社会历史的锐气，以及反思现实的胆气！

　　结合当前一些现实主义影视创作的成绩和不足，我们应该从这样几个方面深化现实主义影视创作。其一，努力正确反映人物和环境之间的深度关系，从而揭示社会历史发展变迁中的复杂性和艰难性。比如，电影《我不是潘金莲》《不是问题的问题》最有说服力，在一种不正常的官场文化之下，个体生命有时无法抗御环境的裹胁和侵蚀，反而在环境的异化中遭遇了扭曲和变形，影片通过对特殊环境中现实人物的剖析透视，揭示了落后文化的隐蔽性破坏力量，折射出了具有时代标签的社会浮世绘，这些人物既是一定阶层的典型代表，又是特定时代社会症结和社会思想的代言者，借助人物的阶层属性和阶级属性抵达了社会批判的最深处，无疑具有警世

---

① 陆贵山、周忠厚：《马克思主义文艺论著选讲（第三版）》，中国人民大学出版社，2003，第189页。

② 同①，第180页。

## 现实主义影视创作的可能走向和必然趋势

恒言的重大现实意义,这些影片做出了很好的示范作用,也是今后现实主义影视创作思想发展的正确方向。其二,提倡在史诗性的广阔时空中揭示社会历史的本质,善于在现实关系和现实矛盾中发现历史规律。譬如,电视剧《老农民》《白鹿原》属于近年来的优秀作品,它们既具有一定的历史长度,又具有一定的历史厚度,前者反映了土地在社会历史变迁中的核心地位,从历史的长廊中反思土地的重要作用,是一部典型的人与土地关系的社会史;后者反映了文化在社会历史更替时期的重要地位,文化转型有时比王朝更替更为漫长和艰难,是一部真实的人与文化关系的心灵史,从文化心理结构中洞察了社会更替的特殊性。

令人忧心的是,一些创作者不重视在人物和环境的关系中挖掘思想内涵。比如,电影《我不是药神》就存在这方面的一些问题,创作者将环境看作人物活动的背景画面,观众对故事的沉浸屡屡被新闻话题环境粗暴地锯断,故事的韵味和美感有时被人为地抽空和剥夺。在这里人物和环境的关系时常是油浮在水面的关系,而非盐溶于水的关系,殊不知盐水关系却是一种深度的化学反应,没有有效缝合社会环境和艺术故事之间的裂缝是影片的一大硬伤。就此而言,作品对社会历史环境若没有深入进去,深刻性自然就成了纸上谈兵和海市蜃楼。当前,观众对一些现实主义作品很不满意,其间的人物与环境变成了两张皮,创作沦为了蜻蜓点水的一种儿戏,有时为了简单迎合和蹭热度,机械地将人物当作了时代精神的传声筒,人物的意识形态标签掩盖了艺术性符号,作品的深度和力度大幅度打折,甚至有些逆时代精神而动的错觉在里面,他们忽略了这样一条规律,"自然界有它的气候,气候的变化决定这种那种植物的出现;精神方面也有它的气候,它的变化决定这种那种艺术的出现"。[①] 还有一些创作者总爱唠叨世俗的小情小爱,不敢涉足史诗性的宏大题材,误认为历史题材与现实主义背道而驰。其实,一切历史都是当代史,重要的是讲述故事的时代,而非故事讲述的时代,以题材决定论对现实主义进行取舍决断,无疑又犯了另一种形式主义的错误。

从最深处看去,现实主义影视创作思想的旨归是建构最高的社会审美

---

① [法]丹纳著、傅雷译:《艺术哲学》,天津社会科学出版社,2007,第11页。

理想。通俗而言，是指创作者在深入认识社会历史内容的基础上，深刻洞察和精准把握社会历史的本质内涵，以更好地认识生活、建构社会并引领时代前行。从认识社会历史生活的角度看去，影视创作者应该在马克思主义文艺观指导下，努力践行知行合一的文艺创作精神，真诚地深入生活和扎根人民，学习柳青同志扎根陕北农村十四年的牺牲精神，在复杂的社会关系中揭示社会阶层关系的复杂性，在一线的社会生活中把脉生活的脉搏和脉象，才可能为深刻反映社会历史的本质规律奠定良好的基础，才可能达到影视艺术对历史本质的深度认识，才可能依托艺术去确证和引领人的存在与社会的发展。例如，著名剧作家高满堂就是如此，代表作《大工匠》《温州一家人》《闯关东》，无不是经年累月感悟生活内容的硕果，在刻骨铭心的体验中认识到了社会历史的本真内容，所以，他的作品总能以"较大的思想深度"引领时代潮流，既具有强烈的时代性，又具有长久的开放性，率先做到了对历史和人民负责。然而，有的人却将深入生活变成了逛超市，有的基层采风变成了走马观花，有的"不识庐山真面目，只缘身在名利中"，面对诸如脱贫攻坚、乡村振兴、生态文明建设等重大社会历史内容，我们的影视作品反映的深度和力度比较欠缺，根由是创作者没有意识到重大社会历史现场的本真内容。

  事实上，优质现实主义影视作品的思想深度从来不是出自简单的说教和灌输，而是从典型人物和生动情节中体现出来的，应植根于"有思想的艺术创作"和"有艺术的思想发现"之中，这里面既需要影视艺术家的深厚积淀和修为，也需要他们脚踏实地地奉献牺牲，更需要责任和良知去予以托举，这是杰出艺术家和一般创作者的高下区别所在，也是决定创作能否引领生活的关键因素。现实主义影视创作的实践历史证明，唯有"意识到的历史内容"和"较大思想深度"的优秀作品，才能引领我们参与社会新生活的建构和构建，促使人类在自我警醒、自我反思、自我超越中走向美好未来。

原载《中国文艺评论》2018年第10期
本文为国家"万人计划"基金重点项目：《影视艺术与文化强国战略研究》的阶段性成果；批准号：组厅字（2018）6号。